SÓ DEPENDE DE MIM

OBRAS DA AUTORA PUBLICADAS PELA EDITORA RECORD

Série Bad Boys:

Só depende de mim
Louca por você
Tudo por nós dois

M. LEIGHTON

SÓ DEPENDE DE MIM

BAD BOYS • VOL. 2
(UP TO ME)

Tradução de
ALICE FRANÇA

2ª edição

EDITORA RECORD
RIO DE JANEIRO • SÃO PAULO
2014

CIP-BRASIL. CATALOGAÇÃO NA FONTE
SINDICATO NACIONAL DOS EDITORES DE LIVROS, RJ

L539s
2ª ed.
Leighton, M.
Só depende de mim (Bad Boys, vol. 2) / M. Leighton; tradução de Alice França. – 2ª ed. – Rio de Janeiro: Record, 2014.

Tradução de: Up to me: The Bad Boys, vol. 2
Sequência de: Louca por você: The Bad Boys, vol. 1
ISBN 978-85-01-40449-7

1. Romance americano. I. França, Alice. II. Título.

14-07344

CDD: 813
CDU: 821.111(73)-3

Título original em inglês:
UP TO ME: THE BAD BOYS, BOOK 2

Copyright © 2013 by M Leighton

Texto revisado segundo o novo Acordo Ortográfico da Língua Portuguesa.

Todos os direitos reservados. Proibida a reprodução, no todo ou em parte, através de quaisquer meios. Os direitos morais da autora foram assegurados.

Direitos exclusivos de publicação em língua portuguesa somente para o Brasil adquiridos pela
EDITORA RECORD LTDA.
Rua Argentina, 171 – Rio de Janeiro, RJ – 20921-380 – Tel.: 2585-2000, que se reserva a propriedade literária desta tradução.

Impresso no Brasil

ISBN 978-85-01-40449-7

Seja um leitor preferencial Record.
Cadastre-se e receba informações sobre nossos lançamentos e nossas promoções.

Atendimento e venda direta ao leitor:
mdireto@record.com.br ou (21) 2585-2002.

UM

Olivia

Pelo canto do olho, vejo o rápido movimento de luz nos fundos da Dual quando a porta do escritório de Cash se abre, e rapidamente se fecha, no instante em que ele sai da sala e entra na boate. Ele levanta a cabeça e, na mesma hora, nossos olhos se cruzam. Sua expressão é cuidadosamente treinada, a meu pedido, mas isso não significa que eu não me sinta tensa. Seus olhos estão cheios de paixão quando se fixam nos meus. Sinto meu estômago se revirar e logo ele desvia o olhar, o que é melhor para mim. Caso contrário, não seria Cash quem estragaria o nosso disfarce, e sim eu — largando as tarefas atrás do balcão, indo firmemente na direção dele para colar meus lábios nos seus, antes de arrastá-lo de volta para a cama.

Então desvio o olhar e me concentro novamente no trabalho.

Merda.

— Pode deixar — diz Taryn com uma voz aguda, ao chegar diante de mim para pegar um copo sujo do balcão.

Sorrio e faço um gesto com sinal de agradecimento, mas por dentro estou com o pé atrás. Ela foi legal comigo a noite toda e eu não sei muito bem por quê. Ela nunca foi legal comigo. Claramente hostil, sim. Maliciosamente divergente, sim. Mas legal? Ah, isso não. Antes desta noite, eu teria assegurado a qualquer um que me perguntasse que Taryn preferiria afiar a ponta da sua escova de dentes e enfiá-la em mim a sequer me olhar.

Entretanto, aqui está ela, sorrindo para mim e limpando o meu lado do balcão.

Humm, não sei não.

Eu não sou uma pessoa desconfiada por natureza, então...

Certo, eu sou uma pessoa desconfiada por natureza, mas tenho uma boa razão para isso. Uma vida inteira de relacionamentos com cafajestes, mentirosos, canalhas egoístas e todo o tipo de gente desprezível me cansou um pouco. Mas estou revendo meus conceitos.

Enfim, estou extremamente curiosa para saber o que Taryn está aprontando. E ela *está* aprontando alguma coisa. Eu apostaria a minha vida nisso. Ou a vida dela. Uma das duas.

Quase posso ver a trama se formando por trás do azul dos olhos amendoados, delineados com kajal.

A única coisa que posso fazer, no entanto, é me manter atenta e ficar de olho nela. Uma hora ela vai acabar se descuidando e entregando o ouro. Então saberei o que está acontecendo naquela mente pervertida. Enquanto isso, estou mais do que satisfeita em deixá-la me bajular e me ajudar o quanto quiser.

— Então — começa ela casualmente ao voltar para a parte do balcão onde eu estou. — Vai fazer alguma coisa depois do trabalho? Eu estava pensando que talvez a gente pudesse dar uma passadinha na Noir para beber alguma coisa e quem sabe nos conhecermos um pouco melhor.

Admito, isso já está ficando ridículo.

Eu a olho fixamente enquanto me esforço para não deixar o queixo cair e aguardo o final da piada.

Só que não há final de piada. Ela está falando *sério*.

— Você está falando sério?

Ela sorri e assente.

— Claro que estou falando sério. Por que eu perguntaria se não estivesse?

— Bem, porque você me odeia — falo sem pensar.

Merda! Já era a ideia de manter os olhos abertos e deixá-la prosseguir com seu joguinho.

— Eu não te odeio. Por que você acha isso?

Eu não A-CRE-DI-TO no que acabo de ouvir. Será que ela me acha tão idiota assim?

Eu me viro para Taryn e cruzo os braços por cima do peito. Eu nem deveria estar aqui. Cash e eu acabamos de voltar de Salt Springs há algumas horas. Gavin cobriu o meu turno, já que Cash não sabia se eu voltaria ou não. Mesmo assim, aqui estou, trabalhando para substituir Marco, quando deveria estar nua nos braços de Cash. Não estou a fim de testar a minha paciência.

— Olhe, não sei quem você está tentando enganar, mas se for a mim, pode tirar o cavalinho da chuva. Eu sei qual é a sua, Taryn.

Ela abre a boca amuada, pintada de vermelho, como se fosse discutir, mas logo desiste. Sua expressão inocentemente agradável dá lugar a um semblante mais próximo do que estou acostumado a ver, e ela suspira.

— Tudo bem, admito que senti um pouco de ciúmes quando você começou a trabalhar aqui. Não sei se você sabia, mas eu estava saindo com Cash. Até há bem pouco tempo, nós ainda estávamos... acertando umas coisinhas. E achei que você estava tentando se meter entre nós. Mas agora vejo que não tem nada a ver. Além disso, sei que ele não está a fim de você. Tem outra mulher na história, portanto não faria diferença, de qualquer maneira.

Aquilo desperta a minha curiosidade.

— Por que você diz isso?

— Isso o quê? Que ele está envolvido com outra mulher? Porque eu o vi com uma garota loira algumas vezes. Além disso, ele tem andado muito, muito distraído ultimamente. E ele não é assim. Ele não é o tipo de homem de uma mulher só.

— Não?

— De jeito nenhum! Eu sempre soube. Qualquer mulher que começar um relacionamento com Cash achando que irá mudá-lo ou que ela será a única que é mais sem noção do a água oxigenada que ela usa.

— Água oxigenada? Por causa da garota com quem você acha que ele está saindo?

Taryn dá de ombros.

— Também, mas Cash tem um "tipo" — diz ela em tom sarcástico, segurando uma mecha clara do seu cabelo. — Ele gosta de loiras.

Faço um movimento com a cabeça e sorrio, tentando ao máximo não demonstrar que estou irritada. Mas estou, naturalmente. E muito. Aliás, estou tão irritada que poderia vomitar bem no rostinho bonito da Taryn.

— O que a faz pensar que ele nunca vai escolher uma dessas... loiras e sossegar?

O riso dela é amargo.

— Porque eu conheço o Cash. Aquele cara tem o sangue quente. Homens como ele não mudam nunca. E mulher nenhuma consegue dar um jeito. Eles são assim e pronto. É isso também que os torna tão irresistíveis. Todo mundo quer o que não pode ter, certo?

Sorrio novamente, mas não digo nada. Após alguns segundos, ela pega a minha toalha e limpa a marca de copo no balcão.

— Enfim, já superei isso tudo. Eu só queria que você soubesse que estou a fim de acabar com esse clima esquisito.

— Fico contente — consigo dizer, apesar do nó na garganta.

Eu me ocupo antecipadamente com as tarefas de limpeza. Falta menos de uma hora para fecharmos a Dual. Como vou aguentar tanto tempo eu não faço ideia, mas sei que o primeiro passo é me manter ocupada. Mas nada é capaz de silenciar as vozes conflitantes na minha cabeça.

Você sabia que ele era um bad boy. Por isso tentou ficar longe dele, não se apaixonar.

Sinto o desânimo se alojar na minha barriga, retraído como uma cobra fria, sem coração. Mas então, a voz da razão — ou seria a voz da negação? — vem à tona.

Depois de tudo o que aconteceu nas últimas semanas, como você pode duvidar do que ele sente por você? Cash não é o tipo de homem que finge. E o que ele disse, o que vocês compartilharam, não é fingimento. É verdadeiro. E profundo. E Taryn é uma vaca maluca que não tem ideia do que está falando. Talvez toda aquela tinta das tatuagens tenha ido parar no cérebro dela.

Embora tudo isso seja verdade, nada que eu diga a mim mesma põe fim à inquietação que se instalou em mim. No meu coração.

Uma parte de mim — a parte racional, lógica, pouco romântica e que já sofreu várias vezes — surge para piorar as coisas.

Quantas vezes você vai se deixar levar pelas mesmas atitudes? Pelo mesmo tipo de homem?

Mas Cash é diferente. Eu sei disso. Bem lá no fundo. Lembro a mim mesma que é algo completamente injusto julgar um livro pela capa. Não importa quanta experiência eu tenha com capas semelhantes. A capa de Cash pode ser a de um *bad boy*, mas o livro, *seu conteúdo*, é muito mais do que isso.

Enquanto limpo a grelha debaixo da torneira de chope, meus olhos passeiam pela multidão, que começa a diminuir, e pelo interior escuro da boate, à procura de Cash. Quando o avisto, uma loiraça, de peito enorme, está com os braços em seu pescoço e esfregando seu corpo horroroso no dele. Eu deveria ter imaginado. Trinco os dentes, contendo o impulso de pular por cima do balcão, ir direto até lá e puxá-la, sem pensar nas consequências.

Mas a minha raiva transforma-se numa forte angústia quando vejo Cash sorrir para ela. Vejo o movimento dos seus lábios quando ele fala com ela, e isso vai me deixando arrasada. Eu me sinto um pouco melhor quando ele ergue uma das mãos para se desvencilhar dela, e dá um passo para trás, mas isso não é o bastante para tirar as palavras inoportunas de Taryn da minha cabeça.

Merda.

Meu ânimo vai por água abaixo nos noventa minutos seguintes. Nem o comportamento razoavelmente agradável que Taryn adotou, não agindo como uma tremenda megera, ajuda. Até começo a pensar que talvez fosse uma boa ideia voltar para casa esta noite.

Uma hora depois, enquanto lavo o contêiner de limão fatiado no meu lado do bar, ainda estou ponderando as minhas opções, enquanto considero a probabilidade de sofrer de transtorno bipolar não diagnosticado. Um copo desliza sobre o balcão, bem na minha frente. Levanto os olhos e dou de cara com Taryn, à minha direita, sorrindo, com outro copo na mão.

— Psiiiu — diz ela, dando uma piscadela. — Não conto se você não contar. Já está na hora de fechar mesmo. — Então ela tira uma nota de 10 dólares do bolso e a coloca sobre o balcão.

Pelo menos ela está pagando.

Em uma situação normal, eu recusaria educadamente. Mas uma dose para acalmar os nervos e aliviar meus pensamentos conturbados parece uma boa ideia. Seco as mãos em uma toalha e pego o copo.

Taryn ergue o seu e sorri.

— *Salut!* — exclama com um aceno de cabeça.

Eu repito o gesto, erguendo o meu copo também, e nós duas entornamos, de uma vez só. Não preciso perguntar qual era a bebida. A vodca desce queimando.

Após um profundo e rouco "ahhh", Taryn sorri para mim.

— Vamos sair. Você parece estar precisando de uma noite de pura diversão.

Antes que eu possa responder, a voz de Cash nos interrompe.

— Olivia — chama ele da porta do escritório. — Não deixe de falar comigo antes de ir embora. Preciso resolver algumas coisas com você.

— Tudo bem — respondo, sentindo o estômago se contrair com uma mistura de excitação, desejo e medo. Ele entra no escritório novamente e fecha a porta. Eu me viro para Taryn. — Vamos deixar para uma próxima vez?

— Claro — responde ela em tom simpático. — Vou só acabar de arrumar as coisas e me mandar.

Ela volta para a sua ponta do bar e eu fico imaginando que, um dia, nós poderíamos de fato ser amigas.

Vai entender.

Eu fico enrolando um pouco, fazendo as coisas devagar o bastante para que Taryn possa terminar antes da minha "reunião" com Cash.

— Acabei! — exclama ela, jogando a toalha dentro de um recipiente com desinfetante. — Bem, Livvi, estou saindo. Queria que você pudesse vir, mas o dever chama. — Ela inclina a cabeça em direção ao escritório de Cash e revira os olhos. Após pegar a bolsa na prateleira debaixo do balcão, Taryn dá a volta para ficar em frente a mim, do outro lado do longo balcão preto. Ela pousa as mãos na superfície brilhante, inclina-se para a frente e lança um beijinho no ar. — Tchauzinho, amiga.

Ainda estou desconfiada enquanto observo Taryn passar pela porta e sair na noite, balançando os dreads. Chego à conclusão de que uma mudança de personalidade tão drástica *não pode ser* algo normal.

No instante em que a porta da frente se fecha, a porta do escritório de Cash se abre. Ele surge, com uma expressão inflexível e determinada. Com firmeza, ele atravessa o salão vazio e tranca as portas atrás de Taryn.

Por alguns segundos, toda a preocupação das últimas horas se desvanece, assim como o espaço que suas passadas largas devoram com facilidade. Fico hipnotizada só de olhar para ele, o modo como ele se movimenta. Suas pernas longas e musculosas se flexionam a cada passo. Sua bundinha perfeita se desloca atrás dos bolsos de sua calça. Seus ombros largos são quadrados e retos acima da sua cintura sarada.

Então ele se vira, na minha direção.

Acho que nunca vou deixar de notar o quanto ele é lindo. Acho que nunca vou deixar de ficar extasiada. Seus olhos quase pretos penetram os meus. Eles não quebram o contato visual, enquanto Cash atravessa o salão novamente, desta vez na minha direção.

Ele pula por cima do balcão, junto de mim. Sem uma palavra, ele se curva, me põe no ombro e me carrega até a saída na outra extremidade do bar.

Meu coração está disparado quando ele passa pelo escritório e entra em seu apartamento, do outro lado. Meu corpo arde de desejo e expectativa pelo que está para acontecer, mas minha mente ainda abriga um pouco da dúvida e da insegurança que me atormentaram mais cedo. Estou considerando se devo dizer alguma coisa e ir para casa ou se devo simplesmente ignorar qualquer pensamento racional e ficar quando ele me põe de pé, no chão.

Imediatamente, seus lábios cobrem os meus e todos os outros pensamentos desaparecem. Ele me empurra para trás, contra a porta da sala. Sinto o clique da porta se fechando atrás de mim.

Ele toma as minhas mãos e ergue os meus braços acima da cabeça, prendendo os meus pulsos com seus dedos longos de uma das mãos. Com a outra mão ele abre um caminho de fogo, descendo pela lateral do meu braço. Seu polegar roça o meu mamilo já intumescido e vai até minha barriga, por baixo da minha camiseta.

Ele põe a mão aberta nas minhas costelas e a desliza até o cós da minha calça, que, por ser largo, facilita sua mão deslizar para dentro da minha calcinha, para segurar minha bunda.

Ele me puxa contra si, roçando o quadril no meu enquanto chupa meu lábio inferior.

— Você tem ideia do quanto foi difícil deixá-la trabalhar esta noite? Sabendo que não podia tocá-la ou beijá-la ou sequer olhar para você? — sussurra ele ofegante na minha boca aberta. — Eu só pensava em você nua e nos gemidos que você solta quando enfio a língua em você.

Suas palavras fazem a parte inferior do meu ventre se encher de tesão e se contrair. Ele solta meus braços, mas em vez de afastá-lo, eu enfio os dedos em seu cabelo e aperto meus lábios nos dele. Sinto que ele tenta abrir o botão e o zíper da minha calça e a excitação toma conta do meu corpo.

— Foi há poucas horas e eu só consigo pensar no seu gosto, na sensação de tê-la nos meus braços. Quando você está tão excitada e tão pronta. Tão molhadinha — murmura ele na minha boca.

No instante em que meu desejo chega ao máximo, uma voz nos interrompe.

— Nash? — É Marissa, e ela está batendo na porta que dá para a garagem. Cash afasta os lábios dos meus e coloca o dedo na minha boca para que eu faça silêncio. — Nash? — Ela bate novamente. — Eu sei que você está aí. A garagem está aberta e o seu carro está aqui.

Ouço Cash rosnar.

— Merda! Por que ela voltou? — sussurra ele.

Minha mente dispara. Embora eu saiba que Cash e Nash são a mesma pessoa, o fato de Marissa *não saber* pode representar um problema em momentos como este, principalmente porque ela não sabe o que rola entre mim e Cash.

— O que devemos fazer? Não podemos deixá-la descobrir tudo assim!

Cash suspira e inclina-se para trás, ajeitando o cabelo com a mão. Por sorte, seu estilo favorito é meio espetado e desgrenhado, e não fica evidente que os meus dedos andaram acariciando aqueles fios.

Meu corpo está ardendo de desejo, mas minha mente já está ligada na realidade.

— Bem, acho que a única coisa a fazer é fingir que estava fechando. Vou pensar em algo para dizer sobre Nash.

— Certo — digo, ajeitando minha roupa e meu cabelo.

— Eu merecia um pontapé por ter aberto a porta da garagem tão cedo. Eu ia colocar o seu carro para dentro depois que Tarysan fosse embora. — Ele suspira novamente e balança a cabeça. Quando volta a olhar para mim, seus olhos estão embaçados e ardentes. — Mas ainda não terminamos — promete ele, ao inclinar-se para a frente para morder, de leve, o meu ombro. Um raio de eletricidade passa por todo o meu corpo e se fixa entre as minhas pernas. Ele sabe exatamente o que fazer e o que dizer para me deixar arrasada.

Merda.

DOIS

Cash

Tenho que fazer um esforço enorme para conseguir me afastar de Olivia e atender Marissa na porta. Estar com Olivia é como me refugiar em uma bolha de perfeição, em uma bolha de vida, longe de todos os problemas, decepções e... sujeiras da minha existência dupla. E é muito difícil sair de lá!

Passo os dedos pelo cabelo novamente. Minha ereção não é mais um problema; o som da voz de Marissa se encarregou de acabar com ela. Para falar a verdade, a transformação foi tanta que eu quase acabei ganhando uma vagina.

Trincando os dentes, vou contrariado até a porta que dá para a garagem. Então a empurro para abri-la, sem tentar disfarçar minha irritação. Marissa quase acerta meu nariz, prestes a bater novamente na porta.

— Ui — diz ela, pulando para trás, evidentemente assustada pelo meu súbito aparecimento. Ela pigarreia. — Cash. Desculpe ser tão insistente, mas preciso falar com seu irmão. Agora. Ele não atende as minhas ligações e me deve uma explicação.

Quanto mais ela fala, mais irada fica. Posso ouvir a raiva no seu tom de voz e posso vê-la na linha fina dos seus lábios.

— Desculpe, Marissa. Ele não está. Ele deixou o carro aqui ontem à noite e ainda não voltou para buscá-lo.

— Por que ele faria isso? Aonde ele foi? — pergunta ela, claramente confusa.

— Ele não disse. Ele só perguntou se poderia deixá-lo aqui por um ou dois dias. Isso é tudo que sei.

Um suspiro infla suas bochechas. Não é típico de Marissa se aborrecer tanto, expressar tanta raiva. Normalmente, suas feições não variam muito. Ela se alterna entre megera, fria e indiferente. Há pouca coisa além disso em sua personalidade.

— Acho que vou continuar tentando o celular dele — diz ela, olhando o carro de Nash. Quando se vira para mim, seus olhos expressam desconfiança. — Eu vou encontrá-lo. De um jeito ou de outro. Desculpe incomodá-lo, Cash. — Isso é uma mentira. Ela não está nem um pouco preocupada por ter me incomodado. E aquela ameaça? Ah, como eu gostaria de tirar isso a limpo!

Ela começa a se afastar, mas para e se vira.

— A Olivia ainda está aqui? Vi o carro dela aqui em frente.

— Sim, ela está fechando a boate. Por quê?

— Eu mandei umas mensagens, mas ela até agora não ligou para mim. Eu vim do aeroporto direto para a casa do Nash e depois vim para cá.

— Quer que eu dê algum recado a ela?

Ela franze o cenho e comprime os lábios enquanto pensa.

— Não, pode deixar. Apenas diga a ela que eu a verei quando ela chegar em casa. Ela não deve demorar muito, certo?

Eu não bato em mulheres. Nunca. Mas Marissa me faz desejar, por uns dez segundos, pesar 40 quilos a menos e ter peitos. Não só sua interrupção foi inoportuna, como agora ela vai estragar o resto da minha noite também.

— Humm, não. Ela não deve demorar muito. Pode ir. Eu dou o recado a ela e vou fazer o possível para ela ir embora logo.

O sorriso de Marissa é frio e satisfeito, o que me deixa irritado. Agir de modo educado e impassível, fingindo não ter nada a ver com a história, é uma merda!

— Tudo bem. Obrigada, Cash.

Dou um sorriso tenso e espero até que ela se vire antes de fechar a porta. Eu realmente gostaria de bater a porta e falar um monte de palavrões, mas não adiantaria. Merda.

Olivia está cobrindo as biqueiras das garrafas de licor, a última tarefa de todas as noites, quando me aproximo. Ela se vira e olha para mim. Por uma fração de segundo, algo parece diferente. Distante. Mas então ela sorri e eu esqueço tudo.

Aquele sorriso... Humm... Deixa meu peito quase tão apertado quanto minha calça.

Eu chego mais perto, parando no balcão diante dela. Eu a observo cobrir a última garrafa e recolocá-la na prateleira. Ela olha ao redor, assegurando-se de que tudo foi feito e o bar está limpo, antes de se virar para mim.

— Eu já disse o quanto você é linda?

Com uma expressão tímida, ela desvia o olhar por um instante, antes de voltá-lo para mim. Ela ainda não está exatamente à vontade com elogios, o que me surpreende. Como alguém com a aparência dela pode se sentir abaixo do nível "simplesmente espetacular"? Isso é algo que eu não consigo entender. Mesmo assim, isso acontece com ela e, ironicamente, a torna ainda mais atraente.

— Você deve ter dito algumas vezes — responde ela modestamente, mordendo o lábio daquele jeito que eu adoro. Seu gesto me faz querer carregá-la para o escritório, nos fundos, novamente. Mas teria de ser rápido. E uma rapidinha não é o que eu quero com esta garota. A menos que possa ser seguido de algo muito mais... completo.

Ela me olha pelo canto do olho, se vira e começa a andar lentamente em direção à saída do bar. Com o balcão entre nós, caminho paralelamente a ela.

— Tem razão. Realmente eu já disse antes. Lembro de dizer o quanto você é linda. Acho que estávamos diante de um espelho. — Meu pênis se contrai atrás do zíper da calça só de lembrar o dia em que penetrei Olivia por trás, no banheiro feminino do Tad's. — Lembra? — Enquanto caminha, ela me olha pelo canto do olho. Vejo o desejo abrasador em sua expressão. Sei que ela se lembra tão bem quanto eu.

Ela pigarreia.

— Sim. Eu lembro vagamente. — Seu sorriso é irônico. *Que tesão!*

— Vagamente? Talvez eu não tenha feito esse elogio penetrar em você corretamente.

— Ah, acho que você fez isso muito bem.

— Então talvez eu devesse ter sido mais enfático.

— Ah, eu acho que a forma de comunicação que você usou foi muito eficaz.

— Então tudo está *pulsando* na sua mente agora?

— Sim, está tudo pulsando.

— Se você estiver mentindo, posso te pressionar a falar a verdade, você sabe.

— Não estou mentindo. Está gravado na minha memória. Para sempre.

— Talvez a gente devesse repetir, só pra você ter certeza de tudo que falamos. Quero me assegurar de que isso está guardado. Profundamente. Para você nunca esquecer.

Finalmente seu sorriso transforma-se em uma risadinha no instante em que estamos nos aproximando da saída, na ponta do balcão. Quando ela dá a volta, eu bloqueio o caminho com meu corpo.

— Duvido que haja algo que você possa fazer para guardá-lo mais profundamente.

— Ah, eu posso pensar em alguma coisa. Mas o único modo de sabermos com certeza é tentando. E não sei quanto a você, mas eu estou a fim. Inspirado. E mais pronto que qualquer coisa.

Vejo algo brilhar nos seus olhos pouco antes de a luz se apagar, e ela parece esfriar. Antes que eu possa tentar achar uma solução, ela muda de assunto.

— Ah! Já ia me esquecendo. Marissa. O que ela queria?

Mais uma vez tenho a sensação de que alguma coisa está estranha.

Ao que parece, agora não é o momento para falar sobre o que a está incomodando. Mas sei que algo está errado.

— Certo. Marissa. Ela estava procurando Nash. Claro. Ela também quer falar com você. Disse que mandou algumas mensagens, mas que fala com você mais tarde. Ela vai esperar você chegar.

Ou eu estou louco ou há um pequeno alívio na expressão de Olivia.

— É, meu celular está na bolsa. Eu ainda não verifiquei as mensagens. Acho melhor ir andando, então. Ver o que ela quer. Quer dizer, não podemos dar mole. Seria um desastre se ela descobrisse sobre... você.

— Olivia, eu já falei que eu desistiria desse problema com o meu pai. E se isso significa...

— De jeito nenhum! É importante, Cash! Ele é o seu pai e está na prisão por um crime que não cometeu. Não, você não vai desistir de nada. Nem por mim, nem por ninguém. Só precisamos ter cuidado.

Pelo menos ela ainda está dizendo "nós" e se incluindo na história. Em relação a mim e a todo o resto.

— Mas você sabe que eu faria isso por você. Para mantê-la em segurança.

— Mas não quero que você faça isso. Estou perfeitamente segura. Não há nada com que se preocupar. Apenas teremos que lidar com os problemas quando eles surgirem.

Tenho a sensação de que há um duplo sentido no que ela está dizendo, que eu não estou entendendo muito bem. Com certeza. Definitivamente há algo errado com ela.

— Então você planeja contar a Marissa sobre nós? — pergunta ela.

— Você é quem sabe. Quanto a mim, eu não me preocupo com quem sabe, mas sei que *você* se preocupa. Principalmente com as pessoas daqui.

— Mas você sabe por que, não sabe?

— Sim, eu entendo. Por isso fiquei afastado quase a noite toda. É difícil manter as mãos longe de você. E os meus olhos também. Mas eu não queria deixá-la desconfortável.

Olivia ruboriza.

— Jura?

— Jura o quê?

— Que você não consegue mesmo manter os olhos longe de mim?

— Caramba, para uma garota inteligente, você está sendo bem burrinha. Será que eu ainda não deixei bem claro como eu me sinto em relação a você?

Pensei que tivesse deixado isso claro, mas talvez o que é claro para mim não seja tão óbvio para ela. Se este é o caso, terei de fazer o possível para ser mais... acessível e comunicativo.

Olivia dá de ombros e olha para o lado. Eu chego mais perto e me curvo, até ela olhar para mim.

— Olha, eu sei que isso é tudo novo e sei como você se sente em relação a homens como eu. — Ela tenta me interromper, mas eu a faço parar, pousando o dedo nos seus lábios. — Mas espero que você esteja começando a ver que eu tenho outras características além da sua primeira impressão. Além do que você presumiu, logo de cara. Você não pode esquecer que estou desempenhando um papel, também. Um papel que seria ainda mais difícil, se eu não levasse cada um tão ao extremo. Você sabe que, em alguns aspectos, eu sou ambos; e em outros, não sou nenhum dos dois.

— Como vou saber quem é o verdadeiro Cash então?

Posso ver a preocupação nos olhos dela; só não sei o que aconteceu nos últimos minutos para deixá-la assim. Pensei que já tivéssemos superado tudo isso.

Acaricio seu rosto macio com o dorso das mãos.

— Você já sabe. Você só terá que ignorar algumas coisas que vê, quando estivermos perto de outras pessoas. Tenho de manter as aparências, se quiser levar os meus planos adiante.

Ela me olha atentamente. Eu gostaria de saber o que está passando pela sua mente, mas tenho a sensação de que mesmo se eu insistisse muito ela não me diria.

Finalmente, ela balança a cabeça.

— Ainda quero que você leve seus planos adiante. E farei o possível para enxergar... além das aparências. Com o tempo eu me acostumo.

— Eu sei. Não é fácil a vida que eu levo. Tem sido o meu foco, a razão da minha vida durante os últimos sete anos. Mas é necessário.

— Eu sei. E estou tentando.

— Isso é tudo que peço.

Um silêncio desconfortável se instala entre nós, e eu sinto raiva. Como se alguma coisa permanecesse omitida.

— Acho que preciso ir. Para casa.

Não só eu *não* quero que ela vá, como odeio a forma como as coisas estão agora. Eu não gosto de questões malresolvidas. Já tenho muitos problemas na minha vida.

— Pelo menos me deixe levá-la.

— Iria parecer estranho, já que ela sabe que o meu carro estava aqui.

— Sim, mas na maioria das vezes aquela L.V. sequer pega.

— L.V.?

— Lata-velha.

Ela ri.

— Isso é verdade.

— Diga a ela que o carro não pegou e eu tive que levar você em casa. Se você quiser, posso puxar uma das velas de ignição, portanto será verdade.

O sorriso dela aumenta.

— Isso me parece um esforço enorme só por minha causa.

— Não fique tão convencida. Tenho motivos ocultos.

— É mesmo? — pergunta ela, erguendo as sobrancelhas.

— Ã-hã — digo, passando os braços em volta de sua cintura.

— E quais poderiam ser esses motivos?

— Você vai ter que esperar para ver.

Quando vou beijá-la, seus lábios estão quentes e dóceis, mas não exatamente tão receptivos quanto eu esperava. Alguma coisa ainda a perturba. Terei que continuar insistindo até descobrir o que é.

Dou um passo para trás e beijo sua testa.

— Pegue suas coisas. Eu te espero na garagem.

Em vez de observá-la se afastar, eu me viro em direção à porta da frente. Odeio essa sensação que me aflige só de imaginá-la indo embora.

TRÊS

Olivia

A moto ronca sob minhas pernas quando coloco os braços bem apertados em volta da cintura de Cash. Devo admitir que me sinto um pouco melhor em relação a algumas coisas depois da nossa conversa. Acho que só o tempo vai eliminar o medo de estar caindo, novamente, na mesma armadilha, com o mesmo tipo de homem. Mas, se algum dia eu conheci um homem que merecesse o risco, esse homem é o Cash.

Sorrio só de imaginá-lo entrando na garagem mais cedo, lançando para o ar uma das velas de ignição do meu carro. Ele a pegou e depois deu uma piscadela para mim, ao colocá-la no bolso.

Depois foi direto para a sua moto. Com um sorriso malicioso e um aceno de cabeça, ele acariciou o banco de trás.

— O que eu sou capaz de fazer só para estar entre as suas pernas.

Eu ri. Não tinha como evitar. Seu sorriso era tão atraente e envolvente. Tão leve e despreocupado. Era tudo o que eu queria sentir naquele momento. Às vezes, é bom se livrar de problemas e preocupações. Mesmo que seja por apenas alguns minutos. E Cash me proporciona isso. Muitas vezes.

Não fico nem um pouco satisfeita em ver o contorno familiar da minha rua surgir à minha frente. Estou curtindo a companhia de Cash, me sentindo segura sob seus cuidados. Não quero que o passeio termine.

Mas termina. Cash para ao longo do meio-fio. Espero para ver se ele vai abaixar o descanso da moto. Como ele não faz isso, eu suspiro e me levanto.

Cash me observa enquanto desafivelo o capacete sob meu queixo, antes de retirá-lo e entregá-lo a ele. Ele o pega com um pequeno sorriso no canto dos lábios. Ele não o coloca imediatamente. Posso quase apostar que ele está pensando a mesma coisa que eu — como partir sem um beijo.

Depois de tudo o que compartilhamos nas últimas semanas, depois de todas as palavras e beijos e noites e manhãs, parece tão estranho nos despedirmos como amigos. No meu íntimo, parece um mau agouro nos separarmos desse jeito.

— Bem, obrigada — digo meio constrangida, tentando não me inquietar. Cash franziu o cenho. Tenho vontade de fazer o mesmo. — Humm, nos vemos amanhã?

— Você vai trabalhar no seu turno, certo?

Aceno a cabeça.

— Sim.

— Ligo pra você de manhã. Que tal?

— Acho ótimo. — Já é alguma coisa.

O silêncio torna-se tenso.

— Vou esperar você entrar. Não sei por que ela não deixou as luzes acesas.

Olho para trás, em direção às janelas escuras do apartamento.

— Você ainda se surpreende diante de algo egoísta e indelicado da parte dela?

O sorriso de Cash é pequeno e torto.

— Acho que não. Mas, caramba!

Suspiro.

— Pois é. Mas é o jeito dela. Algumas coisas não mudam nunca.

Silêncio novamente.

— Bom, falo com você amanhã. Obrigada pela carona. Boa noite.

— Pra você também.

Aceno a cabeça e me espanto ao me virar para subir a calçada em direção à porta. Só havia dado alguns passos quando Cash me chama. Então me viro, cheia de expectativa.

Ele também não aguentou.

Volto rapidamente na direção de Cash. Fico totalmente desanimada quando ele me entrega a minha bolsa, que ele havia amarrado na traseira da moto, atrás do banco.

— Você esqueceu.

Sorrio educadamente e pego a bolsa de suas mãos, virando-me mais uma vez em direção ao apartamento. A expectativa no meu peito se transforma em uma sensação desconfortável.

Como as coisas podem ter mudado tanto, tão rapidamente?

Os comentários de Taryn, a voz de minha mãe e um monte de escolhas erradas desabam sobre a minha cabeça, como um deslizamento de pedras.

Ao me aproximar da porta, procuro a chave na bolsa. Estou distraída no instante em que enfio a chave na fechadura e giro a maçaneta, antes de dar adeus a Cash. Mas ele não está na moto. A moto está no descanso, com o motor desligado. Ele está subindo a calçada, com passos firmes, vindo na minha direção. Antes que eu possa sequer pestanejar, sinto minhas costas sendo pressionadas contra o metal frio da porta, os lábios de Cash nos meus e suas mãos no meu cabelo.

Eu me derreto em seus braços. O alívio de saber que ele sentia o mesmo que eu luta para dominar o desejo de arrastá-lo para o meu quarto, fechar a porta e fingir que não existe nada nem ninguém do lado de fora.

Mas antes que eu possa ceder a esse impulso, Cash recua, o que me permite respirar e oferecer ao pensamento racional a pequena brecha que ele precisa para entrar de volta na minha mente.

Seus olhos, mais escuros do que a noite à nossa volta, buscam os meus, enquanto seus dedos deslizam do meu cabelo aos meus ombros, e descem pelos meus braços até agarrarem as minhas mãos.

— Me faça um favor — sussurra ele, enrolando os meus dedos nos seus e levando-os à sua boca.

— O quê?

Sem perder o contato visual, ele roça os lábios nos meus dedos.

— Sonhe comigo esta noite — diz ele em tom suave. Em seguida me olha, esperando por uma resposta. Não tenho palavras, portanto simplesmente assinto. Ele não precisa saber que ninguém mais está em meus sonhos. Ninguém. — Sonhe com meus lábios provocando você. — Então ele pega um dos meus dedos e beija a pontinha. Sua voz é como veludo e suas palavras soam como um afrodisíaco. — Sonhe com a minha língua sentindo o seu gosto. — Ele lambe meu dedo. Uma onda de desejo sacode o meu íntimo. — E eu vou sonhar com você. Vou sonhar com a sensação de estar dentro do seu corpo quente e úmido. — Como se quisesse me mostrar o que sente, Cash chupa o meu dedo, sugando-o para dentro e para fora da boca, por cima da sua língua. Eu mal consigo respirar.

Ele para o movimento, mas, antes disso, dá uma mordida leve no meu dedo. Sinto uma chama por dentro, uma gota de lava num vulcão em ebulição.

— Boa noite, Olivia — diz ele baixinho. Em seguida se vira e vai embora.

Minhas pernas, de repente, parecem gelatina. Então eu me equilibro e caminho em direção à porta. Utilizo cada centímetro do meu poder cerebral para tirá-lo da minha mente antes que eu faça algo estúpido, como pedir que ele fique. Então abro a porta e acendo a luz do hall antes de dar adeus a Cash.

Mas o que vejo diante de mim interrompe meu pensamento e meu movimento.

A mesa estreita que fica ao lado da porta está virada, e o abajur que fica sobre ela está quebrado. O suporte para plantas no canto da sala de estar está caído no chão e há terra e folhas por todo canto. Algumas almofadas do sofá estão espalhadas pelo chão, duas delas lançadas perto da porta.

Marissa esteve em casa por 15 minutos no máximo. O que será que aconteceu em um período de tempo tão curto?

Um tremor de apreensão desce pelas minhas costas. Quando sinto alguém me segurar pelo braço e me empurrar para trás, abro a boca para gritar, mas a mão enorme me cala com força, antes que eu consiga emitir qualquer som.

Meu coração dispara atrás das minhas costelas e minha mente está acelerada, tentando lembrar de qualquer experiência possível de defesa pessoal. Tudo em que consigo pensar, no entanto, é a sugestão: *Chuta o saco! Chuta o saco!*

— Shhhh. — Uma voz familiar sussurra no meu ouvido.

Imediatamente eu me acalmo. É Cash. Ele está atrás de mim. É ele quem está me segurando.

Então ele me solta e caminha na minha frente, puxando-me para trás dele.

— Fique perto de mim — sussurra por cima do ombro.

Eles terão de me descolar da sua bunda, meu mestre!

Todos os meus sentidos estão intensificados pelo medo. O ruído surdo da moto de Cash roncando no meio-fio é uma trilha sonora assustadora para o silêncio absoluto que reina no apartamento. Não há nenhum outro som. Nem sinal de Marissa.

Lentamente, nos dirigimos até a sala. Totalmente alerta, olho ao redor, prestando atenção ao menor detalhe. Vejo mais sinais de luta — a posição inclinada do relógio caro na parede e um pequeno buraco no gesso, não muito longe dali.

Eu mal consigo controlar um grito de reflexo quando o telefone de Cash toca. Então eu o ouço resmungar enquanto procura o aparelho no bolso. Ele lança os olhos à tela do aparelho e logo começa a andar para trás, empurrando-me em direção à porta da frente.

Ele ergue o telefone para que eu veja o nome no identificador de chamada. Meu coração dá um breve sobressalto.

Está escrito: "Marissa".

— Alô — diz ele baixinho.

Sem dizer outra palavra, Cash ouve durante alguns segundos, então abaixa o telefone e o guarda de volta no bolso.

— Que foi? Por que você desligou? O que ela disse?

— Não era a Marissa. Vamos, temos que sair daqui.

— Quem era, então? Cash, o que está acontecendo?

— Vou contar quando deixar você em algum lugar seguro.

Sem falar mais nada, ele praticamente me arrasta de volta à sua moto e empurra o capacete em minhas mãos. Num esforço para não fazer perguntas, coloco o capacete na cabeça, antes de sentar na garupa.

Pouco antes de sairmos, entretanto, eu mudo de ideia.

Ele não vai esconder de mim o que está acontecendo. Ou compartilhamos tudo ou isso tem que terminar agora.

— Não — digo, no instante em que começo a descer da moto. Cash estica o braço à minha frente para me fazer parar. — Fale agora o que está acontecendo ou eu vou embora.

De perfil, há luz suficiente que me permite ver os lábios de Cash se contraírem em sinal de irritação, mas não deixo que isso me intimide. Meu coração já se endureceu, como uma grossa crosta de gelo.

Inclino-me para trás e cruzo os braços sobre o peito.

— Tudo bem — diz ele. — Eles levaram Marissa como moeda de troca.

Eu fico boquiaberta.

— Eles quem? E troca para quê?

— Os livros.

— Os livros? Pensei que ninguém soubesse que você tinha os livros.

— Eles não sabiam.

— Então como eles descobriram?

— A única coisa que posso imaginar é que eles têm um homem infiltrado na prisão, talvez alguém que possa ouvir minhas conversas com meu pai. Nós temos cuidado, mas... se eles vêm escutando por um tempo, podem juntar as peças do quebra-cabeça. E desta última vez, quando fui visitar meu pai, mencionei que havia contado a alguém.

— Ah, meu Deus! Mas então por que eles levariam Marissa?

A pausa me deixa ainda mais preocupada.

— Não acho que eles pretendiam levar Marissa.

Quando o significado por trás das suas palavras faz sentido, fico apavorada.

— O quê? — pergunto atônita.

— Se eles ouviram ou observaram durante algum tempo, provavelmente sabem quem eu sou. Eles ligaram *para o meu* telefone, o telefone do Cash, para falar de Marissa. Se eles não soubessem que sou a mesma pessoa, teriam ligado para o telefone do Nash. Como somos irmãos, os dois números estão registrados no telefone dela.

— Bem, então, se eles sabem quem você é, por que levaram Marissa?

— Eles provavelmente sabiam que Marissa tinha saído. E pensaram que você seria a única a voltar para cá. Mas, levando-a, eles também estão sinalizando algo.

— E o que é?

— Que eles podem chegar até você — diz ele baixinho. — E que eles sabem.

Minhas entranhas se reviram de náusea. E de medo. Tanto por Marissa quanto por mim. Tento conter as lágrimas.

— Mas por que eles iriam querer uma de nós? Não sabemos de *nada*.

— Não é o que vocês sabem. Pelo menos não inteiramente, creio eu. É quem vocês são.

— Isso faria sentido com Marissa. Ela é bem-sucedida, influente. É ela que vem de família rica. Eu não sou ninguém, de família nenhuma.

Cash se vira até fitar os meus olhos.

— Não para mim.

Acima do medo que está sufocando meu peito, sinto uma pequena emoção em suas palavras.

— Eles...

— Gata — começa Cash, me interrompendo. — Sei que você tem perguntas, mas agora não disponho de todas as respostas. E *temos* que sair daqui. Apenas espere um pouco. Quando estivermos em algum lugar seguro, conversaremos mais.

Sem esperar pela minha resposta, ele pisa fundo e a moto dispara, deixando-me agarrada às suas costas.

QUATRO

Cash

Eu me sinto ao mesmo tempo confiante e culpado quando Olivia aperta os braços em volta da minha cintura. Estou muito contente por ter esperado que ela entrasse em casa com segurança. Se eu a tivesse deixado em casa somente alguns minutos antes, ou se ela tivesse ido para casa sozinha...

O ar gela o suor frio que brota na minha testa.

Eu solto o guidão por um instante para abaixar a mão e roçar os dedos nas costas da mão dela. Quero que ela saiba que eu *sei* e que estou *aqui*. Aliás, eu sou o responsável por ela estar correndo perigo, o que causa toda a culpa.

Se eu não tivesse me interessado tanto por ela, se eu tivesse deixado as coisas somente como um caso sem importância, como todos os outros, ninguém pensaria em ameaçá-la para me pegar. Por gostar muito dela, acabei pisando na bola. Agora eles estão atrás de mim e, por conseguinte, atrás de Olivia.

Eu não desejaria nada de mal à Marissa. Quer dizer, ela é uma filha da puta, mas não merece morrer por causa disso. E eu tenho certeza de que é isso o que eles planejam fazer com ela. O que eles tinham planejado fazer com Olivia.

Este pensamento me deixa apavorado.

Então eu acelero. Minha única preocupação neste momento é levá-la para algum lugar seguro. Depois vou pensar no que fazer. Não tenho nenhum plano de contingência; depois de todo esse tempo, nunca pensei que eles descobririam que eu tenho os livros. Pelo menos até que fosse tarde demais para eles poderem fazer qualquer coisa com relação a isso.

Mas eu sou um cara esperto. E meu pai adquiriu uma tremenda experiência com esse tipo de gente. Nós vamos pensar em alguma coisa. Temos que fazer isso. Ponto.

Eu pego o caminho mais complicado que consigo imaginar para chegar à parte central da cidade, ao hotel que tenho em mente. De vez em quando, dou uma conferida nos espelhos retrovisores para ver se há faróis ou qualquer outro sinal de que alguém está nos seguindo. Não posso dar nada por certo ainda.

Quando paro diante da entrada luxuosa do hotel, surge o manobrista. Ele é jovem e parece louco para dirigir a minha moto.

Quando saltamos, dou uma gorjeta ao rapaz e fico observando enquanto ele leva a moto para o estacionamento fechado, no subsolo. Imagino que meu paradeiro não será facilmente descoberto. Vou tomar todas as precauções possíveis.

Agarro a mão de Olivia e a conduzo ao luxuoso hall do hotel. Ficar escondido aqui com ela vai custar uma boa grana, mas ela merece cada centavo. Além disso, ela talvez nunca tenha tido a oportunidade de ficar em um lugar como este antes. Se eu conseguir fazer com que ela se sinta segura, ela pode até curtir o lugar. O fato de tê-la só para mim, num lugar como este, por um período de tempo indefinido, é um enorme bônus.

Uma garota morena atrás da mesa da recepção nos recebe.

— Pois não?

— Estamos só de passagem. Não temos reserva. Você tem alguma suíte disponível para a semana?

— Uma suíte? Claro, senhor. Deixe-me verificar a disponibilidade para essas datas.

Enquanto ela digita alguns dados no computador, lanço os olhos à Olivia. Ela parece estar numa boa, considerando-se tudo o que aconteceu. Está um pouco pálida, mas sei que está morrendo de medo, portanto isso era esperado.

Ela levanta os olhos para mim e sorri. É um sorriso pequeno e tenso, mas não deixa de ser um sorriso. Para mim, já está bom.

Aperto sua mão e me curvo para beijar seu rosto. Antes de voltar à posição normal, sussurro em seu ouvido:

— Prometo que não deixarei nada acontecer a você.

Quando me inclino para trás e examino seus grandes olhos verdes, eles estão brilhando com lágrimas não derramadas. Seu queixo treme e meu coração se aperta dentro do peito.

Sou o responsável por isso.

Não sei se é receio por sua própria segurança ou a de Marissa, ou se é apenas o choque pelo que acabou de presenciar, somado a todas as coisas que aconteceram em sua vida nos últimos dias, mas algo a está deixando arrasada. Posso ver isso e me sinto responsável.

Ela retribui o gesto e aperta minha mão. Considero isso um bom sinal, um sinal de que talvez ela não me culpe completamente. Bem, talvez ela *não me odeie* completamente. Porque a culpa, sem dúvida, recai sobre mim.

— Senhor, realmente temos uma suíte disponível até o próximo fim de semana. O senhor tem nosso cartão de pontos?

— Não.

— Certo. Só vou precisar da sua carteira de motorista e do cartão de crédito que o senhor gostaria de usar para o pagamento.

Noto que ela não menciona o preço do quarto. Suponho que esteja subentendido que, quando você pede uma suíte em um hotel como este, a conta será exorbitante. Entrego a ela o cartão de crédito corporativo da Dual. Ele está registrado no nome da empresa, portanto ninguém deve conseguir rastrear seu uso. Além disso, especifico que quero a reserva também no nome da empresa, para fins de faturamento e impostos. Ela acena a cabeça num gesto que demonstra ter entendido.

Para a maioria das pessoas, isso pareceria completamente razoável. E ela não é exceção. Várias vezes, vejo seu olhar se dirigir à Olivia. Com certeza, ela acha que sou um executivo que está tendo um caso ilícito às custas da empresa. Mas eu não me preocupo com o que ela pensa, desde que seja algo bem longe da verdade.

— Aqui estão as suas chaves, senhor. A suíte fica no 15º andar. Os elevadores ficam bem atrás da parede d'água. Basta passar a chave diante do sensor infravermelho quando as portas do elevador se fecharem. Ele o levará ao seu andar. Seu quarto é à esquerda. Se precisar de qualquer coisa, meu nome é Angela. Será um prazer ajudá-lo.

— Obrigado, Angela. Só uma pergunta: vocês têm serviço de quarto 24 horas?

— Sim, senhor. Jantar no quarto está disponível a qualquer hora para nossos hóspedes.

— Ótimo. Então acho que é só isso para esta noite.

— Sim, senhor. Aproveite sua estadia conosco.

Após pegar as chaves e o pacote de informações que Angela me entrega, pouso a mão na parte de baixo das costas de Olivia e a conduzo aos elevadores. Dentro do elevador, seu silêncio continua. Não tento incentivá-la a conversar porque sei que ela só tem perguntas a fazer, perguntas sobre coisas que não devemos discutir em um elevador público.

Quando o elevador para suavemente e as portas se abrem com um ruído abafado, eu conduzo Olivia para fora e seguimos para a esquerda. Abro a porta da suíte e deixo-a entrar.

Por sua expressão, posso perceber que ela nunca tinha visto acomodações como estas. Apesar do choque e do medo, ela está visivelmente impressionada. E a suíte que nos deram é de alto padrão. Fico feliz de ter dinheiro para oferecer-lhe algo assim, embora as circunstâncias não sejam as melhores.

A primeira coisa que noto quando entro no quarto são as janelas do chão ao teto, que dão vista para o impressionante horizonte de Atlanta. Elas são o pano de fundo da sala de estar em frente, bem como da sala de jantar à esquerda. Ambas as salas são decoradas nas cores bege e vermelho-escuro. A iluminação é suave, o que proporciona um efeito calmante ao ambiente. Como homem, eu aprovo totalmente. Há uma enorme TV em um canto da sala e, um pouco atrás, portas duplas que se abrem para o quarto.

Vou direto ao guia de serviços hotel encadernado em couro, na mesa de centro. Abro na página do cardápio e o entrego à Olivia.

— Tenho certeza de que você está com fome. Por que não escolhe algo para pedir do serviço de quarto? Eu espero eles entregarem antes de sair.

— Sair? Aonde você vai?

— Alguém vai me ligar dentro de quarenta minutos. Quero estar na boate quando receber essa ligação, para que eles não possam rastrear meu GPS. Depois do telefonema, vou comprar telefones pré-pagos para usarmos, até que eu possa resolver isso.

— Resolver? Cash, me diga o que está acontecendo.

Suspiro. E penso novamente: *Merda, odeio tê-la arrastado para tudo isso. Se eu tivesse ficado longe dela...*

— Eles estão com Marissa. E querem que eu leve os livros. Eles irão ligar uma hora depois do primeiro telefonema.

— Você não pode entregar os livros sozinho, Cash. Eles matarão vocês dois! Você tem que chamar a polícia. Meu tio é um homem muito influente. Ele pode fazer algumas pessoas moverem céus e terras para salvar a filha.

— Por isso é que ele não pode saber nunca o que está acontecendo. Isto é, enquanto as coisas não estiverem resolvidas. Será um risco maior para ela se chamarmos atenção. Eles terão mais razão para se livrarem do problema. Se eu puder resolver isso sem alarde, resgatar Marissa, posso traçar um novo plano.

— Você vai lá sozinho? Você acha que depois de dar o que eles querem, eles o deixarão ir embora? Ainda por cima levando Marissa? Cash, eu não sei quem são essas pessoas, mas *sei* que não é isso o que eles irão fazer. Criminosos não agem assim.

Quero dar uma risada. *Parece até que ela tem muita experiência com criminosos. Ha, ha!* Com certeza, isso tudo é baseado em alguns filmes clássicos de gângster.

— Olivia, meu pai conhece essa gente. Melhor do que ninguém. Não vou fazer nada enquanto não falar com ele. Os livros estão escondidos. Eu vou dizer que eles estão em um cofre e que só posso pegá-los na segunda-feira, quando os bancos abrirem. Eu já teria dito isso a eles, mas eles só disseram que estavam com Marissa, me mandaram pegar os livros e avisaram que me telefonariam dentro de uma hora, indicando um lugar para me encontrar.

— Quer dizer que você vai deixar Marissa com eles até segunda-feira?

A expressão em seu olhar diz claramente que ela considera isso algo que só um monstro faria.

Ela aperta o guia de serviços do hotel sobre o peito, e eu me aproximo e toco seu rosto.

— Se eu tivesse outra escolha, não faria isso. Mas não tenho. *Eu preciso* de tempo. Eles não farão nada com ela enquanto não tiverem o que querem. E preciso ter absoluta certeza de que tenho tudo sob controle antes de dar a eles o único trunfo de que disponho.

Ela busca o meu olhar. E eu a fito. Sei que ela tem dificuldades para confiar em mim, que acha que não passo de um bad boy. A realidade da minha situação só faz piorar as coisas. Se ela puder continuar comigo, só mais um pouco...

— Você pode confiar em mim? Por favor! Sei que não tenho dado muitas razões para isso, mas só desta vez, siga o seu coração. Eu prometo, *prometo*, que não vou desapontar você.

Mesmo ao dizer essas palavras, sei que não há como cumprir tal promessa. Mas *posso* prometer que, se eu desapontá-la, não será porque deixei de fazer todo o possível para agir como o homem que ela merece. Quero merecer o risco. Quero que ela finalmente se apaixone pelo cara *certo*.

Ela não diz nada, apenas concorda com a cabeça. Sei que é difícil para ela, mas o fato de estar disposta a tentar me enche de esperança. Talvez se eu trouxer algumas coisas pessoais, isso a ajude a relaxar. Eu sei que ela deixou a bolsa em casa, e eu não a peguei quando saímos. Vou até lá para buscá-la quando voltar. Talvez isso faça com que ela se sinta melhor. Por outro lado, eu sou homem. Ou seja, como vou saber se isso vai adiantar?

— Afinal, o que você quer comer? Eu posso pedir. Assim você pode comer enquanto eu vou até o seu apartamento pegar a sua bolsa, mais algumas roupas e trancar a porta. Há algo específico que você queira que eu traga?

Ela faz uma pausa para pensar e acena negativamente a cabeça. Não sei muito bem por que ela está tão quieta, mas não quero pressioná-la.

— Também vou precisar do seu celular. Vou levá-lo para a boate e deixá-lo lá, a título de prevenção. Enquanto isso, você pode usar um dos telefones que eu trouxer, está bem?

Ela acena a cabeça novamente.

— Você pode ligar pro seu pai e pra Ginger pela manhã. Apenas diga a eles que o seu telefone está desativado durante alguns dias, e que você vai ligar para saber notícias deles. Jogaremos esse telefone fora depois que você falar com eles, e você pode usar outro para ligar depois, durante a semana.

Seu sorriso é propício, mas muito tenso.

— Vai ficar tudo bem. Vou *fazer* com que fique tudo bem.

Ela faz um gesto de assentimento, mas permanece sem falar nada. Eu me recuso a admitir a possibilidade de já ter causado danos irreparáveis. Terei de encontrar um modo de fazê-la confiar em mim, de nos tirar desta encrenca. Talvez depois...

CINCO

Olivia

Não consigo sequer me lembrar do nome da comida que pedi. Algo extravagante, exótico e estranho, de que nunca ouvi falar. O que importa é que é frango. Eu gosto de frango. E este está uma delícia. Meu paladar está funcionando bem o bastante para que eu tenha certeza disso. Mas não chego exatamente a sentir o gosto. Ou talvez eu não chegue exatamente a curtir o sabor. A minha mente e o meu coração estão incomodados e sobrecarregados demais para curtir alguma coisa.

O que eu fui fazer? Não só fiz *exatamente* o que eu sabia que não deveria — me envolver com *outro* bad boy —, como fui escolher um que, realmente, tem um passado perigoso. Ele não é perigoso apenas para o meu coração; ele é *literalmente* perigoso!

Obviamente, fugir a esta altura do campeonato está completamente fora de cogitação. Não é seguro. Bem, não para o meu bem-estar físico. Poderia ser mais seguro para o meu coração. Mas, pensando bem, talvez não. Mesmo depois de tudo isso, ainda não sei o que fazer em relação a Cash. Às vezes ele é tão amável, sincero e...

Ele me trata como se eu fosse importante; fala comigo como se eu fosse diferente. Não como a espécie descartável que ele está acostumado a pegar e largar. Ele parece me valorizar — a minha segurança, a minha felicidade. Só... a mim.

Mas eu já me fiz acreditar nisso antes, já vi o que não estava realmente acontecendo. Por um lado, sei que não devo correr o risco. Sei, por experiência própria, o que esses caras fazem com garotas como eu. Mas por outro lado, algo me diz para correr o risco. Uma voz que nunca ouvi antes, uma que parece falar de algum lugar dentro da minha *alma*, me diz que Cash é diferente.

A questão é: o que fazer? O que fazer, o que fazer? Esta é sempre a questão. E é muito mais difícil quando tudo está por minha conta, quando sou eu que sou forçada a dar a palavra final, a tomar as decisões difíceis.

Mas agora as circunstâncias estão ditando as minhas ações. Estou impossibilitada de agir. Pelo menos por enquanto. Tenho que ficar com Cash até que toda essa encrenca de máfia seja resolvida, o que espero que seja muito em breve. E depois poderei decidir. Depois poderei *pensar.*

Quando termino parte da minha refeição, levanto e fico andando de um lado para o outro pelo quarto. Não me agrada a ideia de não ter um telefone, de não saber o que está acontecendo. Não me agrada a ideia de não saber se verei Cash novamente, se Marissa está bem, se um guaxinim entrou no meu apartamento pela porta escancarada e destruiu tudo.

Sim, minha mente trabalha de modo muito estranho e absurdo. E acho que ela está tão sufocada que insiste em ficar conjecturando se a porta da sala ficou aberta. Tal qual um disco quebrado, isso fica voltando repetidas vezes.

Tenho certeza de que deve ter ficado aberta. Quer dizer, eu estava um pouco confusa. Para dizer o mínimo. Talvez Cash a tenha fechado e eu não prestei atenção. Talvez eu a tenha fechado, por força do hábito, e não me lembro. Ou talvez nenhum de nós a fechou e tudo que eu possuía está nas mãos de algum morador de rua. Quem sabe? Acho que só vou descobrir com o tempo.

E se esse for o caso, algumas coisas poderiam ser facilmente localizadas. Um morador de rua que tenha redecorado recentemente seus tapumes com um relógio de 2 mil dólares poderia chamar atenção, como também uma moradora de rua andando com sapatos Jimmy Choo e um vestido Prada. Naturalmente, a essa altura, quem iria querer quaisquer desses itens de volta? Eu não! Dou adeus, numa boa, a todas essas coisas e espero que quem pegou tudo goste das calcinhas da Marissa.

A única coisa que eu poderia identificar seriam as minhas camisetas do Tad's. Que tristeza! Talvez eu devesse ter a minha roupa de baixo bordada com monograma, de agora em diante...

Dou um risinho e reviro os olhos diante dos meus pensamentos malucos. Eu tenho mecanismos de superação e defesa muito estranhos.

O luxuoso banheiro da suíte tem uma banheira enorme de mármore, com todos os tipos de amenidades de banho. Atrás da porta, está pendurado um roupão felpudo. Embora eu não tenha nenhuma roupa limpa e nenhum artigo de higiene pessoal, não consigo resistir à ideia de um banho, portanto abro a torneira e me dispo enquanto o espaçoso banheiro se enche de vapor.

Trinta minutos depois, estou examinando as pontas dos dedos enrugadas, pensando que talvez seja hora de sair da banheira. O cheirinho de lavanda dos produtos penetrou em minha pele e, depois de tanto tempo de imersão, pode muito bem ter invadido meu fígado. Mas valeu a pena. A água quente parece ter afugentado grande parte dos meus pensamentos e preocupações. Pelo menos por enquanto. Meu cansaço extremo melhorou muito também. Foi uma semana verdadeiramente longa e emocionalmente árdua!

Em seguida, abro o ralinho da banheira e deixo a água escoar. Depois, seco o corpo com a toalha e visto o roupão macio e quentinho.

Os ricos com certeza vivem numa boa!

Porém, quase imediatamente, rebato esse pensamento. A família de Cash tem muito dinheiro, embora adquirido por meios ilícitos, e ele pode argumentar que algumas riquezas não valem o preço. Para falar a verdade, posso garantir que ele faria isso. Ele perdeu muita coisa por causa da busca do pai por riqueza. Reconheço que tudo começou como um esforço para alimentar a família, mas logo se transformou em algo mais. Embora quisesse sair, ele se beneficiava financeiramente dos seus laços com o crime organizado. E veja no que deu; estão sofrendo de todos as formas possíveis!

Então volto para o quarto e entro debaixo das cobertas para cochilar até Cash voltar. Tento não pensar em quanto tempo faz que ele saiu. Recuso-me a pensar na hipótese de ele estar ferido, de como eu me sentiria e no quanto isso afetaria minha vida. Não posso pensar nessas coisas. E não vou. Se Cash e eu temos um futuro juntos ou se ele vai me deixar arrasada é uma coisa. Mas morrer? Isso é algo completamente diferente. Não consigo imaginar um mundo sem ele, mesmo que ele não fique comigo.

*

Então ouço um barulho e sento na cama, com o corpo ereto. Minha mente fica alerta na mesma hora. Estou surpresa por ter conseguido adormecer. Isso prova o quanto eu estava cansada.

Vejo uma sombra passar na sala; eu havia deixado as luzes acesas. Meu coração quase chega a doer de tão acelerado enquanto aguardo e presto atenção. Ouço o suave ruído de passos no piso de madeira e olho, desesperada, em volta do quarto, em busca de algum tipo de arma. A única coisa que consigo avistar é um vaso na cômoda, que eu poderia quebrar na cabeça de alguém, além de uma caneta do hotel em cima da mesinha de cabeceira, que eu poderia usar para enfiar no olho de alguém. Fora isso, deve haver uma Bíblia na gaveta superior, embora eu não tenha muita certeza se poderia realmente ferir alguém com ela. Deus com certeza poderia, mas não creio que Ele atenderia a um pedido desses.

Uma presença enche a porta do quarto e meu coração pula na garganta. Em uma fração de segundo, porém, o reconhecimento me acalma.

— Não queria assustá-la — diz Cash baixinho, do outro lado do quarto.

Estico o braço para acender a luz, mas ele me interrompe.

— Não. Quero que você tente dormir novamente.

Essa é uma possibilidade remota!, penso com indiferença. Porém, cansada como ainda me sinto, talvez *haja* uma possibilidade.

Meu pulso está começando a voltar ao normal quando Cash se vira de lado, pega a barra da camisa e a puxa pela cabeça. A luz do outro cômodo dá a seu corpo um contorno dourado, que realça cada músculo torneado, conforme ele se move para jogar a camisa em cima de uma cadeira próxima.

O sangue pulsa em minhas veias e lateja em meu peito quando ele desafivela o cinto. Ele não diz nada enquanto desabotoa e abre o zíper da calça. Fico na expectativa quando ele faz uma pausa com os dedos no cós da calça. Vejo suas pernas se moverem quando ele tira os sapatos dos pés.

Estou hipnotizada. Não consigo deixar de observá-lo quando ele desliza a calça por suas pernas musculosas e dá alguns passos, deixando-a no chão. Meu coração dispara e minha boca seca quando vejo que ele não está usando roupa de baixo. E ele está excitado. Mas minha boca é a única parte do meu corpo que está seca. Minha pele está molhada e a umidade quente está se acumulando entre minhas coxas.

Sem fôlego, eu o observo pendurar a calça sobre as costas da cadeira e se virar para andar até a cama, erguer as cobertas e deslizar o corpo ao meu lado.

Não movo um músculo, e, no início, ele também não. Depois de um minuto, ele chega perto de mim. O toque dos seus dedos descendo pelo meu antebraço desnudo é como eletricidade pura. Causa arrepio em minha pele, subindo pelos meus braços e descendo pelas minhas costas, e fazem meus mamilos se retesarem em botões enrijecidos e ávidos.

Fico surpresa e um pouco desapontada quando ele me vira de lado. Então ele me puxa com força contra a curva do seu corpo e me abraça por trás.

Posso sentir cada centímetro rígido dele pressionando as minhas costas, até por cima do roupão. Antes mesmo que eu pudesse pensar, pressiono a bunda contra ele. É instinto. E desejo. Pelo visto, meu corpo tem vontade própria.

Ouço a respiração sibilante por entre os dentes cerrados de Cash, e ele fica completamente imóvel. Por vários longos e tensos segundos, ele não se move. Eu também não. Quero que ele me toque, ponha suas mãos e sua boca em mim, e me faça esquecer do mundo, mesmo que por pouco tempo. Mas quando ele finalmente faz alguma coisa, quer dizer, quando me toca, apenas passa o braço na minha cintura e coloca os dedos contra a cama, sob meu corpo. Sinto seus lábios quando ele esfrega o nariz no meu pescoço, e meu coração derrete dentro do peito.

Ele me quer. Ainda posso sentir isso. Mas está se controlando por mim, pelo meu conforto e pela minha estabilidade emocional. Sua consideração me faz ter mais certeza de que nunca vou conseguir reverter o fato de tê-lo na minha vida, de tê-lo conhecido e de ter descoberto a profundidade do sentimento que tenho por ele.

Pela milésima vez desde que conheci Cash, percebo que estou provavelmente em uma grande, grande encrenca.

Merda.

Permanecemos juntos, em silêncio, respirando profundamente e de forma ritmada, ambos esperando nossos corpos se acalmarem. Nunca pensei que pudesse ser literalmente doloroso estar perto de alguém. Mas é. Sinto a dor do desejo, *da necessidade.* Há um lugar, um vácuo que só Cash pode preencher. É físico, com certeza. Nossa, é muito físico! Só de imaginá-lo me penetrando, com força e tão profundamente...

Fecho os olhos e afasto os pensamentos. Tenho que recomeçar o processo de acalmar o corpo.

Grrrrr.

Mas há algo mais profundo em relação ao modo como Cash faz com que eu me sinta. Ele preenche um vazio que só recentemente se tornou uma ferida aberta na minha alma.

Na realidade, desde que eu o conheci. Como se ele a tivesse provocado, mas, ao mesmo tempo, só ele pudesse curá-la.

Com um suspiro profundo, desligo esse canal cerebral também. Ele não está ajudando muito. Nem um pouco.

— Afinal — digo quando o silêncio e a proximidade começam a pesar. — Como foi lá?

Eu me repreendo. Eu deveria estar preocupada com o telefonema, e não em manter as mãos paradas. Nem em desejar que Cash *não* mantivesse *as mãos* paradas.

O suspiro de Cash me causa arrepio.

— Eles queriam os livros. Não pareceram muito satisfeitos, mas acho que me mantive calmo e os convenci de que os livros estão no banco, em segurança. Babacas — sussurra ele no final.

— Eles deixaram você falar com Marissa?

— Sim.

— E? Como ela está?

— Acho que há uma boa chance de que *ela* acabe matando *os caras*. Tenho pena deles.

Não consigo deixar de rir.

— Quer dizer que ela não está conseguindo se controlar... no cativeiro?

— Ela pareceu ser educada com eles, mas só faltou me bater. Ficou bem claro quem ela culpa por esta situação. O bom é que, se eles não contarem a ela que eu sou Cash e Nash, ela pode culpar só a mim e não arrastar Nash e tudo o que ele conseguiu para a lama.

— Com Marissa, eu não esperaria nada diferente.

Sinto-me mal falando assim enquanto ela está sendo mantida refém. Quer dizer, deve estar sendo um pesadelo. Mas Marissa é praticamente um pesadelo também. Talvez tudo isso, de alguma forma, a torne uma pessoa melhor. Ou talvez uma pancada forte na cabeça lhe traga alguma luz. Ou talvez eles tenham usado clorofórmio para contê-la e isso altere sua personalidade e a torne agradável e decente. Tudo é possível, certo?

— Então, qual é o plano?

— Há algumas coisas que eu tenho que investigar amanhã. E quero visitar meu pai. Ele precisa ficar a par de tudo que está acontecendo e também pode ajudar.

— Como? Ele está preso.

— Eu sei — responde Cash bruscamente. — Mas ele conhece essa gente, sabe como esses caras pensam. Além disso, ele sempre foi bom com planos e estratégias. Não quero arriscar deixar passar nada. Há muita coisa em jogo — diz ele, puxando-me contra seu corpo.

Permanecemos calados. Sei que a mente de Cash está mais agitada e mais acelerada do que a minha; o que significa agitada e acelerada num nível inimaginável. Mas ele tem o peso extra da culpa, sem falar em toda a dor enterrada que tudo isso deve estar trazendo à tona.

— Cash — começo a falar baixinho.

— Fala, gata — sussurra ele no meu ouvido, o termo carinhoso me envolvendo como uma manta quente.

— Eu não culpo você.

Ele me abraça forte e pressiona os lábios no meu ombro. Posso senti-los levemente através da lapela do roupão.

— Posso tirar isto? — pergunta ele ofegante. — Quero sentir a sua pele.

Um choque de desejo percorre minhas veias ao imaginá-lo segurando o meu corpo nu contra o seu. Faz só algumas horas que transamos pela quinta vez hoje, mas parece ter sido há uma eternidade. Tanta coisa aconteceu desde então, tantas emoções vieram e se foram, que parece... diferente.

— Sim — sussurro em resposta antes que minha mente pudesse me dissuadir.

Começo a me sentar, mas Cash interrompe meu gesto. Ele se inclina sobre o cotovelo e afasta o meu cabelo do rosto e pescoço, curvando-se para pousar os lábios na pele sensível sob minha orelha.

— Deixa que eu faço isso.

Faço o possível para relaxar quando sinto sua mão chegar ao laço da faixa do roupão, na minha cintura. Ele a solta com seus dedos ágeis e, lentamente, puxa uma das pontas até tirá-la.

Depois, sinto sua pele roçar meu peito. Ele desliza a mão na parte de dentro da lapela do roupão, abrindo-o até o quadril.

Tão suave como o odor de lavanda que emana dos meus poros, Cash solta o tecido felpudo do meu ombro, pressionando suavemente os lábios na pele dessa parte do meu corpo.

— Que cheiro gostoso.

Muito delicadamente, seu quadril se inclina sobre o meu. O desejo transborda em meu ventre quando sinto seu pênis pressionar meu corpo.

Ele desliza os dedos pelo meu braço, ao mesmo tempo que tira o robe. Eu ergo o cotovelo e puxo o braço, para soltar a manga. Cash acaba de retirá-lo.

— Vire-se de frente para mim.

Com a excitação correndo pelas terminações nervosas, faço como ele pede e me viro, até ficar de frente para ele. Estamos tão perto um do outro que, se eu juntar bem os lábios, posso beijar seu queixo.

No quarto parcamente iluminado, posso ver seus olhos faiscarem como diamantes negros. A luz da sala passa levemente pela porta e ilumina metade do seu rosto, deixando a outra metade na sombra profunda.

Posso ouvir sua respiração. Posso sentir o calor que flui do seu corpo. Sei que ele está tão excitado quanto eu, que ele quer isto tanto quanto eu e, mesmo assim, está disposto a adiar. Somente por mim.

Mas e se eu não quiser que ele faça isso? E se, apesar das dúvidas intermináveis e dos receios e horrores do dia, eu o desejar? Não é o bastante? Só agora? Seria tão ruim assim?

Por um lado sim. Por outro, não. Mas o fato é que, neste exato momento, preciso de Cash. Preciso que ele me abrace, me beije, me toque. Preciso dele dentro de mim, enchendo-me com sua presença e segurança. Amanhã será um novo dia. Então poderei pensar mais.

Lentamente, Cash desliza os dedos pelo meu ombro e abaixa o roupão, que fica na ponta do meu mamilo. Eu vejo seus olhos se moverem até o meu peito e respiro fundo. Seu olhar fixo queima como um toque físico.

De modo intencional, ele leva a mão ao centro do meu peito e passa o dorso dos dedos no meu mamilo, tirando o roupão e expondo a minha pele aos seus olhos famintos. Mais uma vez, ele permanece imóvel por vários segundos. Mais uma vez, eu também. Quando seus olhos vagam até os meus, eles estão cheios de todos os tipos de intenções, porém a mais evidente é resolução. Ele não se deixará render. Não esta noite. É muito importante para ele. Por que, não sei. Talvez *eu* seja muito importante para ele. Só espero que seja verdade.

Inclinando-se ligeiramente para a frente, Cash tira meu roupão, puxando-o pelas minhas costas, enquanto passa a mão na minha bunda e a desliza até a lateral da minha coxa. Quando fico de frente para ele, completamente nua, assim como ele, Cash deixa os olhos vagarem pelo meu corpo.

Eu os vejo se fecharem pouco antes de ele se virar, para ficar deitado de costas e passar o braço por cima da minha cabeça. Em seguida ele me puxa contra o seu peito. Eu passo a mão nos músculos enrijecidos do seu estômago e pouso o joelho sobre sua coxa.

Não consigo ouvi-lo respirar. Então me pergunto se ele está prendendo a respiração. Não tenho certeza, mas posso ouvir seu coração bater contra as costelas. Ele está lutando contra mim, lutando contra nós, lutando *contra isso.*

Por um segundo, penso em provocá-lo um pouco, em fazer com que ele mude de ideia, mas o respeito pelo que ele está fazendo me faz recuar e me impede de ir adiante. Não quero superestimar sua consideração, mas isso ainda me deixa com uma pergunta na cabeça: o que isso significa?

Os lábios de Cash roçam o meu cabelo pouco antes de ele falar com a voz rouca:

— Pode dormir, gata. Você está segura. Prometo.

De um jeito ou de outro, preciso acreditar nele. Então eu durmo.

Sinto algo se mexer nas minhas costas. É um toque macio e quente, e eu levo menos de um segundo para perceber que Cash está atrás de mim. E está despido.

Seu quadril se flexiona, pressionando sua ereção na minha bunda. Sem pensar nas consequências, arqueio as costas e aperto o corpo contra o dele.

Então eu o ouço inspirar e sinto um frio na barriga.

Ele está acordado.

Por favor, não deixe isso ser um sonho.

Sua mão enorme desliza sobre o meu quadril e pela minha barriga e sobe até segurar o meu peito. Com as pontas dos dedos, ele acaricia meu mamilo até ele ficar ansioso por Cash, ansioso por sua boca. Eu pouso minha mão sobre a dele e aperto seus dedos. Ele massageia minha pele sensível até meu pulso acelerar.

Sinto seus lábios na curva do meu pescoço. Em seguida, sua língua. Ela faz um círculo molhado na minha pele, então dá uma leve mordida. Um calafrio percorre meu peito e minhas costas, e minha barriga se contrai na expectativa.

Quero que isso aconteça. Preciso que isso aconteça. Então me entrego. Dou força. E mergulho de cabeça.

Coloco as mãos para trás, agarro o seu quadril e puxo-o para junto de mim, esfregando minha bunda contra o seu corpo. Ouço-o gemer no instante em que ele afasta a mão do meu peito para deslizar pelo meu estômago até a junção das minhas coxas. Eu abro as pernas um pouquinho para permitir que ele me toque. E ele me toca. Então desliza um dedo entre as minhas dobras, fazendo uma pausa rapidamente para roçar a parte de cima, antes de empurrá-lo dentro de mim.

— Humm, o que é isso? — diz ele, retirando o dedo e empurrando-o mais profundamente. Cravo minhas unhas em seu quadril e ele se dobra contra o meu corpo novamente. Ele está mais excitado. Seu pênis está maior, se é que isto é possível. — Estava sonhando comigo? — sussurra ele no meu ouvido. — Parece que sim. — Ele me esfrega com a palma da mão e me penetra com os dedos. — Você sonhou comigo fazendo isso? Ou sonhou comigo fazendo mais?

Não digo nada. Não consigo raciocinar diante do que ele está fazendo, diante do que *quero* que ele faça. Repetidas vezes.

— Acho que estava sonhando, sim. Acho que você quer isso, mas está com medo. Mas não esta noite. Não tenha medo esta noite. Somente me deixe possuí-la. Me deixe te mostrar como ficamos bem juntos.

Suavemente, Cash se afasta de mim. Começo a virar de costas, mas ele me faz parar.

— Não — diz ele sem rodeios. Quando começo a falar, ele me interrompe. — Shhh — murmura, rolando meu corpo para que eu fique de bruços. — Fique de joelhos. — Eu hesito por um segundo, mas é o bastante. — Faça o que eu pedi — diz ele carinhosamente. — Prometo que você vai gostar.

Eu me apoio sobre as mãos e os joelhos. Sinto o corpo quente de Cash no dorso das minhas pernas e na minha bunda quando ele se aproxima de mim. Suas mãos quentes encontram os meus quadris. Seus dedos se cravam na minha pele, e ele me puxa para junto de si, pressionando seu pênis contra mim. Um tremor de pura luxúria me faz estremecer.

Suavemente, ele me empurra para a frente. Eu rastejo em direção à cabeceira, até chegar ao meu travesseiro.

— Se segure na cabeceira. Eu obedeço, colocando os dedos no alto da cabeceira de madeira. Lentamente, Cash debruça-se sobre mim até eu sentir seu peito nas minhas costas. Então sussurra no meu ouvido: — Abra as pernas.

— Quando faço o que ele pede, sinto sua mão me tocar. Ele enfia o polegar dentro de mim, enquanto roça os outros dedos na pele escorregadia entre as minhas dobras. Se eu estivesse de pé, cairia. Sinto o seu toque até os joelhos. Não consigo conter o gemido que sai da minha boca em um ímpeto.

— Está gostando? — pergunta ele, roçando a língua no lóbulo da minha orelha.

— Sim — respondo com a respiração entrecortada.

Ele afasta meu cabelo e beija a parte de trás do meu pescoço e o meio das minhas costas. Sinto que o seu calor se afasta, enquanto seus lábios descem pelas minhas costas, até chegar à minha bunda.

A cama se mexe, conforme ele se desloca atrás de mim. Sinto sua cabeça escorregar entre as minhas pernas e pressionar o travesseiro entre elas. Então olho para baixo, no exato momento em que ele olha para cima e, na luz fraca, vejo seus olhos pretos faiscarem. A chama que eles emitem é o bastante para me fazer estremecer da cabeça aos pés.

Sem tirar os olhos dos meus, ele põe as mãos na parte de cima das minhas pernas e me puxa para baixo, na direção da sua boca.

O primeiro toque da sua língua é como um raio. O calor jorra pelas minhas entranhas e termina em uma poça nos seus lábios, conforme eles se movem dentro de mim.

— Suba em mim — diz ele, com a voz rouca de desejo.

Como se quisesse me estimular, ele enfia a língua profundamente no meu corpo.

Com as mãos nas minhas pernas, ele me incita no movimento. Para dentro e para fora, sua língua se move em mim. Para a frente e para trás, eu me contorço sobre sua língua, balançando-me sobre os joelhos, deslizando no seu rosto. Seus lábios e seu rosto estimulam todas as partes do meu corpo ao mesmo tempo, e isso é mais do que posso aguentar.

Minha respiração se acelera. Minhas unhas se cravam na madeira da cabeceira. Meu quadril se levanta e desce até sua boca. Meu pulso dispara, fora de controle.

Mais rápido e com mais força, eu me esfrego nele. Quando ouço seu gemido, abrem-se as comportas do prazer, e meu mundo explode na ponta da língua de Cash.

Ele me segura junto a si quando fecho os olhos e cedo aos espasmos que inundam meu corpo. Antes de as contrações se resumirem ao vazio feliz, sinto Cash se mover. Em poucos segundos, ele está atrás de mim. Seus dedos me acariciam, deslizando para dentro e para fora. E depois, sinto algo maior me tocar.

Seu primeiro movimento dentro de mim me deixa sem fôlego. Com um gemido, ele retira e enfia com força novamente, recomeçando um novo orgasmo.

Após cada movimento, sinto meu corpo se contrair em volta do seu membro. Estou tão completa, tão absolutamente completa. Posso senti-lo em todas as partes do meu corpo. Repetidas vezes, ele retira e enfia o pênis de novo, cada vez mais profundamente.

— Tome tudo, gata — diz ele com os dentes cerrados. As palavras são tão famintas, tão sexies, que eu chego a gritar.

Seu ritmo aumenta e sua respiração acelera. Sei o que está para acontecer. Sei que *ele está* gozando.

Seu corpo se enrijece e ele rosna com o primeiro pulso do seu clímax. Ele me penetra com movimentos curtos, enquanto se inclina para a frente, põe a mão no meu cabelo e crava os dentes no meu ombro. Nada disso dói nem machuca minha pele; só aumenta o prazer que já está inundando o meu corpo.

E logo estou explodindo de prazer mais uma vez. Desmanchando-me de satisfação. Enroscada nos braços de Cash. Segurando-o dentro de mim.

Dentro do meu coração.

Dentro da minha alma.

SEIS

Cash

Domingo é um dia importante de visita nas prisões. É sempre triste ver o número de famílias diante das mesas separadas por vidro. Crianças falando com pais que mal as conhecem. Esposas falando com maridos que pouco veem. Vidas vividas de um modo praticamente fora dos padrões de humanidade. Em um lugar como este, é fácil ver que todos os erros, sejam eles grandes ou pequenos, têm consequências. Quanto maior o erro, maior a consequência. Só espero que nada do que fiz ou tenha que fazer no futuro imediato me coloque aqui. Prefiro morrer.

No piloto automático, passo por todos os processos já conhecidos para entrar e visitar meu pai. Estou sentado atrás do vidro, as mãos em cima da mesa diante de mim, quando eles o trazem. Embora eu não esteja conscientemente demonstrando qualquer expressão reveladora em particular, algo em mim alerta o meu pai.

Ele vai direto ao ponto no instante em que apanha o telefone preto na parede.

— O que aconteceu?

Encontro seu olhar preocupado, seus olhos um ou dois tons mais claros que os meus. Balanço a cabeça uma vez, casualmente, dando tapinhas na orelha direita com a ponta do dedo. Ele me observa atentamente por vários longos segundos. Sei que está avaliando tudo, e que planos de contingência estão sendo formulados, conforme falamos. Ou não falamos, como foi neste caso.

Finalmente, ele acena a cabeça. Apenas uma vez; um breve gesto. Ele entendeu. Posso ver em seus olhos.

— Nada. Apenas um fim de semana longo. Trabalhando muito.

A conversa desvia para assuntos banais, nada que seria totalmente fora do comum para uma das minhas visitas. Falamos de pessoas e eventos, e de fatos reais da vida cotidiana. Nada que exija qualquer atenção extra. Espero que seja o bastante para levar qualquer ouvinte a um estado preguiçoso de tédio.

Finalmente, meu pai dirige a conversa de volta à coisa mais importante. Porém, astucioso como é, ele faz isso de tal modo que não parece óbvio. Pelo menos *espero que* não.

— Então, como foi a pescaria? Pescou alguma coisa?

Eu não pesco. Nash pescava, mas eu nunca pesquei. Meu pai sabe disso. E por isso eu sei que não estamos falando sobre pesca.

— Ah, foi um fracasso. Acabei passando o fim de semana escondido. Você sabe, para trabalhar.

Ele assente lentamente, de modo significativo. Sei que ele entendeu o uso do termo "escondido".

— Pode ser perigoso. Trabalhar demais.

— É, eu sei — digo, acenando a cabeça para enfatizar. Ele ainda me olha atentamente. É como se estivéssemos tendo uma conversa muito mais séria sem dizer uma palavra.

— Acho que vou ter que passar algumas tarefas importantes para outra pessoa. — Espero que ele entenda o que realmente vou ter que passar para outra pessoa.

— Às vezes, a pessoa tem que fazer o que tem que fazer, Cash. As coisas nem sempre saem como queremos. Ou como planejamos. Às vezes, você simplesmente é obrigado a aceitar e fazer o que acha melhor. É tudo uma questão de sobrevivência.

— Sinto que as minhas mãos estão atadas.

Ele faz um movimento afirmativo com a cabeça mais uma vez.

— Bem, jogar tudo para o alto pode ter uma série de consequências totalmente diferentes. Você tem um plano B?

Faço um gesto negativo de cabeça, erguendo a mão, indefeso.

— Não, mas estou aberto a sugestões. Eu ainda disponho de algum tempo. Só que não muito. A boate está em dificuldades. — Ele coça o queixo, ainda me olhando. — Consegue pensar em algo que possa ajudar? Algo *mais* que eu possa fazer?

— Você é tão teimoso — murmura ele. — Você tinha que apostar todas as suas fichas, não é? Naquela boate. E se arriscar a perder tudo.

Antes de meu pai ser preso, ele não queria que eu ficasse com os livros, não queria me envolver. Eu o convenci de que não só poderíamos tirar vantagem com a posse dos livros como eles me manteriam seguro. Enquanto os patrões de meu pai soubessem que os livros estavam... em algum lugar, eles não se arriscariam a fazer nada, até descobrirem onde eles estavam ou quem os guardava.

Só que agora eles sabiam quem os guardava.

— É isso que estou tentando evitar. Achei que você poderia ter algum conselho para me dar. Afinal de contas, você é um homem bastante esperto. — Digo isso com um sorriso, um sorriso carinhoso. E meu pai reconhece o gesto. Posso ver refletido nos seus olhos todo o afeto que tenho por ele.

— Você precisa de ajuda na boate.

— Estou aceitando ajuda. Alguma sugestão?

— Bem, vou dizer o que você deve fazer. Coloque dois anúncios no jornal.

— Alguém ainda lê jornal impresso? — pergunto.

— Algumas pessoas sim — responde ele, dando de ombros. Neste caso, "algumas pessoas" devem ser pessoas bem importantes. — Mas há um jornal on-line no qual você pode anunciar também. Não ponha o segundo anúncio no site. Só o primeiro. Você pode obter uma resposta mais rápida dele.

Ele continua dizendo exatamente onde colocar os anúncios e como redigi-los. Eu anoto tudo no telefone descartável que estou usando.

— Em poucos dias, no máximo, você deve ter uma resposta. Talvez um pouco de ajuda por lá o deixe um pouco mais livre.

— Sim. Isso realmente está se tornando um problema para alguns dos meus empregados também.

Ele sabe que Olivia trabalha para mim.

— Bem, então esta pode ser a resposta. Às vezes é necessário tomar medidas drásticas.

— Estou desesperado. A essa altura, eu estaria disposto a tentar praticamente qualquer coisa.

Ele acena a cabeça novamente, mas não diz nada. Em seus olhos, vejo desgosto. Desgosto profundo, doloroso, além de tristeza. Embora desconheça os detalhes, ele sabe que as coisas estão começando a ir para o buraco. Chegando a um ponto crucial. E não no bom sentido, não *favorável a nós*. Ter que entregar os livros nunca foi parte do plano, nunca foi uma hipótese. Depois de todo esse tempo, eu nunca pensei que... bem, apenas nunca pensei. E não pensar me custou caro. E pode *continuar* custando.

A menos que eu consiga pensar em outra saída. Talvez os anúncios, e a quem quer que eles se dirijam, sejam a resposta de que preciso. Assim espero.

No instante em que volto à minha moto, verifico o telefone. O sinal foi perdido completamente dentro da prisão. Olivia sabia que eu ficaria incomunicável durante aqueles poucos minutos. Ela pareceu ficar numa boa em relação a isso, muito mais do que eu. Apressei-me durante a visita o máximo que pude, para poder sair e ter sinal no celular. Agora tenho quatro barras e nenhuma mensagem, o que é bom. Acho. Nenhuma emergência. Nenhum motivo de preocupação.

Mas eu não teria me incomodado se houvesse uma mensagem dela, de qualquer maneira, com ou sem motivo. Só para me avisar que está bem. Ou talvez que sentiu minha falta.

Após alguns segundos de debate interno, cedo ao impulso e aperto o botão para discar o número do celular pré-pago de Olivia. Não que eu tenha algo específico para falar. Acho que, apesar de ter me ausentado por apenas algumas horas, quero assegurar-me de que ela está bem. Só para conferir. É um gesto educado, atencioso. Apenas isso. Nada mais.

Continue se enganando, amigo.

Reviro os olhos diante daquela voz na minha cabeça. Ela é bem esperta.

— Alô? — Ouço a voz de Olivia, sonolenta.

— Acordei você?

— Não, tudo bem. Eu só estava com preguiça, mas tenho que levantar. Onde você está?

— Ainda estou na prisão. Estou me preparando para ir embora. Só queria ver se está tudo bem.

— Jura? — Há um sorriso em sua voz. E a insinuação de algo mais. Prazer, talvez? Como se ela estivesse feliz por eu me preocupar.

— Isso a surpreende?

Ela faz uma pausa.

— Talvez.

— Por quê?

Outra pausa.

— Não sei. Acho que continuo esperando que você...

Ela não completa a frase, mas não vejo problema em terminar o pensamento dela. Olivia ainda acha que sou mais um dos seus típicos desencantos com bad boys. Eu ainda me pergunto se algum dia serei capaz de fazer o bastante, de dizer o bastante ou de mostrar o bastante para provar que não sou assim. Pelo menos com relação às coisas importantes. Ou será que ela sempre vai me comparar com eles? Se ela fizer isso, sempre encontrará semelhanças. Mas será que verá as diferenças? E será que elas serão suficientes?

Às vezes parece uma batalha que não posso vencer. Depois de viver uma vida dupla por todos esses anos, depois de ter a necessidade de fingir ser coisas que não sou por todos esses anos, o que realmente quero é alguém que veja *o meu verdadeiro eu* e o aceite. Completamente. O lado bom e o lado ruim.

Mas essa não pode ser minha maior preocupação no momento. Há outras coisas mais importantes, como manter todo mundo vivo, seguro e ileso. Mesmo pessoas por quem não tenho um carinho especial, como é o caso de Marissa. Não poderia viver com algo como a morte dela na minha consciência. Nem mesmo com ela sendo ferida. Já me sinto muito mal em relação a toda essa confusão, sem nada realmente ter acontecido. Só de imaginar tudo isso tomando proporções maiores e, que Deus não permita, terminando mal, me dá uma pequena ideia do que o meu pai deve sentir. Todo santo dia. Ele carrega a culpa da morte de dois entes queridos nos ombros, sem falar em outras coisas que ele fez durante seu envolvimento com a máfia russa.

Olivia pigarreia e me traz de volta ao presente.

— Como foi a visita?

— Vou contar tudo quando chegar aí. Você precisa de alguma coisa da cidade?

— Humm, nada que eu me lembre. Depois do que você trouxe ontem à noite, acho que não preciso de mais nada.

— Certo. Tudo bem, vejo você daqui a pouco, para o almoço então. Podemos pedir algo no quarto.

Imediatamente, meus pensamentos se dirigem à mesa da sala de jantar, no quarto do hotel, e me imagino afastando a porcelana, os copos de cristal e a pesada prataria, antes de rasgar o maldito roupão de Olívia e colar meu corpo no dela.

Mordo o lábio quando sinto que o fluxo de sangue se desvia de todos os meus órgãos vitais e pensantes em favor de outros mais divertidos. Tenho que parar de pensar nisso. Não posso dirigir bem de volta a Atlanta, em uma moto, com uma ereção enorme. Pelo menos não de forma confortável.

— Humm, adorei a ideia — diz Olivia.

O que me faz morder o lábio com mais força é o que ela disse; é como se ela soubesse exatamente o que eu estava pensando. Mas o principal é *o modo como* ela falou. A voz dela fica mais sexy quando fala assim, baixinho. Há uma rouquidão, que mais parece um estrondo, que posso sentir vibrar em mim. Desperta sempre o meu pênis. E hoje ele não precisava de nenhuma ajuda!

— Então tudo bem. Daqui a pouco estou aí. — Em seguida, desligo. Sei que, provavelmente, minha reação pareceu abrupta, mas se não fizesse isto, teria que levar alguns minutos dando uma volta para espantar o tesão antes de voltar à cidade. E odeio ter que deixá-la sozinha por mais um segundo. Sei que ela está segura, mas não tenho *certeza*. E enquanto eu não puder ter *certeza*, não vou correr riscos desnecessários.

SETE

Olivia

Eu balanço a cabeça, jogo o cabelo para o alto ao secá-lo e observo meu reflexo. Posso ver a preocupação nos meus olhos. Não sei se Cash consegue perceber, e se é isso que está tornando as coisas piores, mas sei que algo com certeza está.

Parece que a tensão entre nós está crescendo. E não de um modo bom. A tensão sexual continua. Com certeza. Mas está em segundo plano agora, em relação a todo o resto que tem causado desassossego.

Pode ser apenas uma série de coisas. Sei que estou me sentindo um pouco insegura. Em relação a ele, em relação à situação, em relação a... tudo.

Maldita Taryn e seus comentários estúpidos!

Sei que não devia prestar tanta atenção ao que ela diz, mas é como se suas palavras me fizessem sair de um transe no qual eu ignorava tudo para me concentrar apenas em Cash. E veja o que me aconteceu! Uma prima raptada e uma estadia, com todas as despesas pagas, em um hotel de luxo, que pode ser também uma prisão.

Não pareceria tanto um cativeiro se Cash e eu não estivéssemos tão tensos um com o outro. Eu *sei* quais são as minhas dúvidas. São as dele que me preocupam. Por que ele se tornou tão distante e inquieto? É só por causa da situação em que Marissa se encontra? Ele se sente culpado? Será que está preocupado com o fato de entregar os livros e perder os únicos meios de que dispunha para ajudar o pai? Sei que ele está sentindo tudo isso. Mas a pergunta é: há mais alguma coisa? E será que tem algo a ver comigo?

Enquanto termino de me arrumar para o trabalho, fico ruminando em silêncio este estranho e novo dilema, e penso no quanto sou egoísta por estar tão concentrada nisso, quando há coisas mais importantes em jogo. Após enfiar as finas argolas de ouro nas orelhas, apago a luz do banheiro e vou para a sala.

— Certo. Estou pronta. Podemos ir quando você quiser — digo a Cash, que está sentado no sofá, fingindo prestar atenção na TV. Eu sei, pelo modo como ele se assusta quando falo, que sua mente estava em outro lugar. Bem, bem, bem longe.

Ele sorri. E meu coração dispara. Como sempre.

— Acho que foi muito bom você querer trabalhar esta noite, não é? Agora ambos temos razão de estarmos lá. Você ganha um dinheiro e eu posso vigiá-la.

— Você não tem que me vigiar. Aliás, provavelmente nem é necessário ficarmos aqui. Eles estão com a Marissa. Você vai entregar os livros. Amanhã isso tudo deve acabar de vez, certo?

Não sei como interpretar a expressão de Cash. Porém, mesmo se soubesse, não estaria certa de meu julgamento. Acho que estou sensível demais no momento. Em relação a tudo que se refere a ele.

Ele assente e sorri, mas seu sorriso é tenso.

— Deve acabar, sim. Só tenha um pouco mais de paciência comigo. Por favor.

As últimas palavras são acrescentadas de uma sinceridade hesitante, que me faz sentir mal por... alguma razão. Como se eu o tivesse magoado de alguma forma. Mas não consigo supor que isso seja verdade. Entretanto, é o que parece.

— Claro. Pode contar comigo. Afinal de contas, serviço de quarto e banheira de mármore? Não há como não curtir, certo?

— Exatamente.

Seu sorriso ainda não alcança os olhos.

— Vamos ganhar dinheiro.

Dez minutos depois, quando estamos percorrendo as ruas de Atlanta em sua moto, eu me deleito com a sensação de passar os braços em volta da cintura dele. É o único momento que posso me agarrar a ele sem me preocupar com o porquê de estar me apegando ou se estou me apegando demais. Ou se deveria sequer estar me apegando.

Queria ter um enorme botão de rebobinagem que nos levasse a alguns dias atrás, ao dia em que ele foi a Salt Springs para me encontrar; ao dia que senti que eu era dele e ele era meu; ao dia que parei de pensar em todo o resto.

Isso tudo antes de falar com Taryn, e ela me lembrar que os leopardos não mudam suas manchas. Eles são belos como são, mas devem ser admirados à distância, de onde não podem alcançar você com as suas garras, que podem facilmente destruir o coração de uma garota.

Quando Cash vira a esquina e avistamos a Dual, me sinto triste. Taryn já chegou. E está em seu carro, sem dúvida esperando por alguém para abrir as portas da boate e deixá-la entrar. Eu tinha ouvido Cash ligar para Gavin, o gerente de meio período, e dizer-lhe para não se incomodar em abrir a boate, que ele estaria lá.

Droga! Eu nem sequer pensei nisso!

Quando Cash passa ao lado do carro dela e dá a volta pelo edifício para entrar na garagem, vejo que ela nos segue com o olhar. Mesmo através da viseira colorida do capacete, posso sentir as pontas afiadas dos punhais que ela está lançando na minha direção. Suponho que isso trará um final abrupto e provavelmente desagradável à nossa trégua.

Merda.

A porta da garagem se abre quando Cash aperta um botão na moto. Ele entra e desliga o motor. Pulo rapidamente da moto, torcendo para que Taryn não apareça e faça um grande escândalo.

— É melhor eu entrar e começar a trabalhar — digo, entregando o capacete a Cash. Lentamente, ele estica o braço para pegá-lo da minha mão, olhando para mim de um modo estranho. Após vários segundos pouco confortáveis, justo quando acho que ele vai insistir em manter o nosso relacionamento (ou o que quer que seja) em segredo, ele acena a cabeça. Dou um breve sorriso e entro correndo na sala, passo pelo escritório e saio no bar, guardando a minha bolsa de forma segura atrás do balcão.

Sem perder tempo para começar a trabalhar, abro algumas garrafas de licor e me certifico de que as geladeiras estejam com seus devidos estoques em dia. Em seguida, começo a fatiar limões, limas-da-pérsia e laranjas. Vejo Cash cruzar o salão para destrancar as portas, mas em vez de voltar ao escritório, ele vai para o lado de fora. E leva uns

15 minutos para voltar. E o que mais me aborrece? Aproximadamente sessenta segundos depois que ele entra, Taryn finalmente aparece.

E ela está sorrindo.

Um largo sorriso.

Afinal, o que isso significa?

O bolo que se forma em meu estômago me diz que isso não significa nada de bom. Pelo menos para mim.

Pestanejo para afastar as lágrimas que formigam nos meus olhos. Como pude me deixar enganar? Novamente! Parecia tudo tão certo. Eu havia chegado tão perto.

Taryn começa a assobiar enquanto organiza sua parte do balcão. Assobiar, pelo amor de Deus! Pode dizer que estou maluca, mas acho que ela está se mostrando exultante. Assobio pode ter a ver com exultação? Humm, tenho quase certeza que sim. E tenho quase certeza que este, em particular, tem tudo a ver.

Eu trinco os dentes e tento, ao máximo, ignorá-la. Fico agradecida quando Cash liga o som, e a música abafa a felicidade irritante de Taryn. Com um rancor que parece diretamente ligado à minha sobrevivência, concentro toda a atenção no trabalho. Não consigo suportar, por nem mais um segundo, ficar imaginando coisas.

OITO

Cash

Eu me levanto e vou até a estante de livros, em frente à escrivaninha, pela terceira vez. Eu havia deixado a porta do escritório semiaberta para me assegurar de que Taryn estava se comportando.

Quando fui para o lado de fora, após destrancar as portas da frente, tinha a intenção de admitir que Olivia e eu estávamos juntos e depois dar a Taryn um ultimato. Eu não queria que ela entrasse e aborrecesse Olivia. Mas acho que subestimei o tamanho do ego de Taryn. Ela se antecipou, falando antes de mim. E, no processo, acabou me dando uma desculpa perfeita. O segredo de Olivia ainda está a salvo.

— Essa garota realmente precisa de um carro novo — disse ela, alegremente, lançando os olhos ao carro de Olivia quando atravessava o estacionamento na minha direção.

— Ela não tem condição de comprar outro agora. E você não precisa sacaneá-la. Olivia está numa fase difícil. Tenho pena dela, e se você soubesse tudo o que ela está passando com a família, também teria. Portanto faça-nos um favor e recolha suas garras, certo?

Ela parou diante de mim. Olhando bem na minha cara, me fitou durante pelo menos um ou dois minutos antes de falar alguma coisa. Mesmo agora me pergunto se ela estava procurando a verdade. E o que acabou descobrindo.

Seja o que for que tenha descoberto, ela nunca admitiu que não acreditava em mim. Apenas riu e balançou a cabeça.

— Afinal, qual foi o problema desta vez?

— Velas de ignição, eu acho.

— Acho que posso começar a dar carona pra ela, já que estaremos trabalhando no mesmo turno durante algum tempo.

— Com certeza, já que isso não a faria se sentir ainda pior — eu disse em tom sarcástico.

— Como assim? Eu posso ser legal.

— Você *pode* ser, mas *não tem sido*. Seria como esfregar sal em uma ferida, se você oferecesse carona a Olivia porque o carro dela é uma lata-velha e ela não pode comprar outro agora. *Principalmente* depois do modo como você a tratou.

Eu tive que trincar os dentes. Só imaginar Taryn maltratando Olivia era o bastante para me deixar furioso. Mas não podia deixar que ela percebesse minha reação. Então, escondi tudo atrás da máscara que meu rosto se tornou.

— Você está brincando? Eu paguei uma dose pra ela ontem à noite e me ofereci pra sair depois do trabalho. O que mais você quer que eu faça? Que eu doe o meu sangue para ajudá-la a comprar um carro?

— Pare de bancar a engraçadinha. Não pedi que você fosse a melhor amiga dela. Isso é problema seu. Só estou pedindo que você não a sacaneie tanto. Ela está numa fase difícil.

Taryn sorriu com seu jeito sedutor que costumava nos levar a algum lugar para ficarmos nus, mas que agora não me afetava em absolutamente nada. Esperava que ela percebesse, mas seu gesto seguinte me assegurou que ela não notou nada.

— Tudo por você, chefe. — Em seguida, inclinou-se na minha direção enquanto falava. Não o bastante para esfregar o corpo no meu, mas o suficiente para que o seu peito grande roçasse em mim.

— Esta é a atitude que eu espero dos meus funcionários — eu disse, indiferente, ao me virar e voltar para a boate.

Intencionalmente, não lancei os olhos à Olivia quando voltei. Eu não queria que ela pensasse que eu tinha revelado o nosso segredo. Bem, não é exatamente o nosso segredo, já que eu não me importo se alguém ficar sabendo. Na verdade, é o segredo dela.

Ao olhar para o bar, vejo Taryn sorrindo e atendendo seus clientes. Não a vi hostilizar Olivia em momento algum. Na realidade, eu também não a vi prestar muita atenção a ela. Eu preferiria que ela apenas ignorasse Olivia. Seria o melhor.

Estou sentado diante da mesa quando meu telefone apita, avisando o recebimento de uma mensagem de texto.

Este é o número do "precisa-se de ajuda nas cidades gêmeas"?

Meu pulso acelera. É uma resposta ao anúncio.

Sim.

Minha resposta é curta. Realmente não sei o que dizer, além disso.

Por sorte estou na cidade. Estarei aí em 3 horas.

Meu primeiro pensamento é me perguntar como um perfeito estranho saberia onde me encontrar. A única informação contida no anúncio on-line, além do meu telefone, era o pequeno texto que meu pai me fez colocar.

Precisa-se urgente de ajuda nas Cidades Gêmeas. Ponto.

Ele não diz nada sobre minha localização. Talvez o código de área do meu telefone pudesse ser usado para se obter uma posição *geral*, mas nada específico o bastante para, de fato, me encontrar.

A menos que haja algum tipo de rastreamento.

Você sabe onde estou?

A resposta me deixa preocupado.

Claro.

Eu já imaginava que as pessoas do passado do meu pai nos vigiavam, mas, pelo visto, o grupo é muito maior — e, com alguma sorte, muito mais amistoso, em alguns casos — do que eu suspeitava inicialmente.

Naturalmente, tenho mil perguntas do tipo: *quem são vocês, como estão ligados ao meu pai e por que têm me observado.* Estou na dúvida entre perguntar agora ou esperar. Por fim, decido que é melhor esperar. Meu pai me mandou fazer contato com eles. Tenho que acreditar que ele sabe o que está fazendo. Sei que ele nunca permitiria que algo acontecesse a mim. Entretanto, tudo isso me deixa nervoso.

Afastando esse pensamento, vejo o quanto sou grato à tecnologia. O anúncio on-line alertou alguém. Rápido. Alguém que meu pai acha que pode ajudar. E, a julgar pelo texto curto e truncado, provavelmente não se trata de um tipo de pessoa que poderia ser chamada de um contato "simpático". Mas este é o tipo de negócio no qual meu pai estava envolvido. Eu soube por muito tempo. Só não esperava que isso tivesse um impacto tão profundo e íntimo na *minha* vida.

Pego os livros da boate e examino a contabilidade, na esperança de que isso me ajude a passar as três horas seguintes. Não posso sair e ficar no bar, já que não vou conseguir tirar os olhos de Olivia. Então fico preso aqui. Esperando.

Mais ou menos uma hora depois, um pensamento que estava no fundo da minha mente vem à tona. Trata-se de algo com aspectos desagradáveis, o que provavelmente me levou a mantê-lo em segundo plano e faz parecer que não confio no meu pai, o que não é verdade. Mas acho que não confio em ninguém cem por cento, principalmente quando a segurança de Olivia está por um fio.

Pego o telefone e ligo para a pessoa que me parece a única em quem eu posso confiar e que faria tudo para me ajudar em uma emergência. Na ausência do meu verdadeiro irmão, ele se fez presente para preencher esse vazio. Ele é o mais próximo de família que tenho.

— Cacete, você é mesmo carente! — diz a voz familiar de Gavin Gibson, o gerente de meio período e amigo. Suas palavras ainda carregam um pouco do sotaque da sua infância na Austrália.

— Não é sobre trabalho, Gav. É outra coisa. Preciso da sua ajuda.

Há uma pausa. Quando Gavin fala novamente, toda a animação desparece da sua voz.

— Pode falar, qualquer coisa. Você sabe disso.

— Você poderia vir à boate por algumas horas?

— Humm, sim — diz ele, meio hesitante. — Só preciso cuidar de umas coisas e dou um pulo aí depois. Daqui a uns quarenta e cinco minutos, está bem?

— Claro. A gente se vê já já.

Após desligar, chego à conclusão de que foi uma decisão acertada. Já me sinto melhor em relação à situação. Preciso do meu pessoal, pessoas nas quais posso confiar, pessoas que conheço. Entrar nisso sozinho seria uma atitude louca e irresponsável, mesmo com meu pai conduzindo tudo. Entretanto, tenho que me proteger de todas as formas. E Gavin pode ser a minha carta na manga.

NOVE

Olivia

Planto um sorriso no rosto e luto para manter minha disposição diante dos meus clientes. Ouço o que parece um grito de guerra na outra extremidade do bar e, ao olhar naquela direção, vejo Taryn feliz, celebrando... alguma coisa. Quando ela se vira para trocar a música, descubro, pelas primeiras notas, o que está acontecendo. Alguém vai fazer body shot.

A maioria dos frequentadores conhece a Dual o bastante para saber o que acontece quando toca aquela música e o que é body shot. Então, eles rapidamente se dirigem até a parte de Taryn no balcão para assistir ao show. Creio que o único modo mais eficaz de desocupar o espaço seria começar a gritar "Briga!" e apontar em direção à porta. O lugar se esvaziaria em quatro segundos exatos.

A garota que vai fazer o body shot parece ser do tipo que se oferece para todo mundo. E muito. Eu apostaria que seu corpo é oitenta por cento feito de materiais recicláveis e que sua roupa pertence à irmã menor. O cabelo loiro claríssimo completa a imagem "piranha".

Ela caminha remexendo os quadris antes de deitar sobre o balcão. Acho engraçado que ninguém precise ajeitar sua roupa para o show. Grande parte de sua barriga já está exposta.

Taryn coloca a lima e o sal na barriga da garota e vai além, ao verter a tequila no seu umbigo, algo que só funciona em pessoas com um bem profundo.

Caraca! Alguém vai gostar de lamber aquilo!

Procuro no meio da multidão extasiada pelo idiota babão número um. Ele é fácil de ser encontrado. Está todo excitado e ansioso, diante da perspectiva de lamber algo do corpo desta garota. Todos os seus amigos estão dando tapinhas encorajadores nas suas costas, e ele está, de fato, esfregando as mãos, na expectativa.

Tente se controlar, apressadinho.

Sorrio diante dos meus pensamentos. O cara não está tão desesperado, mas alguns dos seus amigos parecem exemplos típicos de ejaculação precoce. Aposto que alguns irão correr para o banheiro depois de assistirem a este pequeno show.

Eca!

Já que os meus clientes estão ocupados, aproveito para limpar a minha estação, fazendo tudo que posso para me concentrar no trabalho. De vez em quando, dou uma olhada no alvoroço na parte de Taryn. O pessoal vai ao delírio quando o cara começa a lamber o sal da barriga da garota. Eu balanço a cabeça e sorrio. Realmente não precisamos de muito para deixar essa turma acesa.

No instante em que meus olhos estão se voltando à tarefa que estou realizando, vejo uma sombra se mover na faixa de luz que vem do escritório de Cash. Meus sentidos se direcionam para aquele canto, não importa o que eu esteja fazendo ou o quanto eu tente ignorá-lo.

Cash está inclinado no batente da porta, me observando. Mesmo à distância, vejo a paixão em seus olhos. *Posso senti-la*. Ele não precisa me dizer o que está pensando. Posso ver no fundo da minha mente. Ele está se lembrando da noite em que essa música tocou para nós.

Como um replay instantâneo, a cena — os odores, o visual, os sons, as sensações — abre-se na minha mente com perfeita clareza. Um calor lento começa na parte de baixo da minha barriga quando me lembro de Cash em cima de mim. A sensação se espalha como fogo quando relembro seus lábios e sua língua deslizando pela minha barriga, mergulhando no meu umbigo, tentando levantar a ponta da minha blusa.

Sinto o pulso acelerar ao me lembrar da expressão em seus olhos no momento em que ele tirou a lima da minha boca. É a mesma expressão que vi mais de uma dúzia de vezes desde então. É assim que ele fica quando me vê gozar. É assim que ele fica quando me observa ao me despir. É assim que ele está agora. É um olhar faminto, que diz que ele me quer. Neste exato minuto, sem nada entre nós além da respiração ofegante e da pele úmida. Ele me quer. Agora.

E não há como negar que eu o quero também. Tanto quanto ele.

Os frequentadores entre nós aplaudem, mas eu não desvio o olhar para ver o que está acontecendo. Não consigo tirar os olhos de Cash. Ele é como o Sol, em volta do qual o meu mundo gira — por mais que eu tente gravitar longe dele, libertar meu coração e meu corpo, ele me atrai. Irresistivelmente. Inexplicavelmente. Inegavelmente.

Ele arqueia a testa e sinto o desejo me incendiar. Quase fico sem fôlego.

Ah, meu Deus, como eu o quero!

Eu nunca desejei alguém assim. Tão profundamente Tão completamente. Tão desesperadamente.

Mas essa é a parte que me traz problemas. É a parte que me assusta.

Um grupo de rapazes se afasta do show, para entre nós e quebra o contato visual extremamente desconcertante de Cash.

O momento se esvai.

Mas os efeitos, não.

Cada dia, cada hora, cada minuto que passo em sua presença, Cash está cada vez mais profundamente sob a minha pele.

— Você deve ser Olivia — diz uma voz ligeiramente acentuada por um sotaque, desviando minha atenção da porta do escritório.

Quando meus olhos se dirigem ao dono da voz, meu queixo cai. Se houver no mundo alguém que ocupe uma posição próxima à de Cash no quesito boa aparência, só pode ser este cara.

Cacete! Ele é lindo!

Uma grossa camada de cabelo preto — cortado bem rente e penteado como o de Tom Cruise em *Top Gun: Ases Indomáveis* — se estende acima do rosto bronzeado, que é o retrato da beleza clássica. Testa larga, rosto comprido, nariz reto, boca bem-definida, maxilar forte — ele é simplesmente homem com H maiúsculo. E ponto final. Mas é o seu grande sorriso e os olhos azuis brilhantes que o elevam de lindo para maravilhoso.

Mesmo enquanto estou pensando nisso, enquanto estou enumerando seus atributos, observo a falta de alguma emoção, qualquer vislumbre de atração. Ele é bonito, agradável de se olhar, parece ser um cara bem legal, mas simplesmente não é Cash. Simples assim. Suponho que só haja um homem para mim. Só espero que eu seja "a mulher" para ele.

O cara que estou observando ergue as sobrancelhas, demonstrando esperar por uma resposta, e eu me lembro da sua pergunta.

— Por que eu deveria ser Olivia? — pergunto em tom amável. Seu sorriso se abre ainda mais. É contagioso e me deixa, imediatamente, à vontade.

— Bem, pra começar, Olivia é nome de garota bonita. E você é uma garota bonita. Em segundo lugar, você é a única funcionária que eu não conhecia aqui, o que significa que você deve ser Olivia. Agora — diz ele inclinando-se para me olhar pelo canto do olho —, admita, você está impressionada com o meu extraordinário poder de dedução, não está?

Seus olhos são cheios de malícia, e eu me vejo rindo antes mesmo de poder tirar conclusões lógicas do que ele está dizendo.

— Certo, você me pegou. Não vou mentir. Estou profundamente impressionada com o seu extraordinário poder de dedução.

Ele acena a cabeça.

— Como eu suspeitava. Sou irresistível nesse ponto. — De forma abrupta, ele volta à posição original e estica o braço sobre o balcão. — Sou Gavin. Gavin Gibson. Ajudo Cash no bar.

— Gavin Gibson? Parece a verdadeira identidade de um super-herói. Você esconde uma capa em algum lugar debaixo dessa camisa? — pergunto.

— Não, eu guardo o meu único superpoder dentro da calça.

Ele pisca e eu sorrio.

— Você flerta assim com todas as funcionárias aqui, Sr. Gibson?

— Sr. Gibson? — Sua expressão mostra que ele está claramente assustado. — Sr. Gibson é o meu pai.

— *Desculpe, Gavin.*

— Bem melhor. E não, não flerto. Não é muito profissional, em primeiro lugar. Mas, o que é mais importante, nenhuma das outras funcionárias são como você. Se fossem, eu estaria encrencado.

— Nunca o considerei o tipo ligado a assédio sexual, Gavin — diz Cash parando no bar ao lado dele.

Embora seu tom seja leve e brincalhão, sua expressão é exatamente o contrário. Gavin apoia um cotovelo no balcão e se vira para Cash.

— Você nunca teve uma funcionária que valesse o assédio — diz ele, dando uma piscadela para mim. — Mas esta compensaria perder o meu emprego.

— Ah, você perderia mais do que seu emprego se colocasse a mão nela. Pode ter certeza.

Gavin ainda está sorrindo ao olhar de volta para Cash, mas vejo seu sorriso se esvair lentamente quando percebe a expressão séria do amigo. Gavin apruma-se e seu olhar vai de Cash para mim e novamente para Cash.

Ele assente com a cabeça, e sua mão grande dá um tapinha no ombro de Cash. Eles são praticamente da mesma altura, mas Cash é ainda um pouquinho mais alto.

— Entendi cara. Não foi por mal. — Ele se vira para mim e dá outro sorriso encantador. — Olivia, foi um prazer. Se me der licença, temos alguns assuntos para discutir.

Cash não se move até Gavin se afastar do balcão e começar a caminhar na direção do escritório. Então me olha, seus olhos profundos, insondáveis pontos escuros, antes de se virar e seguir Gavin, deixando-me confusa em relação ao que acabou de acontecer.

DEZ

Cash

Mal consigo me controlar para não bater a porta atrás de mim quando acompanho Gavin para o escritório. Estou fervendo de ódio. E Gavin me conhece bem o suficiente para perceber isso.

— Eu não sabia que você estava saindo com ela, cara. Não fiz por mal.

Eu sei que ele não fez por mal. Mas isso não ajuda em nada a apaziguar a minha raiva. Ver Olivia sorrir daquele jeito para outro cara foi... foi...

— Você não pode agir assim com as funcionárias, Gavin. Tem noção do tamanho do problema que você poderia causar?

Ele ergue as mãos em sinal de rendição.

— Foi mal, Cash. Não vai acontecer novamente. Eu não tive a intenção.

— Não faça isso de novo. Estou falando sério.

— Pode deixar — assegura ele solenemente. Após alguns segundos de silêncio, ele comete o erro número dois. — Mas caraca, essa mulher é maravilhosa!

Seu sotaque parece mais pronunciado, o que só me deixa mais irritado. É como se ele interpretasse um personagem que tenta seduzir as mulheres.

— Já chega! — eu grito.

Gavin sorri e acena a cabeça lentamente, como se tivesse descoberto algo.

— Ahh, então você *está* saindo com ela.

— Eu não falei...

— Não precisa falar. Não se esqueça de que eu te conheço, cara. Há um bom tempo. Eu já vi você com garotas antes e você nunca deu a mínima se eu dava em cima delas.

— Você nunca...

— Nunca o cacete! Você é que nunca notou.

Não consigo sequer clarear a mente o suficiente para pensar e dizer se aquilo é verdade ou não. Mas decido que isso não importa. O que importa é que ele mantenha as mãos longe de Olivia. E os olhos também.

— Olivia é... ela é... é só...

— Não precisa falar mais nada. De agora em diante, ela é minha irmãzinha.

Eu olho para ele. Fixamente. Nos seus olhos, vejo o meu melhor amigo. Meu sócio nos negócios. Uma das poucas pessoas no mundo em quem, de fato, confio. E sei que ele está falando a verdade.

Então balanço a cabeça.

— Tudo bem.

Gavin afunda um pouco na cadeira, apoiando o tornozelo no joelho e entrelaçando os dedos atrás da cabeça. Ele está de volta ao seu velho estilo confortável.

— Afinal, o que está acontecendo? Pelo que estou vendo, deve ser algo bem importante.

Eu sei que ele está se referindo ao meu humor. Pelo menos em parte. Gavin é um cara muito perceptivo. O pai dele era militar e eles viajavam muito. A família morou na Austrália durante vários anos quando Gavin era pequeno, e é de lá que vem o sotaque dele.

Quando Gavin era adolescente, a família vivia na Irlanda. Seu pai, de alguma maneira, se envolveu com dois grupos perigosos de rebeldes e acabou sendo morto, juntamente com a mãe de Gavin e a irmã mais velha dele. Não foi muito depois disso que ele passou a servir numa espécie diferente de forças armadas. Do tipo que não consta em currículos e que os envolvidos às vezes morrem quando descobrem alguma coisa.

Por vários anos ele foi um mercenário. Ele é um pouco mais velho que eu — deve ter uns 30 anos —, mas possui uma das melhores habilidades táticas que já vi. Ele é fodão, e fico contente por ser meu amigo e estar me apoiando.

Afora seu profundo intelecto e... outras experiências, ele é piloto. Gavin é capaz de pilotar praticamente qualquer coisa que voa, de Cessnas e pequenos jatos a helicópteros. Na realidade, agora que ele não é mais um mercenário, isso é o que ele faz quando não está me ajudando na boate — ele faz voo fretado com seu helicóptero.

Eu o conheci por meio do meu pai, que usou os serviços de Gavin como piloto algumas vezes quando começou a quebrar os laços com a *Bratva*, a máfia russa. Gavin era competente e discreto, e meu pai logo viu que ele era um homem em quem podia confiar, sobretudo quando era para fazer a coisa certa, apesar das consequências.

Gavin permaneceu em contato com meu pai mesmo depois que ele foi preso. Então, quando a economia despencou e o trabalho de Gavin começou a diminuir, meu pai o pôs em contato comigo para conseguir trabalho extra. Nós nos demos bem logo de cara. Desde então, Gavin tem sido o meu melhor amigo e a pessoa mais próxima à família "fora da prisão" que tive durante anos.

E agora preciso da sua experiência e discrição mais do que nunca.

— O que meu pai contou a você a respeito do que aconteceu?

Gavin me conta o que meu pai lhe disse e vou preenchendo as partes incompletas da história na minha cabeça. Bem, para falar a verdade, a maior parte. Não menciono a morte de Nash, nem que estou vivendo como os dois irmãos há sete anos. Esta é uma informação que eu gostaria de manter para mim o máximo de tempo possível. Este é um nível de confiança que tenho em poucas pessoas. Na realidade, em uma pessoa.

Olivia.

— Bem, você não tem a menor ideia de quem vai aparecer daqui a... — Gavin olha o relógio — vinte minutos ou algo assim?

— Nem uma pista. Meu pai deve supor ou ter certeza de que eles têm algum tipo de informação que possa me ajudar ou que eles têm algum modo de nos tirar dessa situação sem precisar abrir mão de um trunfo valioso, incomparável, *ou* da vida de alguém.

— Sim, fazer uma cópia está fora de cogitação. Isso é o tipo de coisa que realmente mata pessoas.

— Minha preocupação não é *só* com o fato de abrir mão da informação que pode livrar meu pai da cadeia. É também com o modo como essa gente age. Eles não deixam testemunhas vivas. Nunca. Preciso encontrar algum outro modo de me assegurar de que Olivia está segura. Completamente. Definitivamente. Tenho que me livrar deles ou... Não sei. Mas preciso fazer alguma coisa. Tenho que me assegurar de que ela está em segurança.

Gavin coça o queixo.

— Isso pode ser complicado. Essas pessoas são perigosas demais para serem subestimadas. Mas você é um ótimo estrategista. Um dos caras mais inteligentes que eu já conheci. E isso é muito importante. Trabalhei em todo o mundo com todo o tipo de gente. Você teria sido um excelente mercenário. Pode não ter muito o que fazer agora, mas quando o plano B do seu pai aparecer aqui, você saberá mais. Você parece muito com Greg. E sabendo o tipo de homem que é o seu pai, essa pessoa misteriosa vai mudar o rumo das coisas.

Pressiono os dedos entre as sobrancelhas, na esperança de parar o incômodo latejamento atrás dos olhos.

— Espero que você esteja certo. Senão, vou ter que pensar em algo bem rápido. Só tenho até às nove e meia da manhã. Eles vão me dar trinta minutos depois que o banco abrir para eu pegar os livros. Então irei conhecê-los.

— Mas os livros não estão no banco, certo?

— Não.

Confio em Gavin, mas ainda hesito em revelar meus segredos.

— Você disse a eles qual é o banco?

— Não. Por quê?

— Bem, isso poderia favorecê-lo. Poderia lhe dar tempo Além disso, eles não conseguirão encontrá-lo lá. Tente derubar os truques típicos deles.

— Sim, quanto mais tempo tivermos e menos eles souberem, melhor.

— Com certeza.

Gavin e eu ficamos jogando bolinha de papel um para o outro enquanto esperamos. Isso me impede de andar de um canto a outro, que é o que tenho vontade de fazer. Eu não gosto de esperar. Não gosto de não dispor de todos os fatos. Não gosto de ser o último a saber. E, acima de tudo, não gosto da preocupação de não conseguir manter Olivia em segurança. Há muitas incógnitas, muitos elementos envolvidos, muitas variáveis. O que eu preciso é que os homens do meu pai venham até aqui, para que eu possa recuperar algum controle.

Durante algum tempo depois do acidente eu fiquei muito ansioso. Só pensava em me vingar das pessoas que mataram minha mãe e meu irmão e incriminaram meu pai por essas mortes. Porém, com o passar do tempo, quanto mais eu me tornava Nash, mais percebia que havia um modo lícito de proceder, um modo que poderia libertar meu pai. Isso por si só valeria a pena, sem a necessidade de derramamento de sangue. Portanto, foi o que fiz. Tratei de tirar meu diploma de advogado e aprender o máximo sobre casos semelhantes para que um dia eu pudesse usar as provas pelas quais meu pai tanto se sacrificou e ver a justiça sendo feita.

Mas, agora, tudo isso está em perigo. A menos que o ás que meu pai tem na manga seja muito bom.

Quarenta e quatro minutos depois, uma hora antes do fechamento da boate, um ás entra no escritório. E que ás!

ONZE

Olivia

Seria impossível não perceber sua presença. Perigo, confiança e um menosprezo ousado por praticamente qualquer coisa emanam dele como um cheiro ruim. Ou, para cada mulher nas proximidades, como um perfume.

Tenho certeza de que a comichão na minha garganta são os feromônios de Taryn. Eles poderiam sufocar todos nós. Eu nem preciso olhar para o bar na direção dela para saber que ela está alerta e prestando atenção. Eu não ficaria surpresa se ela estivesse se lambendo como uma gata. Mas também posso entender. Ele é bem... irresistível.

Ele é alto. Tão alto quanto Cash. O fato de estar usando uma jaqueta de couro preta e óculos escuros em uma boate, no meio da noite, só o faz destacar-se ainda mais. Mas não é só isso. Não é apenas um detalhe. Ou dez. É *tudo* em relação a ele. Não há como esse cara passar despercebido. Nem em uma imensa multidão ele deixaria de ser notado.

As pessoas abrem caminho conforme ele atravessa o salão. Não sei se é medo ou reverência, mas algo faz com que elas abram espaço.

Eu diria que seu cabelo é no comprimento do queixo. Talvez no ombro, mas preso num rabo de cavalo como está, fica difícil saber. A cor parece palha, mais clara no topo do que na parte de baixo, o que me faz pensar que ele se exercita ao sol. Com frequência.

Seu queixo é coberto por um cavanhaque castanho-claro, denso. Entre o cavanhaque e os óculos escuros, a maior parte dos detalhes do seu rosto estão encobertos, mas há algo sobre ele que parece vagamente familiar. Eu me pergunto se ele já veio à boate antes. Não vestido dessa forma, naturalmente, mas talvez com roupas comuns.

Sem parar, ele vai direto para o escritório de Cash e desaparece lá dentro. A impressão é de que há uma pausa depois que ele se vai, como se sua lenta e poderosa passagem através do salão deixasse uma leve marca em seu rastro. Mas após uns trinta segundos, todo mundo volta para a última rodada de bebidas antes de fecharmos o bar, como se nada tivesse acontecido.

Mas eu estou mais curiosa do que nunca.

DOZE

Cash

Ainda bem que estou sentado quando ele entra. Também fico contente por não estar comendo ou bebendo neste momento. Seria lamentável chegar até este ponto e então engasgar e morrer, ao dar de cara com o visitante tão esperado entrando na minha sala.

E ver que ele é o meu irmão gêmeo.

Nash.

— Que po...

Meu primeiro pensamento, minha primeira *sensação*, é de alívio profundo. Alegria até. Meu irmão não está morto. Está bem vivo. E de pé na minha frente.

Seu cabelo está mais comprido. E mais loiro. Seu rosto é familiar. Eu o reconheceria em qualquer lugar, naturalmente. Mesmo com a metade de baixo coberta por um cavanhaque loiro escuro, parecia o meu rosto. Só que mais cheio. Bem mais cheio.

Sinto a presença dele de um modo que nenhuma outra pessoa no mundo sente. Somos parte um do outro, de uma forma que a maioria dos irmãos não experimenta. É diferente ser gêmeo.

Imagino que, em algum nível, eu sempre soube que ele não estava morto. Nunca senti que ele havia partido, nunca senti que ele havia morrido. Nunca senti sua ausência como se ele tivesse ido embora para sempre.

Mas o que isso significa? O que está acontecendo? Só preciso de alguns segundos para juntar as partes do quebra-cabeça.

Papai.

— Papai sabia. Ele sempre soube e nunca me disse.

Um tapa na cara. Um chute no saco. Um confronto com a realidade, que me alerta para o fato de que realmente *não há ninguém em quem* eu possa confiar. Não completamente.

Confio demais em Gavin, mas as duas pessoas em quem eu mais confiava me deram razão para duvidar do meu julgamento. Meu pai, obviamente, omitiu muita coisa de mim. Não sei por que, mas com certeza vou acabar descobrindo. Quando me assegurar de que Olivia está segura...

Olivia.

Ela é a outra pessoa a quem confiei muita coisa. Porém, apesar de não ter traído essa confiança, ela tem andado muito fechada nos últimos dias, e isso me preocupa. Sei que ela tem muito com o que lidar, mas agora não é o momento para isso. É perigoso demais decidir, de repente, que não sou digno de confiança e fugir. Poderia pôr em risco sua própria vida.

Isso significa que tenho de convencê-la a confiar em mim, mostrar para ela que eu jamais a magoaria. Ou terei de deixá-la sozinha. Ela não pode estar segura se não acreditar em mim. E eu não posso confiar *nela* se ela não confiar em mim.

As palavras de Nash me trazem de volta ao seu reaparecimento misterioso.

— Sim. Todos nós tivemos nossas razões para fazer as escolhas que fizemos. Inclusive você — diz ele intencionalmente.

Ele tem razão, mas isso não alivia o fato de eu ser o único a ficar por fora do que está acontecendo. Começo a me exaltar, mas antes que eu ataque Nash, Gavin se mexe na cadeira, lembrando-me de que não estou sozinho com meu irmão.

Lanço os olhos ao meu gerente do bar e melhor amigo, que olha para Nash e para mim. Sua expressão diz que ele está um pouco confuso, mas não tanto quanto eu poderia esperar.

— Explico tudo depois — prometo.

Gavin aperta os olhos e logo começa a acenar a cabeça lentamente.

— Não, não creio que seja necessário. Acho que já saquei. — Ele se levanta e se aproxima de Nash. — Gavin Gibson. Acho que nunca nos vimos.

Cacete. Ele realmente sacou tudo.

Eu "encontrei" Gavin uma vez fazendo-me passar por Nash para acrescentar um pouco de legitimidade à farsa. Se Gavin alguma vez teve alguma suspeita sobre a identidade, nunca disse nada. Mas conhecendo Gavin, ele provavelmente guardaria a dúvida para si, caso precisasse disso depois. Acho que nesse tipo de negócio — quer dizer, negócio do meu pai — todo mundo tem seus segredos. E suas armas.

Faço um gesto com a cabeça para meu amigo. Não adianta omitir nada agora.

Então me viro para Nash, cruzando os braços sobre o peito.

— Afinal, você vai me colocar a par do que está acontecendo?

Nash me observa. É neste momento, e não quando o vi pela primeira vez hoje e notei o quanto ele está diferente, que percebo que ele realmente mudou. Ele está mais parecido comigo do que nunca, lembra o modo como eu *era*. Só que muito mais perigoso.

— Não vim aqui para pôr os últimos sete anos em dia. Vim porque papai deu o sinal. Deve estar na hora de começarmos a agir.

— O que isso significa?

— Estou numa posição de vantagem.

— Eu também. Mas eles sabem disso e estão fazendo ameaças inaceitáveis, ameaças que não me permitem arriscar a fazer exigências.

Ele para e me observa novamente. É como se estivesse tentando entrar na minha cabeça. E quando finalmente volta a falar, parece que conseguiu.

— Quem eles pegaram?

— Uma garota que eu conheço. Alguém que eles acham que é importante pra mim.

Uma carranca leve surge em sua testa, mas logo desaparece.

— Alguém que eles *acham que é* importante pra você? — pergunta ele. Eu assinto. — Mas não é?

Dou de ombros.

— Não sou particularmente amigo dela. Mas há uma garota que *é* importante para mim. E eles sabem quem ela é.

Ele faz um movimento com a cabeça lentamente, digerindo toda aquela informação.

— Bem, eu disponho de material suficiente para mudar toda essa situação se nós o utilizarmos corretamente.

— Então por que você não o utilizou antes?

— Papai. Ele queria esperar. Ele tinha medo de nos colocar em mais perigo. Foi só por isso que ele concordou com tudo. Ele passou os últimos sete anos na prisão para nos proteger, e não porque não tinha saída. O tempo todo ele sabia que tinha os trunfos na mão.

— Então os livros...

— Sim, eram apenas parte do jogo. Mas serviram para mantê-lo seguro todo esse tempo, portanto valeu a pena. Para ele.

Para ele.

Não sei como interpretar essa última parte. Será que Nash se ressente *de mim?* Não vejo como ou por quê. Ele sabia da transação desde o início, enquanto eu agia com base em informações isoladas. Ele sabia a verdade. Eu praticamente só sabia mentiras.

Minha irritação aumenta.

— Cara, se você tem alguma coisa pra falar, manda ver. Já estou ficando cansado dessa merda. Eu não fico feliz quando alguém atrapalha a minha vida, me dizendo meias verdades e só uma parte da história. Você tem duas opções: ou conta tudo ou pode dar o fora. Vou dar outro jeito. Sem você e... tudo o que você *acha que* tem.

Após alguns segundos, os lábios de Nash se curvam em um ligeiro sorriso frio.

— Pelo menos você não é um viadinho *completo.*

Eu perco o controle. Já estou cansado de tudo isso — dessa vida, dessa fraude, desse jogo. Dou um passo na direção de Nash com a intenção de dar um soco bem no meio da cara dele.

Ele sorri de modo afetado, como se aceitasse a oportunidade de trocar alguns socos comigo. Mas Gavin se coloca entre nós.

— Se vocês querem saber, eu diria que há coisas mais importantes do que essa disputa infantil agora. Foco, companheiro. Foco. Por ela, pelo menos — diz ele·

Seus olhos estão calmos, como as rasas águas azuis com que tanto se parecem. Em poucos segundos, a sabedoria de suas palavras e a pessoa por trás delas me acalmam .

Olivia.

— Isso não acabou — rosno entre os dentes. Nash acena a cabeça uma vez, seu sorriso afetado ainda firme no rosto. Por uma fração de segundo, sinto um impulso de bater nele até acabar com aquela presunção. Mas a vontade desaparece quase no mesmo instante em que surge.

— Encontraremos tempo depois. Não vejo a hora.

Posso perceber pelo seu olhar faminto que ele não vê a hora mesmo. Não sei com o que ele poderia estar zangado, mas realmente não me importo também. Preciso dele por uma razão e mais nada. Depois, ele pode voltar para onde quiser, e nunca mais terei de vê-lo novamente.

— Bem, se você acha que vou entrar nessa sem saber o que você tem, está completamente enganado. Isso vai ser do meu jeito. Ponto final.

O riso de Nash é um breve rosnado.

— Não dou a mínima em salvar suas amigas. Nem sua namoradinha. Faz sete anos que espero para destruir as pessoas que mataram a mamãe e roubaram a minha vida. Posso esperar mais alguns dias. Tenho meus próprios planos.

— Não estou nem aí pro que você vai fazer, desde que não interfira na minha vida ou coloque em perigo alguém importante pra mim.

A expressão de Nash se modifica.

— Não está nem aí, é? Você não se importa com o fato de alguém ter explodido a nossa mãe? Com o fato de alguém ter incriminado o nosso pai? Não se importa que ele tenha passado anos na prisão para nos proteger? Não está nem aí para o fato de alguém ter roubado as nossas vidas, transformando-as em lixo, e tê-las incendiado? — Nash ri de modo sarcástico. — Ah, está certo. Você não se importaria. Você foi o beneficiário de todo o sofrimento da nossa família, não foi, seu filho da puta?

— Do que você está falando? Como assim eu me beneficiei? Você quer dizer que me beneficiei fingindo ser meu irmão perfeito, vivendo sua vida perfeita e tendo que tolerar os canalhas com quem alguém como ele se associaria? Você quer dizer que eu me beneficiei passando anos sofrendo a perda de cada membro da minha família? Refere-se à visita ao meu único parente vivo, em uma sala cercada de policiais, com uma vidraça entre nós, duas vezes por mês durante sete anos, e trabalhando dia e noite para arranjar um meio de tirá-lo de lá? É isso o que você quer dizer?

Nash dá um passo na minha direção. Vejo Gavin dar um sobressalto, como se estivesse pronto para se colocar entre nós mais uma vez; aliás, o tempo todo ele se manteve por perto. Mas Nash para.

— Isso parece muito melhor do que passar os últimos sete anos fugindo. Tendo que me esconder. Eu larguei tudo pra trás, quem eu era, o que eu queria, tudo o que tinha, para acatar os desejos do meu pai. Para mantê-lo seguro. Para manter você seguro. Eu vim furtivamente à cidade algumas vezes por ano e vi meu irmão vivendo a minha vida. Livre. Feliz. Vivo. Enquanto eu tinha que permanecer morto. Contrabandeando armas. Preso em um navio. Cada dia, durante meses. Eu trocaria de vida com você sem pestanejar.

— Pode ficar com a sua vida! Eu nunca a quis. Tudo o que fiz, fiz por ele. Não pense que você é o único que sofreu, Nash.

Nós nos encaramos. Estamos diante de um impasse. Eu nunca admitiria, mas agora posso ver por que ele tinha ficado zangado. Ambos sofremos, ambos pagamos por erros que não cometemos. Mas talvez o fim esteja próximo. Talvez, finalmente, seja a hora de nos libertarmos do passado. Finalmente.

— Sei que vocês têm muito o que conversar, mas isso vai ter de esperar. Nós só temos algumas horas para montarmos um plano em conjunto. O que me dizem de deixarmos essa história de lado e começarmos a trabalhar?

Eu olho para Gavin. Sua expressão ainda tem o aspecto agradável de sempre. Às vezes, é difícil acreditar que ele é implacável. Mas é. Ele apenas esconde isso muito bem. Isso provavelmente o torna ainda mais perigoso.

— Tem razão. Não temos tempo pra isso. — Olho para o relógio na parede. — A boate vai fechar logo. Vou ter que trazer Olivia e colocá-la a par do que está acontecendo.

— Você acha mesmo que é a coisa certa a fazer? — pergunta Nash bruscamente.

— Sim, pra falar a verdade, acho. Ela precisa saber. Ela tem o *direito* de saber. A vida dela está em perigo por minha causa. Por *nossa* causa. Ah, sem dúvida, acho que é a coisa certa. Quanto mais cooperativa ela for, melhor.

Nash revira os olhos e balança a cabeça. Obviamente, ele discorda. Porém, mais uma vez, eu não estou nem aí. Ele não precisa concordar comigo; ele somente tem que me dar o que preciso para que eu possa manter Olivia segura. Definitivamente. Depois, não dou a mínima para o que ele vá fazer.

TREZE

Olivia

Homens esquisitos e grandões continuam entrando no escritório de Cash. Por isso, quando a boate fecha, fico um pouco temerosa de voltar lá. Mas vou em frente. Realmente não tenho escolha. Estou metida numa tremenda enrascada.

Ao me abaixar diante do balcão para pegar minha bolsa, ouço a porta do escritório se abrir. Uma faixa de luz ilumina o chão e ouço vozes. Vozes baixas, graves. Meu estômago se contrai em um nó apertado.

A porta se abre um pouco mais, e o corpo grandão de Cash bloqueia quase toda a luz. Seus olhos imediatamente se fixam nos meus.

— Acabou?

Respondo com um gesto afirmativo de cabeça.

Ele vira para trás e fala com alguém. Então sai do escritório, atravessa o salão e tranca as portas da frente. Eu o observo, com medo de me mexer. Como não estou ocupada e todos os clientes do bar já se foram, a tensão é palpável.

Como é que eu fui me meter nessa situação?

Antes que eu possa formular qualquer resposta, percebo que Cash está vindo na minha direção, com uma expressão dura e intensa.

— Vamos voltar ao escritório. Há algumas coisas que preciso contar a você.

Meu pulso acelera, e o medo corre pelas minhas veias como água gelada. Cash me encontra na saída do balcão, na extremidade do bar. Quando estou diante dele, ele põe a mão na parte de baixo das minhas costas e me conduz ao escritório. Posso sentir o calor da sua mão por cima da minha blusa, e isso me conforta.

Quando entro, vejo Gavin na cadeira de Cash, atrás da mesa. E o homem alto, com rabo de cavalo, sentado na cadeira diante dele, de costas para mim. Gavin levanta os olhos e sorri.

— Aí está ela.

Sorrio para ele, embora saiba que é um sorriso nervoso. Meu rosto parece que vai quebrar de tanta tensão. Daqui a poucas horas, Cash irá resgatar Marissa. Quem sabe o que acontecerá?

Meu estômago está em ebulição, e eu me sinto nauseada. Fecho os olhos e suspiro lenta e profundamente.

Quando os abro novamente, o estranho está de pé. Ele se vira na minha direção, apoia-se na mesa atrás de si e cruza os braços sobre o peito largo. Ele tirou os óculos. E isso faz toda a diferença do mundo.

Meu coração dá um salto quando observo o castanho-escuro familiar dos olhos de Cash. Só que não são os olhos de Cash. Não exatamente.

Cash fica diante de mim e para ao lado dele. Quando olho de um para o outro, não preciso perguntar quem é o estranho, mas com certeza preciso que alguém me explique como ele veio parar aqui, como ele está diante de mim, quando todos acreditavam que estivesse morto.

Cacete! Isso é ainda pior do que eu pensava!

— Nash — digo baixinho, tentando parecer calma quando me sinto exatamente ao contrário.

Ele sorri, um gesto que não chega aos seus olhos.

— Parabéns. — Então olha para Cash. — Pelo menos esta tem cérebro.

Não sei o que ele quis dizer, mas não posso me preocupar com isso agora. Só quero descobrir o que está acontecendo, o que esperam de mim e como todos podemos sair em segurança desse dilema absurdo e tremendamente perigoso. Todo o resto terá de esperar.

— Você parece estar muito bem para um cara morto.

— Meu irmão fez um ótimo trabalho em me manter vivo, não acha?

A amargura em seu tom de voz é inconfundível.

— Acho que sim. Você não parece muito satisfeito com isso.

— Por que eu estaria satisfeito com o fato de alguém se passar por mim?

A raiva brilha nos olhos dele. Isso me faz hesitar, mas não totalmente. Por alguma razão, com Cash por perto, não tenho medo dele. Eu poderia ter medo em outras circunstâncias, mas, neste momento, me sinto corajosa.

— Por que *não* estaria? Você ficou numa boa. Tem um diploma de advogado pelo qual não teve que estudar, um emprego pelo qual não teve que trabalhar e uma vida que não teve que ganhar. Pelo visto, foi Cash quem fez a parte difícil — digo.

Olho para Cash. Ele está me encarando. E sorri. Um sorriso largo e contente. Quase presunçoso. Seus olhos estão brilhando. Ele dá uma piscadela para mim e o rubor toma conta do meu rosto. Ele deve estar feliz por me ver apoiá-lo.

Nash se empertiga e dá um passo à frente. Minha primeira intenção é recuar, embora ele não esteja tão perto. Mas não faço nada. Permaneço imóvel, e ele diz:

— Você poderia estar certa, principalmente se não tem a menor ideia de como foi a minha vida. Se não sabe que tive que abandonar minha identidade e ir trabalhar para criminosos em um navio de contrabando. Não sabe que eu só podia vir à costa uma vez a cada poucos meses. Não sabe que eu tinha que andar furtivamente pela cidade, usando um disfarce, só para ver o meu irmão vivendo uma vida boa. *A minha* vida. Sim, posso entender por que você acha que eu deveria estar agradecido.

A culpa toma conta de mim. Não sei o que dizer. Olho para Cash, que está fitando Nash com uma expressão inflexível. Em seguida me viro para Gavin, que parece entediado com toda aquela conversa. Então viro-me novamente para Nash que, de repente, parece angustiado e consternado por trás de sua máscara de pedra.

— Sinto muito — confesso sinceramente. — Eu... eu não sabia. Eu só concluí...

O riso de Nash é curto.

— Tudo bem, você sabe o que se diz sobre conclusões precipitadas.

Ele recua para retomar a sua posição, apoiado na mesa. Nash não me ofende com suas palavras. Ele tem direito a elas. Tanto ele quanto Cash foram sacaneados, e sinto imensa pena de ambos por tudo o que sofreram e perderam, pelo que tiveram de passar por causa de um homem que tomou todas as decisões erradas.

— Talvez depois disso você não precise mais se esconder — digo suavemente.

Nash me olha bem no fundo dos olhos. Posso ver que ele quer acreditar que isso seja verdade, e meu coração fica apertado.

— Talvez. Talvez um dia eu possa ter a liberdade, o emprego, a vida. A garota.

Não sei se ele se refere a mim quando diz "garota", mas seu olhar é tão intenso que me faz ruborizar de qualquer maneira.

Cacete! Ele é tão parecido com o irmão.

Cash se aproxima de mim e fica ao meu lado. Quando começa a falar, sua voz está tensa.

— Se fizermos tudo direitinho, talvez ambos possamos ter nossas vidas de volta. E você pode arranjar seu próprio emprego, sua vida e sua garota — fala ele.

Cash desliza o braço em volta da minha cintura. Quero sorrir diante do gesto possessivo. Homem tem cada comportamento tolo!

Sem dúvida a conversa precisa mudar de rumo. A tensão está me matando!

— Afinal, você decidiu o que vai fazer amanhã?

Ouço o suspiro de Cash.

Xiiiii!

— Acho que sim.

Ele se afasta de mim para ir até a porta e voltar, de cabeça baixa, sinal de que está concentrado.

— E então?

— Nash dispõe de algumas... informações que podemos usar depois de entregarmos os livros em troca de Marissa.

— Que tipo de informações?

Há uma pausa, durante a qual todos no recinto parecem se perguntar se vale a pena Cash responder à minha pergunta. Eu dou um jeito de tirá-los dessa dúvida na mesma hora.

— Se vocês estão pensando em esconder algo de mim, quando sou uma das pessoas na mira dessa gente, podem tirar o cavalinho da chuva. Vocês precisam da minha cooperação, certo? Quer dizer, eu posso ir direto à polícia e isso mudaria tudo, não é?

Odeio fazer tal ameaça. Acho que Cash sabe que estou só blefando, mas os outros não. Não teriam como saber.

É Gavin quem fala primeiro.

— Conta a ela logo, cara. Você mesmo disse que ela é confiável.

Não vou mentir. Fico muito feliz ao saber que Cash disse isso. Mas também me sinto culpada pelas dúvidas que tive nos últimos dias.

— No dia do acidente, Nash voltava da loja com provisões para a viagem. Ele parou na marina pra filmar umas garotas que estavam num iate, tomando banho de sol, fazendo topless. E, sem querer, acabou filmando o criminoso — explica Cash.

— Criminoso?

— É, o cara que detonou a bomba.

Chego a perder o fôlego diante do choque.

— Puta merda!

— Exatamente. Eles teriam matado todos nós se soubessem que Nash o havia filmado. Acho que papai estava certo em não fazer nada durante algum tempo. Algo assim é muito perigoso.

— Então você vai entregar os livros e depois fazer o quê? Usar o vídeo para...

— Para nos manter vivos.

— Mas como? Vai ser como os livros, só que eles saberão quem tem o material, saberão quem pegar.

Sinto-me angustiada. Fico só imaginando os tipos de tortura que eles usariam em pessoas importantes para Cash a fim de se apoderarem de uma prova tão incriminatória como um vídeo.

— Não exatamente. Há algo mais em jogo. Papai me fez colocar o anúncio para duas pessoas. Nash era uma delas. Ainda não tivemos notícias da outra. Nash acha que o vídeo usado em conjunto com este outro... elemento poderia ser o suficiente para nos tirar dessa situação de uma vez por todas.

— De uma vez por todas? Como exatamente?

— Eliminando a ameaça.

— O que isso significa? Parece que vocês planejam matar alguém.

— Não. Nós não.

Olho os rostos dos três homens. Eles estão todos muito sérios.

— Com certeza vocês estão brincando.

Nenhum deles sequer pisca.

— Vocês não podem estar falando sério.

Todos permanecem imóveis.

Minha cabeça gira. É exatamente como nos filmes. Mas é muito pior na vida real. Por alguns segundos, parece surreal. Não consigo aceitar a ideia de estar envolvida em algo assim. Quer dizer, isso é... isso é...

Cash se aproxima de mim e se curva até seu rosto ficar a poucos centímetros do meu.

— Olivia, esses caras são bandidos. E não estou querendo dizer que eles roubaram uma loja de bebidas. Esses homens são assassinos. Assassinos. E não vão parar se acharem, por um segundo, que algum de nós representa uma ameaça. Ou que poderia dar a eles algo que querem. Isso é real. E é sério.

Procuro os seus olhos. Acho, considerando o tom da conversa, que estou procurando um monstro. Mas não vejo nenhum. Só vejo o cara por quem estou completamente apaixonada. Eu me pergunto se é tarde demais para voltar atrás.

— O que você quer de mim?

Com os olhos fixos nos meus, Cash volta a ficar com o corpo reto.

— Vocês podem nos dar um minuto — pede ele a Gavin e Nash. Em silêncio, eles se retiram. Cash toma a minha mão e me conduz pela porta nos fundos do escritório até a cozinha, na parte de trás do apartamento. Quando ele solta a minha mão, eu me apoio nos armários para evitar cair. Meu coração está batendo tão forte que acho que Cash pode ouvi-lo.

Cash está de costas para mim. Eu o vejo passar a mão no cabelo e o ouço suspirar novamente.

— Estou pedindo que você confie em mim, Olivia. — Ele se vira para ficar de frente. — Acredite no que você *sabe* sobre mim. Porque eu sei que se você parar de prestar atenção no seu medo, saberá quem eu sou. Profundamente. Você me conhece, Olivia. Você *me conhece*.

Sua voz é sincera. Sua expressão é de desespero. Fecho os olhos diante do seu rosto, seu rosto bonito, o rosto que frequenta o meu mundo adormecido e o acordado. Abro-os novamente quando sinto mãos quentes tocarem minha face. Cash está bem perto, seus olhos negros como a noite, me atraindo.

— Sou eu — diz ele baixinho. — Pare de ouvir o resto. Lembre-se de como você se sente quando eu a beijo e a toco. Não use a razão. Você me conhece. E quando os meus lábios estão nos seus, você confia em mim. — Como se quisesse mostrar claramente seu argumento, ele abaixa a cabeça e roça a boca na minha. Faíscas voam entre nós. Como sempre. — Você confia em mim quando as minhas mãos estão na sua pele. — Ele desliza as mãos pelos meus braços até a minha cintura, onde as enfia por dentro da minha blusa. Um calafrio percorre minha espinha. — Você confia em mim quando se desliga de tudo, quando se entrega.

Suas mãos movem-se mais para cima, sobre minhas costelas, até tocarem meus peitos. Seus polegares roçam os meus mamilos e ele os aperta através do tecido fino do meu sutiã. Eu perco o fôlego.

— Viu? Você não está usando a razão. Está apenas se entregando. Está se entregando a mim. Neste exato momento, você confia em mim. Você sabe que eu faria qualquer coisa por você, que eu nunca te magoaria. Você sabe que não é como as outras. Sei que você sabe. E que você me quer. Tanto quanto eu te quero.

Ele tem razão. Ele tem razão em relação a tudo. E realmente eu o quero. Sempre quis. Por um lado, não faz sentido que eu o queira agora, considerando-se o que poderá acontecer nas próximas horas. Mas, por outro, faz todo sentido. Se algo der errado, esta poderá ser a última vez que vejo Cash ou fico com ele assim.

Esse pensamento traz consigo tanto pânico quanto renúncia. Engulo as palavras que querem sair da minha boca, palavras sobre amor e devoção, palavras que não se encaixam neste momento. Elas merecem ser ditas quando não há nenhuma pressão e aflição. E esta não é a hora.

Mas ainda temos esta noite. Portanto vou poder dizer a ele. Eu lhe darei tudo que tenho.

— Diga que me quer — ordena ele baixinho, e sua voz é rouca.

Não hesito. Ergo a mão e passo a ponta do dedo ao longo do seu lábio inferior perfeito.

— Eu quero você.

— Diga que confia em mim.

— Confio em você.

Ele expira, sua respiração quente sopra no meu rosto.

— Agora diga que você quer que eu a acaricie.

Suas mãos estão paradas, imóveis sobre o meu sutiã. Mas não quero que elas fiquem paradas. Mais do que qualquer coisa, quero que elas se movam.

— Quero que você me acaricie.

Seus olhos são o puro calor incendiando os meus. Ele me olha atentamente enquanto abaixa meu sutiã. Suas mãos são ansiosas quando deslizam pelos meus mamilos, levantando-os. Ele dá leves beliscões e uma chama percorre meu íntimo. Eu contenho um gemido.

— Diga que você quer que eu beije os seus mamilos, e os sugue na minha boca. — A voz dele parece veludo escorregando por minha pele, como algo tangível.

— Quero que você beije os meus mamilos. — Já estou sem fôlego quando ele puxa a camiseta por cima da minha cabeça. Seus olhos estão novamente nos meus e ele põe a mão atrás de mim para abrir meu sutiã.

— Termine a frase — ordena Cash, recusando-se a fazer o que quero até que eu explique nos mínimos detalhes.

— Quero que você os sugue na sua boca.

Curvando a cabeça, Cash toca um mamilo com a língua e o envolve em sua boca quente. Enfio os dedos no seu cabelo, mantendo-o junto a mim.

Ele chupa um, mordendo-o levemente, antes de ir para o outro para dar-lhe o mesmo tratamento. Quando levanta a cabeça, há fogo em seus olhos.

— Me peça para abrir a sua calça.

Mesmo quase sem conseguir falar, eu não hesito.

— Abra a minha calça.

Em um movimento rápido, ele abre o botão e desce o zíper da minha calça.

— Diga que você quer que eu ponha os dedos dentro de você.

Sua voz é rouca e sua mão está apenas a poucos centímetros de onde eu mais quero que ela esteja. A antecipação de senti-lo é quase impossível de suportar.

— Quero que você ponha os dedos dentro de mim.

Virando a palma da mão em direção ao meu corpo, ele escorrega a mão na minha calcinha e enfia dois dedos longos dentro de mim. Meus joelhos enfraquecem e eu coloco as mãos para trás para me apoiar no balcão.

Cash fecha os olhos e dá um gemido.

— Ah, meu Deus, você está tão molhadinha. Sabe o que isso faz comigo?

Aceno a cabeça.

— Sim. — Eu sei porque sinto a mesma coisa.

— Diga que quer que eu a prove.

Lentamente, ele arrasta o dedo para dentro e para fora de mim. Meu quadril se mexe junto com seu movimento.

— Quero que me prove.

Então ele afasta a mão de mim, levanta o dedo, que está brilhando, e o enfia na boca. Eu fico hipnotizada.

— É o melhor gosto do mundo — diz ele. — Diga que você quer provar também. Quero te ver lamber o meu dedo.

Mais calor corre entre as minhas pernas.

— Quero provar também — digo obediente.

Cash se curva e, com um empurrão rápido, abaixa a minha calça até os tornozelos. Ao se erguer, ele faz uma pausa para pressionar os lábios na minha calcinha, me beijando. Quero implorar para que ele pare por aí, mas antes que eu possa falar, ele me deixa sem fôlego com seus dedos ágeis.

Ele afasta minha calcinha para o lado e enfia dois dedos dentro de mim, enterrando-os profundamente, fazendo-me ficar na ponta do pé. Ele os dobra dentro de mim enquanto massageia o meu clitóris com o polegar. Levanta o olhar e seus olhos encontram os meus novamente.

Lentamente, ele ajeita o corpo e leva um dedo aos meus lábios. Abro a boca, e ele observa. Em seguida arrasta a ponta molhada do dedo sobre meu lábio inferior e volta a me encarar.

— Prove. — Eu começo a lamber o lábio inferior, sentindo a doçura salgada. — Tão bom — sussurra ele, antes de deslizar o dedo para dentro da minha boca, esfregando-o na minha língua. Fecho os lábios em volta do seu dedo e o chupo até ouvir Cash sibilar entre os dentes cerrados.

— Diga que me quer dentro de você.

— Eu quero você. Dentro de mim. Agora — arquejo desesperadamente.

Não consigo tirar meus olhos dos dele. Mesmo quando ouço o som do seu zíper, nosso olhar fixo se mantém. Abaixo a mão para arriar minha calcinha, justo antes de Cash me segurar pelos braços e me erguer até o balcão. O granito gelado na minha bunda me faz desejar o calor do seu corpo.

Ainda me olhando, sempre olhando para mim, Cash tira um dos meus sapatos e, em seguida, tira uma perna da minha calça e da calcinha, libertando uma das minhas pernas.

— Abra as pernas para mim.

Faço como ele pede.

Seus olhos na minha pele úmida e sensível me fazem ficar com mais tesão ainda, mais molhada. Cash segura o pênis, acariciando-o lentamente, da base até a ponta, fazendo meus músculos se contraírem diante da ansiedade de ele me penetrar.

— Agora diga o que você quer.

— Quero você dentro de mim.

— O que você quer que eu faça lá?

— Quero que você goze dentro de mim, que goze *comigo*.

Ouço seu gemido pouco antes de ele realizar seu desejo. Parece que, num momento ele está distante, mas, logo em seguida, está me tocando. Por todas as partes, em todo lugar, ao mesmo tempo.

Suas mãos estão no meu cabelo, nos meus peitos, nas minhas costas. Seus lábios estão nos meus, na minha orelha, no meu pescoço. Sua língua roça a minha, toca meus mamilos, roça o meu umbigo.

Então suas mãos descem pelos meus quadris. O mundo oscila um pouco quando ele me desce do balcão. No instante em que minhas pernas envolvem a sua cintura, ele me penetra, puxando-me para junto de si, ajustando-se tão profundamente dentro de mim que eu mal consigo respirar.

Minha cabeça cai para trás e solto um grito. Não consigo evitar. Estou insensível a tudo, exceto a Cash. Eu mal ouço minha própria voz. É como um suave eco do que está acontecendo entre nós; um tufão de sensações e respiração ofegante, um furacão de lábios, línguas, dentes e dedos.

Ouço Cash suspirar no meu ouvido. Sinto seu pau dentro do meu corpo. Sinto um arrepio quando ele me carrega para a cama.

Em seguida, estou deitada sobre um colchão firme e um corpo quente está em cima do meu. Ele está se movendo dentro de mim, com força e determinação, cada estocada mais profunda que a anterior.

A tensão que aumenta gradativamente é demais; e o prazer, muito forte. Meu corpo parece estar se desfazendo. Pouco antes de fechar os olhos, vejo Cash ficar de joelhos. Eu me entrego à sensação quando ele abre as minhas pernas e acaricia a minha parte mais sensível com o polegar enquanto se movimenta para dentro e para fora de mim.

E logo estou no clímax. A primeira onda de orgasmo me deixa tonta. Ouço Cash dizer meu nome repetidas vezes. Abro os olhos e o vejo arquear as costas e me penetrar com uma impetuosidade que explode em meu corpo como uma chuva de fogos de artifício.

As paredes absorvem o seu gemido, conforme seu ritmo se reduz a movimentos mais longos, mais suaves. Seu corpo ainda pulsa dentro de mim. Então, com um impulso final, ele relaxa.

Descansamos juntos, voltando à realidade. Sua respiração é arfante na minha orelha. Quando fica menos ofegante, sinto o primeiro toque dos seus lábios no meu pescoço. É o primeiro de mil beijinhos que ele dá no meu pescoço e no meu rosto. Quando levanta a cabeça, seus olhos encontram os meus. Não sei bem o que eles dizem, mas acho que meu coração consegue entender.

QUATORZE

Cash

Com Olivia aconchegada a mim, não quero me mexer, de jeito nenhum. Mas preciso. A realidade — e o perigo — estarão à nossa espreita assim que amanhecer, ou seja, daqui a poucas horas.

Olivia está acariciando a tatuagem no lado esquerdo do meu peito, como ela faz frequentemente quando estamos despidos. Não sei se é um gesto tranquilizador para ela, mas é para mim.

Seus dedos começam a se mover cada vez mais lentamente, até pararem. Sua respiração torna-se profunda e regular. Ela está tão quietinha que sei que está dormindo. Tenho certeza de que está exausta. Mas não há nada que eu possa fazer em relação a isso agora.

Saio debaixo dela da forma mais suave possível, mas, mesmo assim, eu a acordo.

— Descanse, gata. Volto logo.

Posso ver que seus olhos estão abertos e fixos nos meus, portanto sei que ela me ouviu. Entretanto, ela não diz nada. Apenas sorri.

Depois de ajeitar a minha roupa, saio, passando pelo escritório e chegando na boate. Nash e Gavin estão no bar, servindo-se de uísque.

— Fiquem à vontade — digo de modo sarcástico ao me aproximar.

— Ah, não se preocupe. Já estamos — responde Gavin com um sorriso atrevido.

Então puxo um banco e sirvo-me de uma dose, bebendo o conteúdo de um gole só. O calor provocado pela bebida é bem-vindo. Ele me faz lembrar que haverá muita dor e perda se eu não fizer tudo direitinho. Logo de primeira. Não há dúvida de que não terei uma segunda chance.

— Eu estava pensando e acho que o único lugar em que Olivia realmente estará segura é na casa da mãe dela.

— Era isso o que você estava fazendo lá atrás? Pensando *na mãe* daquela garota? — Nash pergunta em tom irônico.

— Se ela expressar a necessidade de um homem de verdade, manda ela falar comigo.

— Depois de passar tanto tempo sozinho com um bando de homens em um navio, tenho certeza de que você poderia recomendar um.

Gavin cospe o uísque no balcão. Nash levanta tão rapidamente que derruba o banco no qual estava sentado.

— Qual é cara, o que você está querendo dizer com isso? Eu me levanto também.

— Quero dizer que se você *pensar* em tocá-la, falar com ela ou *olhar pra ela,* nós vamos ter um problema muito sério, *cara.*

Antes que Nash e eu possamos ficar peito a peito, Gavin se interpõe entre nós. Mais uma vez.

— Não posso deixar vocês dois sozinhos de jeito nenhum, não é?

Ele dá um pequeno empurrão em nós dois, o que, vindo de Gavin, é quase o suficiente para nos fazer dar um passo para trás. Quase, mas não exatamente.

Gavin coloca mais três doses e desliza um copo para mim e um para Nash. Em seguida apanha o terceiro e o ergue entre nós.

— Um brinde à segurança e ao êxito. *Salut!*

Nash e eu ainda estamos nos encarando, mas brindamos com Gavin. É uma atitude positiva, que merece um momento para ser apreciada.

Após uma breve pausa, eu pigarreio e digo de modo intencional:

— Como eu estava dizendo, acho que o único lugar onde Olivia realmente pode estar segura é na casa da mãe. Desde que seus pais se divorciaram, Olivia não tem ficado muito com ela. Elas raramente se falam, e duvido que alguém fosse capaz de encontrá-la lá com facilidade. Aliás, nem eu sei muito bem onde ela mora. Parece que ouvi Olivia mencionar Savana, mas não tenho certeza. De qualquer maneira, vou descobrir.

— Quer dizer que você vai mandá-la para lá, achando que eles não o seguirão? E que vai voltar a tempo? — pergunta Nash de forma brusca. Eu trinco os dentes e tento não me ofender com seu tom.

— Não, ela irá com Gavin. Eu e você vamos cuidar da negociação amanhã.

Nash sorri de modo afetado.

— Com medo de deixá-la sozinha comigo, não é?

— Sim. Estou. Ela precisa de proteção. Da proteção de alguém competente. Por isso estou enviando Gavin. *Eu sei que* ele é capaz de mantê-la em segurança.

Nash revira os olhos, mas não diz nada. Pelo menos ele está aprendendo a manter a boca fechada.

Eu me viro para Gavin.

— Cara, estou confiando em você.

Ele me olha bem nos olhos, e eu tento transmitir tudo que quero dizer com a minha expressão. Estou contando que ele vá me respeitar, que não vá encostar um dedo em Olívia. Estou contando com ele para guardar os meus segredos, para manter Olivia em segurança, para fazer tudo o que for preciso para protegê-la. Isso não é um simples pedido, e ele tem consciência disso. O fato de Gavin fazer uma pausa para pensar cuidadosamente no que estou pedindo me faz sentir um pouco melhor, como se ele não estivesse fazendo pouco caso.

— Eu sei, companheiro. Você sabe que estou aqui pra te ajudar. E ajudar Olivia. Somos irmãos. — Gavin estende a mão, seu braço curvado na altura do cotovelo. Quando aperto a mão dele, estamos ambos concordando em agir de forma correta um com o outro, não importa o preço. Isso não é um jogo. Ambos sabemos disso.

— Irmãos — repito.

— Espero que ele seja um irmão melhor pra você do que foi pra mim — resmunga Nash do outro lado de Gavin, ao se servir de outra dose.

Eu ignoro seu comentário.

— Vou descobrir o local exato pra onde você a levará, onde a mãe dela está morando agora. Me dê alguns minutos e depois me encontre no hotel. O que acha?

Gavin concorda com a cabeça.

— Ok. É bem prudente. Apenas se certifique de que não está sendo seguido. — Eu olho para Gavin, que sorri e joga as mãos para cima. — Desculpe. É o hábito. Sei que você é muito cuidadoso.

— Sobretudo quando se trata de algo importante. — Ele assente novamente. — E esta garota com certeza é muito importante.

Não respondo. Não sei o que dizer. Ele tem razão, claro. Eu só não havia pensado nisso desse jeito, no fato de Olivia ser *tão* importante para mim. Mas ela é. E muito. Não há dúvida em relação a isso.

— Apenas siga o plano à risca e faça o que eu pedir. Agindo assim, acho que conseguimos sair dessa numa boa. — Olho para Nash, que está atrás de Gavin. Ele finge me ignorar. — Posso contar com você pra fazer o que precisa ser feito?

Lentamente, Nash vira seus olhos frios na minha direção.

— Sim, mas quando tudo acabar, e você e sua namorada estiverem a salvo, é a minha vez. A minha vez de ter o que quero.

A vingança está nos seus olhos. Posso reconhecê-la porque lutei contra essa ânsia por muitos anos. E, na maioria das vezes, perdi. Eu apenas encontrei caminhos... menos violentos de saciá-la. Ou pelo menos de tentar saciá-la. Entregar estes livros vai me custar caro, mas vale a pena para garantir a segurança de Olivia. Posso começar novamente, talvez convencer Nash a me deixar usar o que ele tem. Não sei muito bem, mas não posso me preocupar com tudo isso agora. Esta noite, a coisa mais importante é deixar Olivia em segurança. O amanhã não tarda a chegar.

— Certo. Mas, por enquanto, as coisas são do meu jeito.

Ele me olha atentamente antes de concordar com a cabeça.

QUINZE

Olivia

Descansar? Enquanto ele está por aí, tramando alguma coisa arriscada com o irmão gêmeo "não morto" e com o "provavelmente mais que apenas" gerente da boate? Acho que não dá!

Quando Cash retorna, estou de pé e vestida. Esperando.

Como sempre, o simples fato de vê-lo faz meu estômago dar voltas. Sua simples presença me toca. Não há como negar.

Respiro fundo e afasto essas sensações para conseguir raciocinar.

— Afinal, qual é o plano?

Cash olha na direção de seu escritório.

— É melhor você sentar. Nós vamos sair logo. — Ouço um riso abafado, provavelmente do agradável e levemente assanhado Gavin. Não consigo imaginar Nash rindo. Mal posso imaginá-lo sorrindo. Acho que o seu estilo é meio "ameaçador".

Cash fecha a porta e se vira para mim. Pela sua expressão, posso perceber o receio diante do que está prestes a falar, o que me faz pensar que realmente não vou gostar de ouvir.

Suspiro.

— Deve ser algo sensacional.

Ele ri disfarçadamente.

— O quê? Eu ainda não disse nada.

— Não precisa. Esse olhar diz tudo. Faz a minha bunda se contrair.

— Faz a sua bunda se contrair? — Faço um sinal afirmativo e ele abre um sorriso. Então balança a cabeça e, ainda com uma expressão divertida no rosto, estende a mão e me puxa para seus braços, me aninhando em seu peito. — Você é maluca, sabia?

— Claro. Isso era para ser um segredo?

— Não, acho que não tem mais como esconder.

Viro a cabeça ligeiramente e mordo o seu mamilo achatado.

— Aaaai! Se continuar fazendo isso vai levar a melhor surra que já levou na vida.

— Nunca apanhei, portanto não tenho muitas expectativas.

— Bem, então este vai ser o primeiro item na lista de prioridades quando eu levar você de volta pra casa.

Inclino-me para trás.

— De volta? Como assim? Pra onde você vai me levar?

Cash suspira.

— Para a casa da sua mãe. É o lugar mais seguro pra você no momento.

Eu me afasto dos seus braços.

— O quê? Você não pode estar falando sério! Há um monte de lugares que eu posso citar, sem precisar pensar muito, onde eu estaria segura *e* que me dariam uma expectativa razoável de manter a minha sanidade mental. Por que você me quer lá?

— Porque há um rastro recente de quase todas as outras pessoas na sua vida. Todo mundo, exceto ela. Há quanto tempo vocês não se falam?

— Alguns anos, mas isso não interessa.

— Isso é exatamente o que interessa. Que outro lugar seria menos levado em conta que a casa dela?

Não sei o que dizer, provavelmente porque ele tem razão. *Merda!*

— Tudo bem, mas você vai ter que me deixar ir sozinha. Ela nunca entenderia algo assim.

Cash já está fazendo um gesto negativo de cabeça.

— De jeito nenhum. Desculpe. Gavin vai levá-la e ficará com você até a hora de trazê-la de volta.

— O quê? Sem chance! Se eu tenho que ir com alguém, por que não pode ser você? — Quanto mais penso nisso, mais gosto da ideia. Desse modo, Cash com certeza estaria em segurança.

— Gavin é o mais... capacitado entre nós. Você estará segura com ele, não importa o que aconteça.

— Você está esperando que um exército de bandidos da máfia me aborde na casa da minha mãe?

— Não estou esperando nada. Mas vou estar preparado para... qualquer coisa.

— Se Gavin é o mais capacitado, talvez você devesse enviá-lo para fazer a negociação junto com Nash.

— Eu tenho que ir. Preciso fazer isso. Não posso confiar essa parte a Nash. Tenho que me assegurar de que tudo seja resolvido, e da maneira certa. Não posso tê-los ameaçando você, Olivia. Isso tem que parar.

— Mas... mas...

Não consigo pensar em um único argumento, além de querer Cash comigo e em segurança. Entretanto, nenhum desses é suficiente para fazê-lo mudar de ideia.

— Esse é o melhor caminho. *O único* caminho. Apenas confie em mim. Você pode fazer isso?

A cabeça de Cash se inclina ligeiramente para o lado, e ele olha bem no fundo dos meus olhos. Ele está sendo sincero.

Sinto lágrimas ameaçando brotar dos meus olhos. Com um nó na garganta, eu nem tento falar. Apenas aceno a cabeça e olho para a boca de Cash.

De forma carinhosa, ele me puxa de volta aos seus braços. Então acaricia meu cabelo e passa a mão nas minhas costas, fazendo círculos com os dedos.

— Vou manter você segura. Prometo.

— Não é comigo que estou preocupada — murmuro contra o seu peito.

DEZESSEIS

Cash

A viagem até o hotel com Olivia é um tipo especial de tortura. Apesar de ter transado apaixonadamente com ela há uma hora, ainda sinto uma contração na virilha quando suas mãos tocam minha barriga. Mesmo com os olhos bem abertos, consigo visualizar suas mãos delicadas segurando meu pau, seus lábios se fecharem na pontinha brilhante.

E pensamentos assim não estão ajudando em nada.

Outra coisa que faz disso uma tortura é saber que a estou deixando nas mãos de outra pessoa. Odeio isso. Eu havia dito a ela que Gavin é o mais capacitado, o que provavelmente é verdade sob um ponto de vista técnico. Mas sinto que não há ninguém que se arriscaria mais por ela, ninguém que se preocuparia tanto com sua segurança quanto eu me preocuparia. Quanto eu me *preocupo*.

Mas tem de ser assim. Minha simples presença já é um perigo. E isso é inaceitável. Enquanto eu não tiver essa situação sob controle, isso é o melhor para ela.

Mesmo que não pareça o melhor para mim.

*

Olivia permanece em silêncio quando atravessamos o lobby, entramos no elevador e chegamos ao quarto. Ela não diz uma palavra enquanto guarda as poucas coisas que havia tirado da bolsa. Sinto a necessidade de amenizar as coisas. Não quero que ela vá embora nesse clima. Não quero *nenhum de nós dois* indo embora nesse clima.

Antes de Olivia fechar o zíper da bolsa, tiro duas de suas calcinhas e pergunto:

— Posso ficar com estas? Prometo que elas não vão acabar penduradas no bar.

— Me dá isso aqui — diz ela indiferente, tentando pegá-las de volta.

Eu as afasto para longe da sua mão ávida.

— Não. Acho que vou ficar com pelo menos uma.

— Quer dizer que você gosta de calcinha, é? Quem diria.

— Não existe tamanho grande o bastante para o que eu teria de colocar dentro delas — provoco.

Ela sorri e responde:

— Tudo bem. Pode ficar com elas. Acho que tenho o suficiente para usar durante algum tempo.

Dou uma olhada dentro da sua bolsa.

— Ah, sim. Você está bem servida. Quer dizer, você não vai ficar trocando com muita frequência sem que eu esteja por perto. — Então dou o meu sorriso mais diabólico e me sinto satisfeito quando seu rosto enrubesce.

— Isso provavelmente é verdade. Aliás, pensando na sua relação com a minha roupa de baixo, *você* me deve algumas peças. Pelo que eu me lembre, algumas foram rasgadas.

— Humm, tem razão. Como eu poderia esquecer? Estou surpreso que seu pai não tenha ouvido todo o seu gemido.

Ela fica boquiaberta e seu rosto adquire um tom mais rosado.

— Talvez tenha sido *seu gemido*. Até onde eu me lembro, você estava bastante excitado.

— Gata, eu estava *muito* excitado. Você faz todos os tipos de coisas gostosas comigo, o que me faz querer fazer todos os tipos de coisas gostosas com você.

— Humm, tenho certeza que as fez.

— Escute, por que não deixa tudo isso na casa da sua mãe "sem querer"? Se você voltar pra casa sem nenhuma, prometo que vou fazer tudo pra que não sinta falta delas, nem por um segundo.

— Andar sem calcinha não é a minha praia. Agora, a Ginger, por outro lado...

— Ah, meu Deus! — exclamo, fechando os olhos e virando a cabeça.

— O que foi? A Ginger é linda!

— Pra quem gosta...

— Como assim "pra quem gosta"?

— Bem, ela é muito... loira e muito... plastificada e muito... felina.

Olivia ri.

— Pensei que homens gostassem desse tipo.

— Alguns gostam.

— Bem, com certeza você também. A Taryn é todas essas coisas, só que a Ginger tem personalidade.

— Certo, *eu gostava* desse tipo. *Agora* eu gosto do *seu tipo*. É o melhor. Faz todos os outros parecerem uma merda.

— Longe de mim querer fazer com que você evoque imagens mentais de merda sem calcinha.

— Será que não dá pra evitar falar sobre merda e calcinha na mesma frase?

— Você é que estava falando sobre calcinha e a falta dela.

— Ah, meu Deus! Eu mal consigo me lembrar de coisas tão antigas. Muitas coisas traumáticas foram ditas desde então.

— Foi há quarenta e cinco segundos.

— Eu disse que eram traumáticas.

Ela ri novamente e, desta vez, o brilho em seu olhar está de volta. Da maneira que eu gosto.

DEZESSETE

Olivia

O tom brincalhão de Cash torna mais fácil esquecer o que está para acontecer, mas a pancada forte na porta traz a realidade de volta.

— Quem é? — pergunto.

— Gavin.

— Vamos direto daqui?

— Sim. Achei que seria mais seguro. No caso de alguém ter me seguido até aqui, não veria Gavin nem saberia onde procurá-lo. Ele estacionou numa rua próxima. Dessa forma, eu sei que ninguém irá vê-la nem segui-la até a casa da sua mãe. Eles ainda estarão me vigiando.

— Ou seja, você vai estar sozinho. — O medo me faz estremecer.

— Só durante algum tempo. Nash e eu temos um plano para amanhã.

— Pode me dizer qual é? Ou prefere que eu não saiba?

Ele me olha com uma expressão estranha. Não sei bem como interpretá-la. Minha mente e meu coração estão confusos.

— Não me incomodo que você saiba, se estiver interessada.

— Claro que estou interessada! Estou preocupada com você!

— Ei, só estou perguntando. Não estou querendo presumir nada.

Isso detona a minha raiva. Como ele poderia pensar que não estou interessada? Tudo bem, admito que algumas dúvidas reapareceram nos últimos dois dias, mas não acho que alguma vez dei a impressão de que não me preocupo. *Ou dei?*

A incerteza momentânea é como um alerta. Não posso deixar tudo isso acontecer com ele achando que não me preocupo. Não poderia viver com isso.

— Cash, estou muito interessada. E me preocupo muito com você. Sei que tenho alguns... problemas pra resolver, mas isso tem mais a ver comigo do que com você. Você é... é... — As palavras me faltam no instante em que minha garganta se fecha em um nó de agonia. Faço uma pausa para me recompor antes de prosseguir. — Você é importante pra mim. E sei que é um cara legal. No fundo, eu sei disso. E confio em você. Muito. Só que às vezes é difícil descrever como me sinto. Mas, por favor, por favor, nunca pense que não me preocupo.

Ele sorri para mim, aproximando-se para roçar os lábios nos meus.

— Tudo bem, tudo bem. Acredito em você. E sei o que está dizendo. Sinto a mesma coisa. — Sua expressão torna-se séria. — Nem sempre é fácil pra mim dizer o que sinto, mas quero que saiba que eu...

— Tudo bem aí com vocês? — grita Gavin do hall, batendo na porta novamente e interrompendo Cash.

— Só um minuto — responde Cash com raiva. Quando se volta para mim, ele suspira. E não continua de onde parou. O momento se perdeu.

Fico desolada. Eu daria qualquer coisa para ouvir como aquela frase terminaria.

— Podemos discutir tudo isso quando você voltar. Vou poder contar como o nosso plano se realizou sem dificuldade e como terminei o dia acabando com a arrogância do meu irmão. E você vai poder me contar como explicou à sua mãe sobre Gavin e como ela caiu desmaiada.

Em seguida, ele sorri.

— Que merda!

— O que foi?

— O que *é* que *eu* vou dizer a ela?

Cash dá de ombros.

— Você vai ter que pensar em algo, porque Gavin não vai sair de lá. E você não vai sair do campo de visão dele.

— Acho que posso dizer a ela que estou saindo com ele. — Quando mordo o lábio em sinal de concentração, vejo o músculo no maxilar de Cash se contrair. Eu franzo a testa. — O que foi?

— Nada.

— Não, nada não. O que foi?

— Você é criativa. Tenho certeza de que vai pensar em outra coisa pra dizer a ela.

— Que diferença isso faz?

— Se ela pensar que vocês estão juntos, vai esperar ver um pouco de carinho.

— Sim, e daí?

— Daí que eu odiaria ter que dar um pontapé na bunda do Gavin. E depois na sua.

Posso ver que a última frase foi dita em um tom brincalhão. Não posso deixar de sorrir.

— Um pontapé? Pensei que você quisesse dar umas palmadas nela. — Normalmente não sou tão descarada, mas na atual conjuntura, sinto que as coisas devem ser ditas.

Vejo o olhar de desejo irromper em seus olhos escuros e lascivos. Isso acende o calor na parte de baixo da minha barriga.

— Qualquer coisa que eu faça com ela, prometo beijá-la e fazê-la sentir-se melhor depois. Que tal?

Seus dedos estão deslizando lentamente pelos meus braços, de cima para baixo. É um toque inocente, porém mais do que suficiente para me fazer desejar que suas mãos estivessem na minha pele nua, em outro lugar.

— Promessas, promessas — murmuro para desafiá-lo.

— Acho que vou ter que te mostrar quando você voltar. E se por acaso estiver usando calcinha, use uma que odeia. Será a última vez que irá vê-la inteira. Considere-se avisada.

Um arrepio de antecipação percorre minha coluna. Quando Cash perde o controle, sempre terminamos deitados, exaustos, em uma poça de suor, em algum lugar. E eu não queria que fosse de nenhum outro jeito.

— Aviso devidamente registrado.

Gavin bate mais uma vez na porta. Cash dá uma piscadela antes de se virar e atravessar a sala para abri-la.

— Cacete, você é mesmo irritante.

O sorriso de Gavin é cheio de malícia.

— Eu estava aqui, crente que ia ver alguma coisa boa, mas você a deixou se vestir. — O soco de Cash no seu braço não parece de brincadeira. Ainda sorrindo, Gavin olha para mim. — Está pronta?

Jogo a bolsa por cima do ombro.

— Acho que sim.

Paro diante de Cash.

— Gavin pode colocar você a par dos detalhes, já que fomos *interrompidos de maneira tão grosseira* — diz ele de forma significativa, olhando para o amigo.

— Apenas tenha cuidado. Prometa que não vai correr nenhum risco desnecessário.

— Prometo.

Em vez do pequeno selinho que eu imaginei que ele me daria na frente do amigo, Cash me puxa e me beija. Um beijo de verdade. Estou constrangida e sem fôlego quando ele me solta.

— Não se esqueça — diz ele baixinho, seus olhos percorrendo meu rosto, como se ele quisesse memorizá-lo.

— Não vou.

Não sei a que ele está se referindo — não esquecer o que ele me disse ou não esquecer as suas promessas. Ou não esquecê-lo. Mas não importa. A mensagem carrega um tom de adeus, o que me faz sentir que isso é o fim.

Não consigo impedir meu queixo de tremer quando Gavin me conduz para o lado de fora.

Gavin fica em silêncio enquanto descemos as escadas — todos os zilhões de degraus — e saímos por uma porta lateral. O ar da noite está mais fresco do que o normal. É como um tapa na cara quando atinge as lágrimas no meu rosto. Eu nem sabia que tinha chorado.

Talvez por isso Gavin esteja tão calado. Ele acha que estou a ponto de surtar.

Eu bem que poderia surtar. Às vezes tenho vontade de fazer isso.

Quando subimos a rua, Gavin estica o braço para pegar a bolsa do meu ombro. Dou um breve sorriso e deixo que ele a carregue.

— Ele vai ficar bem — diz Gavin baixinho, seu sotaque aparentemente mais acentuado na escuridão.

— Você não tem como saber.

— Na verdade, tenho. Ele é um cara esperto e tem um bom plano. Porém, mais do que isso, ele iria até o inferno e voltaria para ter certeza de que você está segura. E quando ele fica puto assim, se transforma num pit bull. Não há como segurá-lo.

As palavras dele são doces e amargas ao mesmo tempo. Fico emocionada ao ouvi-lo dizer que sou tão importante assim na vida do amigo. Cash deve ter dito ou feito alguma coisa para fazê-lo pensar assim. A menos, é claro, que ele seja babaca o bastante para mentir, só para me fazer sentir melhor. Mesmo assim, isso só me deixa triste e arrependida diante da possibilidade de que nunca conseguirei dizer a Cash que sou apaixonada por ele.

Por que você não fez isso há cinco minutos? Quando teve a oportunidade? Ah, espere. Eu sei a resposta. Você não fez isso porque é uma idiota completa e orgulhosa, foi por isso.

Sinto o peito apertado só de pensar na oportunidade perdida. Reduzo o passo até parar, no meio da rua. O impulso de voltar e me lançar nos braços de Cash é quase esmagador.

— Gavin, eu preciso voltar. Há algo que eu preciso dizer a ele antes de ele sair.

A ansiedade corre nas minhas veias como heroína.

Ah, meu Deus, ah, meu Deus, ah, meu Deus, o que foi que eu fiz?

Pânico, pânico absoluto está trazendo um brilho de suor à minha testa, apesar do frio.

— É tarde demais — diz Gavin em tom sério. Eu observo seu rosto bonito e sóbrio e, no instante em que vou abrir a boca para argumentar, uma moto passa rapidamente por nós. — Ele já foi.

Sinto lágrimas brotarem nos meus olhos.

— Mas há algo que tenho que dizer a ele, algo que preciso que ele saiba antes de partir.

Gavin põe a mão no meu ombro e inclina-se para olhar no fundo dos meus olhos.

— Ele sabe.

— Não, não sabe. Ele não teria como saber. Eu tenho agido de forma tão neurótica ultimamente, não há como ele saber.

Gavin sorri.

— A maioria das mulheres é assim, mas isso é irrelevante. Confie em mim, ele sabe. Ele não estaria, de jeito nenhum, fazendo tudo isso por uma garota que não o ama.

Se Gavin sabe, talvez Cash também saiba. Talvez ele fosse confessar seu amor por mim antes de Gavin nos interromper. Ah, se tivéssemos tido alguns minutinhos a mais.

Durante um segundo, tenho vontade de dar um soco em Gavin, bem no meio de sua boca bonita.

— Desgraçado! — reclamo, batendo o pé. — A culpa é sua! Se você não tivesse chegado e batido na porta naquela hora...

Gavin ri. Ri?! Que cara de pau!

— Desculpe se os meus esforços para ajudar a salvar a sua vida são inoportunos.

Sinto meus lábios se contraírem, e a raiva explode em mim. A tranquilidade dele só faz piorar as coisas.

— Não mude de assunto. Não está ajudando em nada — digo com os dentes cerrados.

Ainda sorrindo, Gavin começa a caminhar rua acima.

— Tudo bem. Pode colocar a culpa em mim por você ter medo de dizer a ele como se sente. Mas nós dois sabemos que a culpa não é minha.

Que cara mais presunçoso. Tão terrivelmente, arrogantemente presunçoso.

E tão cheio de razão.

Ninguém tem culpa, além de mim.

Eu fico parada, zangada, inflexível, olhando Gavin se afastar. Quanto mais ele anda, mais a minha irritação irracional diminui. Então me apresso para alcançá-lo.

— Ande mais devagar, seu estrangeiro maluco! — murmuro.

À minha frente, Gavin inclina a cabeça para trás e sussurra para o ar:

— Ande mais rápido, sua neurótica.

Não consigo deixar de sorrir.

Gavin tem um HT3, o Hummer com uma caçamba na parte de trás. O carro é preto com vidros bem escuros.

— Minha Nossa, você roubou isso de algum traficante?

— Preste atenção. Essa máquina pode salvar a sua vida antes que tudo esteja acabado. Ela é totalmente equipada taticamente.

— Quer dizer que você *realmente* a roubou de um traficante?

Gavin revira os olhos e balança a cabeça.

— Mulher tem cada uma... — murmura ele.

— Espero que você não diga coisas assim na frente da sua namorada.

— Namorada? — Pela expressão no rosto dele, qualquer um acharia que eu insinuei que ele andava transando com animais. — Este é o tipo de problema que eu não quero pra mim. Toda aquela chatice sentimental só atrapalha uma transa gostosa e a possibilidade de ter alguém com quem dar umas boas gargalhadas.

Naturalmente, eu traço uma paralela.

— É assim que Cash pensa também?

Gavin olha para mim. A prudência está clara em seus olhos.

— Talvez um pouco.

— Mesmo se fosse, você não me diria, não é?

— Olhe, Olivia, admito que Cash e eu somos bem parecidos. Em todo esse tempo que o conheço, ele nunca quis levar ninguém a sério. Pelo que me consta. Até agora.

— Então você está dizendo que ele quer me levar a sério? — Por que será que eu não consigo acreditar em uma palavra do que ele diz?

— Não, não é isso.

— Foi o que pareceu.

— Não sei o que estou tentando dizer. — Ele faz uma pausa e ouço seu suspiro frustrado. — Vou colocar as coisas de outra maneira: eu nunca o vi agir dessa forma com uma mulher. Isso significa que ele quer levar a relação a sério? Não sei. Acho que sim, mas isso é só uma opinião. Homem não fica falando sobre essas coisas de mulherzinha, entende?

— Não, acho que não. — Fico um pouco desapontada. Eu esperava tanto que ele tentasse me convencer ou tivesse alguma prova que sustentasse sua teoria. Mas ele não tem. Cash é simplesmente um mistério, tanto para ele quanto para todo mundo.

Hora de mudar de assunto antes que eu deixe este medo deprimente me puxar para o fundo do poço. Antes que eu possa pensar em algo para dizer, Gavin se antecipa e pergunta:

— Afinal, onde a sua mãe mora?

— Na realidade, ela mora bem perto de Carrollton, onde eu estudo. Fica aproximadamente a uma hora daqui.

— Muito bem. Seguindo para o oeste.

Conforme ele dirige seu veículo enorme em direção à autoestrada interestadual, penso em algo mais para falar.

— Bem, dentre as muitas coisas que você interrompeu com suas pancadas insistentes na porta, uma delas foi o plano. Cash estava prestes a me colocar a par do que ia fazer. Você se importa de me dizer? — pergunto, e Gavin me olha desconfiado e hesita. — O que foi? A quem eu poderia contar? À minha mãe? Como se ela fosse se preocupar, mesmo se eu fizesse isso. O que eu não faria. Só estou preocupada. Só isso.

Após outra longa pausa, Gavin se rende.

— Cash vai fazer umas cópias do vídeo e guardá-las com pessoas diferentes. Também vai comprar alguns livros-razão, parecidos com os livros que os caras estão exigindo, para levá-los com ele. Assim que confirmar que a garota está viva e ilesa, vai mostrar o vídeo a eles. E explicar que se eles não entregarem a garota e garantirem a sua segurança e a do pai dele, tanto o vídeo quanto os livros serão entregues às autoridades.

— Minha Nossa! Parece perigoso.

Gavin dá de ombros. — Ele está com a faca e o queijo na mão agora.

— Não. Eles ainda estão com Marissa.

— Certo, ele está *praticamente* com a faca e o queijo na mão agora. Se eles não a entregarem, Cash dará os livros, que estarão com Nash, a quem ele *só* irá acionar se as coisas fugirem do controle.

— Quer dizer que ele espera escapar com os livros, o vídeo e Marissa?

— Sim.

— E a pior perspectiva seria...?

— Que ele tenha que dar os livros a eles, como demonstração de confiança, para resgatar a garota. Mas ele ainda terá o vídeo. E toda ajuda que Greg conseguiu juntamente com Nash.

— Greg? É o pai de Cash?

— Sim. Ele é um homem bom.

Eu fico em silêncio. Ainda não decidi se acho o pai de Cash um homem bom ou não. No momento, estou mais inclinada a achar que não. Em primeiro lugar, é por causa dele que estamos todos nessa confusão. Tenho certeza de que ele tem algumas qualidades; mas, no momento, não consigo vê-las.

— Você o conhece há muito tempo?

— Sim, há muito tempo.

— É difícil de acreditar. Você não pode ser *tão* velho.

— Sou gostoso demais pra ficar velho — afirma ele com um sorriso convencido e uma piscadela. Eu reviro os olhos, impaciente, e ele ri. — Não é nada disso, é que eu comecei muito, muito cedo.

— Começou o quê?

Ele dá de ombros, mas desta vez acho que faz isso porque realmente não quer responder, não por indiferença.

— Durante alguns anos, fui contratado para fazer toda espécie de... bicos. Mas também sei pilotar aviões e helicópteros, e foi assim que conheci Greg. E depois Cash.

Aceno a cabeça lentamente.

— Bicos, hein? Quer dizer que você está em um negócio... semelhante?

— Não exatamente. O trabalho que eu fazia era perigoso e repulsivo de um modo diferente. Por isso eu saí.

É quase assustador tentar descobrir com que tipo de pessoa estou neste carro, porque ele é extremamente vago em relação às suas atividades atuais. Ou as do *passado*. E quando me lembro do modo como Cash falava dele, não consigo deixar de me perguntar se estou ao lado de um criminoso ou algo assim. Só porque ele não está na cadeia não quer dizer que não tenha culpa no cartório; significa apenas que nunca foi pego.

De repente, fico muito menos curiosa em relação a... tudo! Parece que não há nada além de escuridão e decepção para todo lugar que eu olho. Pela primeira vez, em talvez *toda minha vida*, o quarto de hóspedes da casa da minha mãe parece um pequeno pedaço do paraíso.

DEZOITO

Cash

Deixar Olivia ir com Gavin foi muito mais difícil do que eu pensava. E agora, na moto, de volta à boate, não paro de me lembrar de sua expressão, que vi pelo espelho retrovisor ao passar por ela na rua. Muito chateada. Ela parecia muito, muito triste.

Lembro a mim mesmo que Gavin é digno de confiança, tanto quanto é habilitado. Duvidar do meu julgamento a esta altura seria tão contraprodutivo quanto estúpido. Não há nada que eu possa fazer em relação a isso. É tarde demais para grandes mudanças, principalmente algumas que poderiam colocar Olivia em perigo. Meu instinto mandou que eu a deixasse com Gavin. Agora tenho que confiar nele. Ponto final.

Ao entrar na garagem e ver a porta do apartamento aberta, me dou conta de que tenho outros problemas além de me preocupar com o papel de Gavin em tudo isso.

Nash.

Estaciono a moto e, quando entro, vejo-o no banheiro, fazendo a barba. Depois de enxaguar o rosto, ele encontra meus olhos no espelho. Fico contente de ver seu cavanhaque intacto; não quero que ele fique mais parecido comigo do que o necessário. Isso poderia se tornar algo complexo. Além disso, eu simplesmente não gosto do cara. Ele está mais babaca do que antes, quando éramos mais jovens.

— Pode ficar à vontade — digo de modo sarcástico.

— Não se preocupe. Já estou.

Eu nem quero perguntar o que ele quer dizer com isso. Só vai me deixar enfurecido, e durante as próximas 12 horas, mais ou menos, tenho de me concentrar. E não é no meu irmão.

— Se estiver precisando dormir um pouco ou fazer mais alguma higiene pessoal, posso te dar as chaves do apartamento na cidade, e você pode levar o carro pra lá.

— Tentando se livrar de mim tão rápido?

— Para falar a verdade, sim. Estou sim.

— Isso não é muito fraternal da sua parte.

— Olha cara, você vai ter que deixar essa arrogância de lado. Não tenho tempo pra sua babaquice. Apenas siga o plano e me deixa em paz.

— Bem, o plano inclui o vídeo, que escondi em um lugar seguro. Quanto ao carro, eu posso aceitar a oferta. Não tenho um desde que fiquei no exílio, há sete anos.

Novamente a amargura. Quero revirar os olhos em sinal de irritação, mas trinco os dentes e resisto ao impulso. É óbvio que um de nós terá de agir de forma adulta e controlada. E com certeza não parece que vai ser o Nash.

Eu entro no quarto, abro a gaveta de cima da cômoda e pego o jogo extra de chaves.

— Leve o BMW. A chave dourada é do apartamento.

Dou-lhe o endereço. Ele ergue as sobrancelhas e acena a cabeça, agradecendo, mas mantém o sarcasmo ao mínimo.

Fico contente com isso. Talvez eu tenha conseguido me fazer compreender.

— Legal.

— Talvez para um advogado, mas eu prefiro este lugar.

Ele me encara, como se tentasse ver se estou mentindo.

— Mal posso acreditar que você conseguiu.

— Conseguiu o quê?

— Ir para a faculdade. E de fato se formar e tornar-se advogado.

Analiso minuciosamente as suas palavras em busca de um significado oculto, em busca de escárnio ou malícia, mas não encontro nada. Ele apenas parece... surpreso.

— Não significa que eu tenha gostado. Foi sempre desejo seu, não meu. Mas foi o que tive que fazer para ajudar nosso pai. Ou pelo menos pensei que fosse.

Tenho que me esforçar para ocultar a amargura em meu tom de voz. Ainda é doloroso saber o quanto eles esconderam de mim e me lembrar de todos os sacrifícios que fiz por achar que meu pai precisava da minha ajuda.

— Acho que nenhum de nós acabou exatamente como esperava.

— Acho que não. Só espero que, depois de tudo o que fizemos e do modo como as coisas acabaram, a gente tenha se beneficiado em alguns aspectos. Talvez tenha sido bom para nós dois. Acho que eu precisava de você um pouco.

Nash dá de ombros.

— Acho que eu precisava de você também. Só não tanto assim.

O sorriso dele parece sincero e é mais fácil retribuí-lo do que eu imaginava, levando-se em conta a forma como as coisas começaram entre nós.

Talvez haja esperança, afinal.

Dou uma olhada nos poucos pertences de Nash jogados sobre a cama.

— Vou te dar um minuto para juntar suas coisas. Preciso tirar um negócio do carro.

Isso é mentira. Na realidade, eu tenho que tirar os livros do cofre e não quero que ele veja onde guardo coisas importantes. Ainda não confio totalmente no meu irmão, portanto considero a mentira prudente e necessária.

Ele assente, e eu volto à garagem, fechando a porta atrás de mim.

Em seguida, vou até o trilho de ganchos e chapas perfuradas na parede, em frente ao carro. Há uma pequena alavanca e uma dobradiça escondida na segunda chapa. Ela se abre silenciosamente para revelar um cofre embutido na parede. Digito a combinação. O clique indica que ele abriu.

As únicas coisas dentro do cofre, além dos livros-razão, são uma pasta expansível cheia de documentos relacionados à boate e uma pequena pilha de notas de 100 dólares. Odeio não dispor de dinheiro vivo.

Retiro os livros-razão e fecho o cofre. Em seguida, volto a colocar a chapa perfurada por cima, escondendo perfeitamente sua existência. Depois pego a jaqueta no banco traseiro do BMW e volto ao apartamento. Nash está colocando os óculos escuros no instante em que eu entro.

— Sério mesmo? Vai usar isso à noite?

— Todos esses anos vendo o sol refletido na água tornaram meus olhos sensíveis à luz. O brilho dos sinais luminosos à noite me incomoda. Além do mais, eu fico bem irado assim.

143

Seu sorriso no canto do rosto me lembra a criança confiante e despreocupada da nossa infância.

— Só precisa de uma calça de couro e um sotaque austríaco para assustar algumas crianças, no estilo *Exterminador do Futuro*.

— Neste caso, vou pegar emprestado a sua moto no Halloween.

Sorrio, mas não digo nada. Pelo que ele fala, dá a impressão de que está planejando ficar, e eu não sei ao certo como me sinto em relação a isso.

— Uma noite assustadora de cada vez, cara — digo ligeiramente. — Vamos nos livrar desta primeiro. Você pode voltar lá pelas oito?

— Sim.

— Você se importaria de dar uma passada em uma loja de artigos de escritório no caminho de volta e comprar alguns destes?

Eu ergo os livros-razão. Ele franze a testa e estende a mão para pegar um. Folheando as páginas, ele diz calmamente:

— Quer dizer que isso é o que causou tanto problema?

— Não. Foram as escolhas do nosso pai que causaram tantos problemas — digo, impassível.

Nash levanta os olhos para mim. Seu olhar é duro, inflexível, mas ele não diz nada, apenas me entrega o livro-razão.

— Vou trazê-los, pode deixar.

— A gente se vê mais tarde.

E, com isso, ele se vira e vai embora.

DEZENOVE

Olivia

Uns vinte minutos antes de chegarmos à casa da minha mãe, eu invento algum tipo de razão plausível para aparecer na casa dela, no meio da noite. E com um cara estranho.

Faz tanto tempo desde a última vez que liguei para ela que preciso de três tentativas para acertar o número. Ele está registrado no meu telefone, mas *o meu* telefone está no apartamento de Cash. Estou usando um dos baratinhos que Cash exige que eu jogue no lixo a cada dois dias, mais ou menos.

A voz sonolenta do meu padrasto Lyle atende a chamada. Dou um suspiro de alívio. Eu não sabia nenhuma outra combinação de números para tentar, portanto estaria ferrada se esta não tivesse dado certo.

— Lyle, é Olivia. Desculpe ligar a esta hora. Posso falar com a mamãe?

Ouço um suspiro exasperado e alguns sons abafados quando ele cobre o bocal do aparelho com a mão. Alguns segundos depois, minha mãe atende.

— Olivia, você sabe que horas são, mocinha?

É bem típico da minha mãe estar mais preocupada com bons modos do que com o fato de sua filha estar ligando do nada em uma hora inconveniente.

— Mãe, houve um vazamento de gás na minha casa. Posso passar a noite com você?

Ouço vários ruídos antes de ela responder, nenhum dos quais dá impressão de alegria.

— Por que não fica com o seu pai? Você não tem uma chave?

— Papai quebrou a perna. Está com dificuldade de se mover. Ligar para ele no meio da noite poderia fazer com que ele se machucasse. Da mesma forma se eu aparecesse na casa dele.

Tudo que estou dizendo é verdade, exceto o vazamento de gás.

— E estou acompanhada. Ele é... bem, é um amigo. Espero que não seja nenhum problema.

É estranho não ter conseguido sequer mentir, dizendo que Gavin representa algo mais para mim, além de ser apenas um amigo. Parece que até a minha língua está presa a Cash, o que é tremendamente ridículo. Mas conhecendo minha mãe, ela vai entender as coisas de outra forma, de qualquer jeito. Ela verá, ouvirá e perceberá o que quer, e fará todos os julgamentos baseados no que está em sua cabeça. Ela sempre foi assim.

— Se você pensa que vai dormir no mesmo quarto que esse "amigo", pode esquecer, Olivia.

Posso quase ver seus lábios se contraírem numa expressão moralista.

— Eu nem ia pedir isso, mãe. Só precisamos de um lugar seguro. Para esta noite. — Gavin me dá um cutucão,

146

olhando significativamente para mim. — No máximo alguns dias.

— Alguns dias? — Ah, sim, agora ela está indignada. Causar qualquer transtorno à minha mãe é simplesmente proibido.

— Não vamos interferir nos seus planos. Você não vai nem se dar conta da nossa presença.

— Duvido — resmunga ela. — Tudo bem. Quando você vai chegar?

— Daqui a uns 15 minutos.

— Tudo bem.

Com um clique, a ligação é cortada. Eu suspiro e desligo. Em seguida olho para Gavin e ele sorri.

— Parece ser um amor de pessoa.

— Ah, ela é.

Que cara perceptivo.

Menos de vinte minutos depois, Gavin está carregando minha bolsa e me seguindo pela longa e sinuosa entrada iluminada da casa da minha mãe. Paro no degrau e respiro fundo, olhando para Gavin, à minha esquerda. Ele está examinando a casa, observando a parte externa feita de tijolos decorativos, a quantidade interminável de janelas e a elegante argola de latão, presa à enorme porta de madeira.

— Isso vai ser interessante.

Sorrio.

— Você não faz ideia.

Então eu bato à porta.

Em poucos segundos, ela se abre e minha mãe aparece num sofisticado roupão de seda. Seu impecável (sim, até no meio da noite) cabelo preto, seus olhos azuis hostis e seus braços finos, cruzados sobre o peito, expressam desaprovação. Ela está praticamente com a mesma aparência da última vez que a vi, há alguns anos. Está praticamente com o mesmo ar de censura. E quase aparentando a mesma idade. Não há dúvida de que gasta milhares de dólares em tratamentos. Um dia, vou alcançá-la, e teremos a mesma idade.

Eu me pergunto se fabricam algum creme noturno enriquecido com formol, penso, como uma idiota, enquanto observo sua pele lisa e esticada.

— Oi, mãe. Sinto muito por acordar você.

Ela dá alguns passos para trás e permite a nossa entrada no hall.

— Não sente o bastante, pelo que vejo.

Resisto ao impulso de revirar os olhos em sinal de irritação. Minha mãe sempre foi o tipo de pessoa que não consegue deixar passar nada. Ela põe uma coisa na cabeça ou cisma com uma coisa e fica batendo na mesma tecla.

— É, acho que não — digo concordando. — Não precisa ficar acordada. Este é Gavin. Vou levá-lo a um dos quartos de hóspedes. Vou ficar em outro. Você nem vai perceber que estamos aqui.

Ela resmunga e fecha a porta atrás de nós.

— Você conhece as regras — avisa ela, olhando intencionalmente para Gavin.

— Eu sei, mas eu já falei que ele é só um amigo, mãe.

— O que eu sei é que isso é o que você *disse.*

Dessa vez eu realmente reviro os olhos.

— Bem, nos vemos de manhã. Boa noite.

Eu pego a mão de Gavin e puxo-o para fora dali.

*

Mesmo estando exausta, acabo tendo dificuldade para dormir. Só consigo pensar nas coisas que eu não disse. No que deixei de fazer ou curtir por medo, por não confiar em mim mesma. Não tinha nada a ver com Cash e com o fato de não confiar nele, porque ele é um bad boy. Certo, ele é um bad boy. Em alguns aspectos. Mas este não é o problema. Ser um bad boy não faz dele uma pessoa má ou um companheiro desagradável. Mas por causa do meu preconceito eu não pude ver isso. Não confiei no meu julgamento. Depois de ter tomado tantas decisões erradas e deixado meus sentimentos me cegarem, finalmente achei alguém digno de amar e fiquei estagnada.

E não havia momento pior para isso ter acontecido.

Agora me sinto engasgada com todas as coisas não ditas, todo o arrependimento por ter tido medo. *Por não ter* agido. Nem falado. Nem agarrado a oportunidade.

Se, por algum milagre de Deus, eu tiver outra chance antes que tudo isso acabe, não serei tão covarde da próxima vez.

VINTE

Cash

Estou muito agitado para conseguir dormir. Quanto mais se aproxima o raiar do dia, mais ansioso fico para ver como tudo isso vai acabar.

Olho o relógio. Sem janelas no quarto, não posso ver o sol nascer, mas sei que está amanhecendo. E isso me faz pensar em Olivia, dormindo pacificamente, assim espero, na casa de sua mãe. Sozinha.

A ideia de Gavin possivelmente enroscado ao lado dela me deixa totalmente descontrolado. Com um resmungo, lanço o braço sobre os olhos e tento desanuviar a mente.

Mas não funciona. Não consigo deixar de pensar nela.

Talvez se eu telefonasse e deixasse tocar só uma vez...

Ela não tem um sono muito leve. Um toque não deve acordá-la se ela estiver dormindo. Mas se ela estiver acordada...

Aperto a tecla de discagem rápida para o seu celular descartável e o telefone automaticamente chama o número dela.

Ele toca uma vez. Quando eu estava prestes a apertar o botão para desligar, a voz abafada de Olivia atende a ligação.

— Oi — diz ela, sem acrescentar mais nada. Eu abro um sorriso. Posso quase ver o olhar tímido no seu rosto quando ela diz isso. E com essa única palavra, percebo que ela está feliz por eu ter telefonado. Agora quero ir até a casa da mãe dela, entrar sorrateiramente pela janela e transar lenta e tranquilamente com ela contra a parede.

— Você está acordada.

— Estou. Não consigo dormir. Você também?

— De jeito nenhum. Minha cabeça não sossega.

— Sei como é.

Há um longo silêncio, durante o qual tenho certeza de que ela está se perguntando qual é a minha intenção. Entretanto, antes que eu possa falar, ela se antecipa e diz:

— Na verdade, gostei de você ter ligado. Há algo que eu quero dizer. É uma coisa que eu deveria ter dito antes, mas não disse. E agora lamento não ter feito isso. Quando estávamos frente a frente. Mas sou uma idiota, então...

Sorrio na escuridão. Eu apostaria mil dólares que ela está mexendo no cabelo. É o que ela faz quando fica nervosa. E é perfeitamente óbvio agora, pela velocidade de suas palavras, que ela está nervosa.

— O que você queria dizer? — Tenho quase certeza de que já sei. Consigo perceber como ela se sente em relação a mim quando não está lutando contra isso e quando não fica perdida no passado, que às vezes bloqueia seus pensamentos. E eu espero que, depois de tudo o que aconteceu, ela saiba como me sinto. Mas ela é mulher. Acho que mulher gosta de tudo nos mínimos detalhes. Diferente dos homens, as mulheres precisam de palavras, do caráter definitivo delas. Os homens não. Mas de qualquer maneira, eu não me importaria de ouvir Olivia dizê-las.

Ouço sua respiração profunda e a imagino fechando os olhos com força, como se estivesse pulando de uma ponte ou algo assim. Dando um salto. E, em se tratando de Olivia, provavelmente é como se isso fosse a mesma coisa.

— Acho que estou apaixonada por você — fala ela sem pensar. — Por favor, não diga nada! — ela se apressa em dizer, antes que eu possa falar qualquer coisa. — Não quero que se sinta obrigado a dizer nada em resposta. Eu só não queria que você fosse resolver essa situação sem saber como me sinto. Queria que soubesse que realmente estou tentando deixar o passado para trás e não deixar isso ficar na minha cabeça e estragar as coisas entre nós.

— Não me sinto obrigado a dizer nada.

— Tudo bem — diz ela de forma inexpressiva. — Bem, isso é bom. Porque eu não ia querer que você fizesse isso.

— Não vou. Se eu disser "eu te amo" é porque é o que eu sinto, e não porque é uma resposta esperada.

— Certo — diz ela baixinho. — Ah, droga! Minha mãe acordou. Vou ter que desligar. Por favor, tenha cuidado hoje!

— Pode deixar.

— A gente se vê logo?

— Assim que eu souber que você está segura.

— Por favor, faça isso ser logo.

Eu rio.

— Vou me esforçar ao máximo para fazê-los se curvarem à minha vontade.

— Não deve ser difícil. Você é muito bom nisso.

— Como você sabe?

— Você já usou seu poder de persuasão comigo, mais de uma vez.

— Gata, eu ainda *nem comecei* a usá-lo. Espere só até você voltar.

— Vou cobrar de você essa promessa — murmura ela, o sorriso evidente em seu tom de voz.

— Pode apostar. Você vai fazer o que eu mandar, certo?

— Sim, coronel — diz ela, brincando, referindo-se ao nosso gracejo quando ela pensava que eu era Nash.

— Muito bem. É assim que eu gosto.

— Talvez eu até faça uma saudação quando você vier me pegar.

— Vou me encarregar da saudação. Tenho certeza de que haverá partes do meu corpo em posição de sentido quando eu for *pegá-la*.

— Você é tão malicioso.

— Mas só do modo positivo.

— Certo — diz ela baixinho. — Só do modo positivo.

— Tente descansar um pouco. Ligo pra você quando voltar.

— Tudo bem. A gente se fala mais tarde.

Há uma pausa. Nenhum de nós dois quer dizer adeus. Portanto não falamos nada. Ela simplesmente desliga. E eu faço o mesmo

VINTE E UM

Olivia

Se havia uma pequena esperança de que eu conseguiria dormir um pouco, agora já era.

Caraca! Acabei de dizer a Cash que o amo!

Bem, mais ou menos. Será que o que eu disse foi um subterfúgio? Será que foi uma saída covarde? Provavelmente. Mas pelo menos ele entendeu o essencial, antes de partir para entrar em guerra com uma gangue de criminosos. E isso era o que eu mais queria: que ele soubesse. A forma como eu disse é que simplesmente foi uma merda.

Mas não é essa a parte mais eletrizante nem a que mais me deixa abalada. É o que ele disse em seguida.

Se eu disser "eu te amo" é porque é o que eu sinto, e não porque é uma resposta esperada.

Ele disse que me ama? Ou disse que *se* me amasse, falaria o que sente? Ou será que estava apenas me explicando o seu modus operandi de dizer "eu te amo"?

Que merda!

Quanto mais penso nisso, quanto mais analiso cada palavra, mais confusa se torna a coisa toda.

No piloto automático, me visto rapidamente e passo a escova no cabelo antes de sair e descer as escadas. A casa está silenciosa, portanto procuro não fazer muito barulho. Minha mãe costuma acordar cedo. Bem cedo. Ela gosta que sua manhã seja tranquila, e a minha *simples* presença já conta contra mim. Não preciso fazer mais nada para cutucar a onça com vara curta.

— Quem a vestiu? Uma criança de 6 anos? Sua camiseta está do lado avesso.

Olho para baixo e, claro, a minha camiseta está do avesso. *Piloto automático é uma merda!*

Faço um gesto demonstrando desinteresse.

— É que eu não acendi a luz. Vou me ajeitar antes que alguém mais se levante.

Como se ficasse feliz em me fazer passar por mentirosa, Gavin escolhe aquele exato momento para entrar na cozinha.

— Bom dia, senhoritas — diz ele com seu sotaque charmoso e o sorriso largo e agradável. Por alguns segundos, ninguém diz nada, o que não parece incomodá-lo nem um pouco. — Olivia, agora posso ver de onde herdou a sua aparência. Você não me disse que sua mãe era tão bonita.

O impulso de revirar os olhos, irritada, é forte. Mas começo a sentir pena de Gavin. Seus esforços estão sendo *tãããão* mal-empregados!

— Outro sedutor, pelo que vejo — diz minha mãe em tom amargo, olhando Gavin com desdém. — Sua tática pode funcionar com minha filha, mas você não precisa se dar ao trabalho comigo. Conheço bem o seu tipo.

— Meu tipo? — Gavin claramente não faz a menor ideia do que ela está falando. Talvez eu devesse tê-lo prevenido a respeito de minha mãe.

— Gavin, por que não toma banho primeiro? Não vou demorar muito para me arrumar.

— Estamos com pressa?

— Bem, não exatamente. Minha primeira aula não começa tão cedo, mas...

— Primeira aula?

— Sim. — Diante de seu olhar inexpressivo, eu prossigo. — Aula. Sala de aula. Faculdade. Sabe, *escola*, aonde vou para *estudar*.

Gavin franze o cenho.

— Mas você não vai à aula hoje.

— Humm, vou sim.

— Humm, não vai não.

— Humm, vou sim. Por que eu não iria?

Ele olha intencionalmente para mim e inclina ligeiramente a cabeça na direção da minha mãe. Ele não quer declarar seu argumento na frente dela, mas ela interpreta totalmente mal o seu gesto.

— Ah, não se preocupe comigo. Ela não se importa com o que penso. Pode menosprezá-la o quanto quiser.

— Menosprezá-la?

— Você não acha que impedi-la de progredir é menosprezar? Não acha que arruinar a vida dela com sua mera presença é menosprezar?

— Como eu...

— Mãe, não é isso que ele está fazendo. Olha, é uma longa história. Podemos falar sobre isso depois. Agora — digo, olhando intencionalmente para Gavin — ele vai tomar um banho enquanto nós tomamos café.

Não creio que Gavin *aprecie* muito o modo como resolvi a situação, mas é inteligente o bastante para não discutir na frente da minha mãe. Acho que está aprendendo rapidamente a lidar com o mau humor dela.

Ele acena a cabeça lentamente e começa a se retirar da cozinha.

— É, realmente preciso de uma chuveirada. Tenho que dar alguns telefonemas também.

Depois que Gavin faz uma desconfortável saída, minha mãe e eu mergulhamos em um silêncio igualmente desconfortável. Entretanto, não é um silêncio vazio. É preenchido por todas as espécies de julgamento e reprovação. Ela não precisa dizer nem uma palavra. Está nítido em sua expressão, claro como água, para todo mundo ver.

Eu suspiro.

— Mãe, eu sei que...

— Leve o meu carro — interrompe ela.

— Como assim?

— Leve o meu carro. Vá para a faculdade. Não deixe essa... pessoa interferir na sua vida. Seja mais forte, Olivia.

Não vou sequer mencionar o fato de que ela me acha uma pessoa fraca. Ela nunca tentou esconder de mim sua opinião a meu respeito. Nem de qualquer um que pudesse estar interessado em ouvir.

— Mãe, você não sabe nada sobre Gavin. Ele é um cara realmente bacana.

— Foi o que você disse sobre todos os outros canalhas com quem você desperdiçou seu tempo correndo atrás.

— Não corri atrás de ninguém, mãe. E não desperdicei meu tempo. Vou me formar em breve.

— E depois vai ajudar seu pai e se consumir naquela fazenda.

— Não considero isso me consumir.

— Bem, isso é obviamente uma questão de opinião. Mas esses rapazes por quem você insiste em se interessar. Olivia... — Ela balança a cabeça numa demonstração de imensa decepção.

— Mãe, posso ter feito algumas escolhas ruins no passado, mas isso não significa que todo cara que tem algumas das mesmas... características que eu gosto em um homem seja exatamente do mesmo tipo. É possível ser uma pessoa que gosta de se divertir, mas ainda ser boa, decente e gentil.

— Não tenho dúvidas. Mas você nunca parece encontrar esse tipo.

— Reconheço que não tive grande êxito no passado, mas esse cara é diferente, mãe. Eu sinto isso agora.

— Você está dizendo que nunca "sentiu" isso antes? Porque eu me lembro claramente de uma conversa semelhante que tivemos sobre pelo menos duas das suas "causas perdidas".

— Eles não eram "causas perdidas", mãe.

Discutir com ela é exaustivo.

— Você definiu um deles como "precisando de alguns reparos". O que pode ser isso além de uma causa perdida? Você quer consertar esses bad boys, Olivia. Quer modificá-los, transformá-los em algo com o qual possa viver. Mas isso nunca irá acontecer. Homem assim não muda nunca. E certamente não por causa de uma garota.

— Alguns mudam.

— Só acredito vendo. Quando um deles provar o seu amor a você, eu não insisto mais nessa questão. Mas enquanto isso...

Enquanto isso, sou apenas a idiota que continua caindo na mesma armadilha, repetidas vezes.

— Faça-me um favor — diz ela, esticando o braço sobre a ilha da cozinha para pousar a mão sobre a minha, uma demonstração muito rara de afeto e apoio.

— O quê?

— Leve o meu carro. Vá à faculdade. Prove a mim que você é forte o bastante para fazer isso, forte o bastante para enfrentar esse tipo de homem e não ceder. Não se entregue nem permita que eles destruam a sua vida. Isso me faria sentir muito melhor.

Sua expressão é de fato sincera. Talvez até um pouco preocupada e desesperada. Será que ela acha mesmo que sou tão frágil e impressionável a ponto de me jogar de cara numa relação com um idiota qualquer?

Se eu posso fazer isso para provar a ela que não sou a pessoa fraca que ela pensa, então por que não? Talvez ajudasse a melhorar as coisas entre nós, e entre ela e Cash, quando ela o conhecer.

Quando *ela o conhecer*, repito mentalmente, agarrando-me à ideia que tal dia *chegará*.

— Tudo bem.

— Tudo bem o quê?

— Tudo bem. Vou levar o seu carro. Vou provar a você que sou mais forte do que pensa. Que sou mais inteligente do que acha que sou.

Ela sorri, mas seu sorriso é mais de satisfação e presunção do que de alegria e orgulho. Isso me faz lembrar que, não importa o que eu faça, provavelmente há poucas chances de agradá-la. Mesmo assim, me sinto na obrigação de tentar.

— Não vou nem criar caso com a sua roupa, mas vou insistir para que você vire a camiseta para o lado certo antes de sair.

— Pode deixar. Me dê alguns minutos. Preciso escovar os dentes e me arrumar melhor.

— Perfeito. Vou pegar as chaves e você pode sair a hora que quiser.

Aceno a cabeça e sorrio, tentando não pensar no quanto Gavin ficará furioso quando descobrir que me livrei dele. Mas não é nenhum bicho de sete cabeças. Quero dizer, eu vou estar na faculdade, cercada por centenas de testemunhas. A única forma de estar mais segura seria escondendo um guarda-costas ninja na bunda.

Minha mãe traz as chaves, em seguida se vira para a torradeira e para um saco de pão de trigo, que está à sua esquerda. Sem falar uma palavra, começa a fazer a torrada, a mesma coisa que ela come no café da manhã todos os dias há mil anos.

Em silêncio, eu me levanto e vou para o andar de cima. Às vezes me pergunto por que me preocupo com o que ela pensa.

Faço uma pausa nos degraus quando percebo que estou fazendo algo que tem pouco a ver com o que minha mãe pensa a meu respeito ou com qualquer mudança em sua opinião. As coisas têm sido assim entre nós durante anos. O que estou fazendo está completamente relacionado ao fato de forçá-la a confiar no meu julgamento o suficiente para ver que Cash é um cara bacana, que finalmente encontrei alguém digno aos seus olhos. Quero que ela veja isso. Não por mim, mas por Cash. Ele não merece ser vítima do preconceito dela. O problema não tem nada a ver com ele, e sim com os meus erros, os erros dela e sua incapacidade de perdoar ou de esquecer.

Minha determinação cresce juntamente com minha descoberta. Sim, é isso o que vou fazer. E vou mostrar a ela que conhecer homens errados e sair com eles não significa que eu seja incapaz de encontrar o homem certo. Apenas indica que tive muita prática aprendendo a usar o meu detector de burrices. No mínimo, acho que isso faz de mim uma profissional.

Rio, dissimuladamente, com a minha lógica e com o uso do termo "profissional". Minha mãe morreria se ouvisse meus pensamentos. Ela juraria que sou uma prostituta.

Estou vendo tudo isso como algo bom. E o fato de estar pensando num futuro com Cash tem que ser um bom sinal. Isso significa que ele irá passar por toda essa situação numa boa, e teremos uma chance de ver aonde a vida levará o nosso relacionamento. Por mim, acho que vale a pena investir. Cash merece qualquer risco.

Quando passo pelo banheiro social, ouço o chuveiro sendo aberto. Gavin ainda está começando a tomar banho. Rapidamente, volto para o meu quarto, pego a bolsa e me dirijo ao segundo banheiro social. Coloco pasta de dentes na escova, enfio-a na boca e me dispo, antes de abrir o chuveiro. Odeio ir a qualquer lugar sem tomar banho. Posso ficar pronta rápido. Se eu me vestir apressadamente, posso levar minha maquiagem e passar rímel e brilho labial no caminho. Sei que não é um comportamento visto com bons olhos, mas as estradas devem estar praticamente vazias a esta hora.

Lavo o cabelo de forma ligeira, escovo os dentes enquanto enxáguo a cabeça e capricho nos pontos principais com a toalhinha e um sabonete caro da minha mãe. Em seguida, saio do chuveiro e me seco em um segundo.

Rapidamente, aplico desodorante nas axilas, borrifo perfume no pescoço e visto a mesma roupa que usei por dez segundos esta manhã, só que, desta vez, do lado certo

— Não é possível que agora eu esteja envergonhando a minha mãe estressada, será? — resmungo diante do espelho.

Enfio os pés nos sapatos, lanço a bolsa sobre o ombro e passo os dedos nos fios emaranhados do meu cabelo, enquanto ando na ponta dos pés ao passar pelo banheiro em que Gavin está.

Faço uma pausa para escutar e ainda posso ouvir a água correndo. Resisto ao impulso de erguer o braço em comemoração. Não sei por que, mas é como se eu tivesse acabado de ganhar algum tipo de competição, digna de manchetes nos jornais.

Ovários ganham dos testículos em uma disputa de banho rápido.

Reviro os olhos diante da minha linha de pensamento idiota. Acho que minha mãe deve ter usado drogas quando eu estava no útero. É seguramente a única explicação.

Vou até a escada e não paro até sair no SUV Escalade da minha mãe. Menos de trinta minutos depois, estou estacionando em uma vaga em frente ao prédio onde se dá a minha primeira aula. Não quero entrar muito cedo, principalmente porque não sei ao certo a que horas eles abrem as salas de aula de manhã. Decido dar um tempo e ligar para Ginger. Não falo com ela desde que tudo... meio que... explodiu.

Sua voz parece mal-humorada e grogue quando ela atende.

— Para um telefonema tão cedo, espero que seja um stripper a caminho da minha casa. Quem é?

Sorrio.

— Acorde, sua dorminhoca. Sou eu

Isso a anima um pouco.

— Liv?

— Está viva! Está viva! — digo de brincadeira, como se estivesse em um filme de terror.

— Se prometer não se empolgar demais, vou te dar umas boas palmadas na próxima vez que nos encontrarmos. Que horas são?

— Cedo demais pra você estar de pé. Desculpe, mas não tenho muita escolha.

— Nunca é cedo demais pra você, querida. — Ela disfarça o bocejo. — De que telefone você está ligando? Encontrou um terceiro pênis para acrescentar ao seu mix?

— Que horror! Ginger!

— O que foi? Eu só ia te dar os parabéns por suas loucas habilidades de transa. Só isso.

— Ah, sei.

— Quem sou eu pra julgar a forma como você satisfaz a sua tara? Desde que a satisfaça...

— Não tenho uma tara *para satisfazer*, Ginger.

— É uma puta pena. Um daqueles gêmeos deveria ser capaz de introduzi-la na sua tara. Mas não tem problema, se eles estão precisando aprender, não esqueça o meu telefone.

— Por falar dos gêmeos...

— Por favor, ah, meu Deus, me diga que esse comentário significa que você vai me dar detalhes!

— Humm, não. Mas realmente existe algo que eu gostaria de te contar.

— É sobre a escolha de pinto de borracha? Porque pode ser uma coisa complicada, se você nunca comprou um antes.

Suspiro.

— Não, não é sobre pinto de borracha. Você sempre acorda assim?

— Claro! Por que teria que ser diferente? É assim que vou dormir. Faz sentido que eu acorde desse jeito. Coisa boa não descansa, Liv. E nunca dorme.

Sorrio com o comentário dela.

— E nem tem qualquer modéstia, evidentemente.

— Ei, só estou falando a verdade.

— Então direcione sua honestidade impiedosa para mim por um minuto.

— Tudo bem. Manda ver.

Eu jamais iria querer mentir para Ginger, portanto tomo o maior cuidado, evitando mencionar qualquer coisa que possa despertar sua curiosidade, especialmente sobre os gêmeos. A coisa poderia ficar feia bem rápido.

Dou-lhe a versão curta (ou deveria dizer, a versão MAIS curta) da conversa que tive com Cash ao telefone. Quando conto a ela o que ele disse, a única resposta se resume a nada mais do que um som, mas mesmo assim, me preocupa.

— Ahhh.

— O que significa "Ahhh"?

— Nada. Nada mesmo. Para mim, parece que ele estava temeroso, tanto quanto você. Não é uma declaração completa, mas é muito provocativa.

— Provocativa?

— Sim, provocativa. Como em "provocar". Você sabe que sou uma estudiosa tanto do ato de provocar quanto de ser provocada, portanto eu *sei o que estou falando*.

— Quer dizer que eu não deveria interpretar o que ele disse como uma declaração de amor?

— Só por segurança, eu não interpretaria dessa forma. Além do mais, você não quer ouvi-lo falar isso nesse tipo de situação. Faz parecer que ele está apenas imitando a sua atitude. Com certeza, um cara tão gostoso pode ser um pouco mais original.

— Ah, ele é bem original.

— Sua cretina! Não me provoque assim, a menos que você esteja trazendo um desses à minha casa neste exato momento.

— Seria difícil por várias razões.

— Difícil? Difícil é roubo com arrombamento. Mas por um cara como aquele, eu abriria para *ele* poder entrar. Eu cometeria um delito grave e duas infrações leves por uma hora com um cara assim.

— Só um crime? Acho que você vai ter que aumentar um pouco seus esforços por esses caras, Ginger.

Um suspiro alto e dramático.

— Tudo bem. Três delitos graves, nenhum leve, mas essa é a minha oferta final.

— Fechado!

Ambas caímos na risada, mas, em seguida, Ginger assume um tom mais sóbrio.

— Mas falando sério, Liv, se você o ama, meu conselho é: vá em frente e se arrisque, mas quero que você tenha certeza disso. Ele pode destruir seu coração em mil pedaços se você bobear.

— Eu sei.

— Mas se ele é "o cara", vale a pena tentar.

— Sei disso também. E acho que ele é.

— E você deveria avisá-lo que se ele te magoar, vou cortar os testículos dele com uma tesoura. Diga isso a ele, está bem? Pode dizer, porque estou falando sério. Vou dar uma de Bruce Lee naquela bunda gostosa.

— Espero que você não tenha motivos pra fazer nada disso.

— Eu também, amiga. Eu também.

— Bem, é...

Uma batida na janela me assusta e interrompe meus pensamentos. Meu coração quase sai pela boca por um segundo até eu finalmente descobrir o que é. É só um aluno. Um cara novinho, usando um boné dos Yankees e uma camiseta branca, com a mochila jogada por cima do ombro. Ele está sorrindo timidamente, então abaixo a janela para ver o que ele quer.

— Posso ajudar...

Antes que eu consiga seque. terminar a frase, um pedaço de pano fedorento cobre meu nariz e minha boca com força. Eu tento me desvencilhar, mas não adianta. Em poucos segundos, o rosto diante de mim oscila, antes de tudo escurecer.

VINTE E DOIS

Cash

Estou de pé no estacionamento de um velho depósito abandonado numa parte de Atlanta, onde qualquer pessoa diria: "Estou ferrado se for pego aqui depois que anoitecer." Conforme as instruções que recebi, eu deveria vir sozinho a este endereço após pegar os livros-razão no banco. Foi o que eu fiz.

Antes, porém, fiz de tudo para mostrar que estava saindo do meu apartamento e indo a um banco conhecido, do outro lado da cidade. Fui até o local onde ficam os cofres particulares. A antessala não pode ser vista das outras partes do banco, portanto eu sabia que poderia levar a cabo o meu ardil dali mesmo.

Havia um jovem muito prestativo na mesa, do lado de fora daquela sala. Falei com ele sobre as tarifas de aluguel dos cofres e o valor dos seguros, coisas desse tipo, só para gastar tempo. Não tenho a menor dúvida de que eles mandaram alguém me seguir, portanto caprichei na farsa. Saí do banco depois de uns 15 minutos, ainda carregando a bolsa com a qual entrei. Quando cheguei no carro, coloquei os livros-razão falsos no interior do veículo, para o caso de alguém ter a brilhante ideia de me sequestrar no caminho. Mas isso não aconteceu, o que me faz pensar que eles realmente podem estar dispostos a cooperar.

Agora, enquanto espero por... qualquer coisa que possa acontecer, minha mente está nos livros-razão em branco que estão no carro. Nash está com os verdadeiros. Ele está parado na moto, atrás de um velho gerador, a alguns metros dali, observando.

Estou aqui há seis minutos e não vi uma alma. Há apenas uma porta enferrujada à direita dos imensos portões de hangar do depósito, mas não a verifiquei. Não vou entrar naquele prédio. Eles estão completamente loucos se acham que sou estúpido a ponto de fazer isso. Eles que tragam Marissa para o lado de fora.

Ouço o ruído de cascalho atrás de mim e, ao me virar, vejo uma van branca vindo na minha direção.

Minha Nossa, não poderia ser mais clichê!

O veículo para perto do prédio, e um cara gordo, meio calvo, vestindo uma jaqueta e calça esportiva, salta do banco do motorista.

Ao que parece, a resposta é sim, pode ser mais clichê.

Ele está de costas para mim, mas não tenho dúvida de que, sob a jaqueta preta que está usando, há uma camiseta regata branca e pelo menos um cordão de ouro no pescoço. Evidentemente, a aparência clássica de bandido não é mais reservada a adeptos de filmes como *O poderoso chefão* e *Os bons companheiros*.

Observo-o atravessar o chão de cascalho na minha direção.

— Trouxe os livros? — pergunta ele quando para diante de mim. O sotaque russo é forte. Não seria difícil para quem conhece o crime organizado perceber que ele é um *Bratva*. Máfia russa.

— Tenho certeza de que você sabe que eu os trouxe.

De perto, posso ver como este cara se diferencia dos gângsteres de filme. Não tem nada a ver com o seu rosto, que é marcado por cicatrizes, mas não de forma muito grotesca. Não é a sua altura. Seu tamanho intimida, mas não muito, já que tenho a mesma altura e, obviamente, estou em melhor forma. Não são as suas palavras. Elas são diretas e inócuas o suficiente.

São seus olhos que fazem minha mão suar. Eles são frios e insensíveis. Se algum dia eu tivesse de descrever a alguém como são os olhos de um assassino, eu descreveria estes. Não pela cor ou pelo formato, mas pelo que eles expressam. Eles dizem que este homem não se importa em fazer seu trabalho e que, provavelmente, nunca se importou. São os olhos de alguém que nunca teve alma, alguém que provavelmente veio a este mundo imaginando fazer coisas horríveis a pessoas inocentes, até ter idade suficiente para fazê-las de fato.

Peço a Deus que estes olhos nunca vejam Olivia. Nem à distância.

— Passe os livros e eu trago a garota.

— Me deixe vê-la primeiro. Não vou entregar nada até confirmar que ela está bem.

Aqueles olhos me observam pelos dez segundos mais longos da minha vida antes que o homem volte a falar. Sem desviar totalmente seu olhar do meu, ele vira a cabeça e grita algo em russo. Segundos depois, uma das portas da van se abre, e Marissa é jogada para fora. As mãos e os tornozelos dela estão amarrados, sua boca está amordaçada, e seus olhos, vendados. Ela cai de lado, sem sentidos, no chão. Ouço seu gemido e vejo suas pernas subirem em direção ao peito, em sinal de dor. Mesmo com a mordaça e a venda nos olhos, posso ver que seu rosto está marcado por hematomas, assim como o seu ombro, que está desnudo pela camiseta que está usando. Parece a parte de cima de um pijaminha que a vi usar antes. Espero que seja, e que eles não tenham lhe feito nada pior do que apenas causado aqueles hematomas. Independentemente do fato de eu gostar ou não de Marissa, ou de respeitá-la como pessoa, eu não desejaria o que aconteceu a ela — e certamente nada pior — nem ao meu maior inimigo.

— Agora, passe os livros.

— Mande seus amigos levarem a garota para o meu carro.

— Me mostre os livros primeiro.

Eu tinha meio que imaginado que as coisas poderiam acabar dessa forma, portanto me sinto preparado ao me virar e caminhar até o carro para pegar os livros-razão em branco. Deixo a porta do motorista aberta, na esperança de economizar segundos valiosos, caso eu tenha de escapar rapidamente. Levo os livros até o cara grandão e evito ficar onde eu estava antes. Quanto maior a distância entre nós, melhor.

Levanto os livros rapidamente, em seguida volto a abaixá-los.

— Agora, mande seus amigos colocarem a garota no meu carro.

O homem abre o sorriso mais frio que já vi. Seu gesto faz com que eu me pergunte se estou fazendo exatamente o que ele espera que eu faça. Não sei se é o caso, mas sou esperto o bastante para saber que subestimar uma pessoa dessas é um erro fatal.

Portanto evito dar bobeira. Faço o possível para *não* subestimá-lo.

Ele grita para alguém atrás dele novamente, para alguém que está na van.

— Duffy, coloque-a no carro.

Vejo um cara mais baixo, uma versão mais americana que a do homem diante de mim, sair da van, pegar Marissa no colo, jogá-la de qualquer maneira sobre o ombro e carregá-la até o BMW. Ele abre a porta traseira do carro e arremessa-a sobre o banco. Pela porta do motorista ainda aberta, posso ouvir os soluços abafados dela. Não sei se são soluços de dor ou de alívio.

— Agora, passe os livros — repete ele, como se eu fosse uma criança teimosa com a qual ele está perdendo a paciência.

Meu coração tenta bater num ritmo normal no momento em que entrego a ele os livros-razão em branco. Como eu suspeitava, ele os folheia. Quando levanta os olhos frios, eles estão ainda mais sinistros, se é que isso é possível.

— Pensei que você fosse mais inteligente. Seu pai não foi muito inteligente. Veja o que aconteceu com ele. — O homem faz uma pausa significativa. — E com a sua família.

O fogo percorre as minhas veias quando ele se refere à minha mãe e à sua morte horrível.

— As coisas vão ser diferentes desta vez. Você vai nos deixar sair daqui com os livros e vai me garantir, tanto da sua parte quanto da do seu chefe e de todos os seus comparsas, que ninguém nunca chegará perto de mim, da minha família ou dos meus amigos novamente. Porque se isso acontecer, os livros serão o menor dos seus problemas.

— O que o faz pensar que vou fazer isso?

— Porque nós temos o vídeo. Um vídeo muito incriminador do assassino, nas docas, naquele dia, há sete anos. Um homem que pode ser diretamente ligado a Slava. — Slava é a célula líder da *Bratva* no sul. — Agora, eu posso prometer que, enquanto todo mundo que eu conheço permanecer seguro, este vídeo nunca virá à tona. Mas se...

O celular toca no meu bolso. Meu coração dá um salto. Deve haver algum problema. Um bem grande. Todo mundo sabia claramente quando este número poderia ser usado: apenas em último caso.

Meu estômago se contrai em um nó apertado.

Olivia.

— Espere um pouco. Deve ser o meu contato para te mostrar uma prévia do vídeo.

É um blefe. Só Nash viu o vídeo, que está gravado no telefone dele, não no meu. Ele fez uma cópia em um pen drive, que está em um lugar seguro, segundo ele. Mas isso me faz ganhar alguns minutos, que, pelo visto, eu preciso.

— O que foi? — digo ao atender a chamada.

— Pegaram a Olivia. — As palavras de Gavin e a firmeza na sua voz deixam o meu peito apertado.

Puta que pariu, eles a pegaram! Puta que pariu, puta que pariu, puta que pariu!

Este era, provavelmente, o meu pior medo até agora. E está acontecendo. Neste momento.

— Onde? — pergunto, atento ao capanga que não está muito distante de mim.

— Eu os segui até uma pequena casa de tijolos em Macon. Parece um esconderijo.

— Você está... pronto?

— Companheiro, estou *sempre* pronto.

— Eu ligo mais tarde.

Meus pensamentos procuram meios de nos tirar desta enrascada. Dar a esses homens outro recurso — o último, até onde sei — nunca foi parte do plano.

Tentando demonstrar uma atitude descontraída, sorrio ao grandalhão, e me viro só o bastante de forma a manter o cara mais baixo, Duffy, na minha visão periférica.

— Mudança de planos. Vou entregar os livros em troca da garota, mas vou ficar com o vídeo, por garantia.

— Acho que não. Não acredito que você tenha o vídeo.

Ele dá um passo lento em minha direção, com a intenção de ser intimidador. E é. Não vou mentir.

Dou um passo para trás.

— Você terá uma prévia do vídeo quando pegar os livros, mas o novo acordo é: você nos deixa ir, e marcamos outro encontro para negociar o vídeo.

— Outra negociação? Para quê?

— Sei que você a pegou. — Só de falar isso já fico furioso. Com eles, comigo, com meu pai. Sinto as orelhas latejarem e minhas mãos tremem com a vontade de partir para cima deste cara.

Seu lábio superior se contorce.

— Entregar livros *e* vídeo ou ela morre — diz ele, com o sotaque carregado.

— Nada feito. As coisas vão ter que ser do meu jeito ou você nunca terá o que quer.

— Não, do meu jeito, ou ela morre. — Ele dá outro passo na minha direção, só que este não é lento. É agressivo. Eu consegui irritá-lo. — E, apenas como agravante, eu o farei lentamente. Acho até que vou deixar alguns rapazes se divertirem com ela antes de matá-la.

Uma combinação ofuscante de medo e raiva toma conta de mim. Não consigo pensar em nada além da visão que suas palavras trazem à minha mente e da fúria e do pânico que essa sensação suscita.

Antes que eu possa pensar melhor, meu punho está cerrado na direção do *Bratva* grandão. Ele atinge seu maxilar de aço e ouço um ruído seco. Se foi seu maxilar ou a minha mão, não tenho certeza. Estou entorpecido a qualquer dor que eu poderia estar sentindo.

Ele é pego tão desprevenido, por alguém realmente disposto a bater nele, que cambaleia dois passos para trás, dando-me uma vantagem momentânea. E eu aproveito a oportunidade.

Uso meu cotovelo esquerdo para bater em sua cara com toda a força. Retomo minha posição e continuo batendo — esquerdo, direito, esquerdo, direito, punho cerrado, cotovelo, punho cerrado.

Eu praticamente não ouço o barulho da moto se aproximando, e mal sinto o braço que prende meu pescoço por trás e começa a apertar. Só quando fico sem ar é que paro meu ataque ao russo. Duffy me tem imobilizado, em uma gravata bem firme.

Antes que eu possa me soltar, o russo grandão dá um soco no meu estômago, fazendo meu corpo se arquear de dor. Em seguida, seu joelho atinge meu rosto e me derruba de lado, me fazendo ver estrelas.

O sangue está zumbindo nas minhas orelhas enquanto me esforço para tomar fôlego. Estou respirando com dificuldade, de cara no chão, e vejo a biqueira do sapato do russo recuar um passo. Minha cabeça está confusa pela falta de oxigênio, e a única coisa na qual consigo pensar é que ninguém usa sapato oxford com moletom.

Minha visão começa a embaçar quando ouço o barulho de uma arma sendo carregada. É um som ameaçador, mas a voz de Nash é bem mais.

— Afaste-se dele ou coloco uma bala na sua cabeça.

Sei que ambos têm armas. Meu ataque contra o grandão e a subsequente briga com o mais baixinho serviram como perfeita distração para Nash se aproximar e dominar a situação.

O aperto em volta do meu pescoço afrouxa o bastante para que eu consiga recuperar o fôlego. Então inspiro e aprumo as costas, estendendo os pulmões e respirando fundo. Depois de fazer isso duas vezes, minha visão torna-se nítida e eu vejo o russo me olhando, furioso. Seus olhos não estão frios como antes. Estão furiosos. E implacáveis.

— Vocês, rapazes, cometeram um grande erro — diz o grandão, limpando sangue que goteja do seu nariz e da sua boca com as costas da mão. Então, sem tirar os olhos dos meus, ele cospe nos meus pés. — Nós não negociamos.

— Engraçado porque eu achei que você me trouxe aqui hoje para negociar.

— Eu trouxe você aqui hoje pra te matar — diz ele em tom inexpressivo.

— Você não é um grande negociador, certo?

— Com um telefonema, ela será morta. Da mesma forma que, se eu não telefonar dando instruções em menos de uma hora, ela também será morta. Não importa o que você faça, ela morrerá. — Meu coração gela dentro do peito diante dessa perspectiva. — A menos que você me dê o que eu quero.

— Você acabou de dizer que não negocia.

O sorriso sarcástico do russo é simplesmente diabólico.

— Não importa. Se você for embora hoje, eu o encontrarei amanhã. E ela também. E ele — diz o homem, inclinando a cabeça na direção de Nash, que está atrás de mim. — Você não pode ir muito longe.

— Eu contaria isso ao seu chefe para ver a reação dele, antes de tomar qualquer decisão apressada. Há mais de uma cópia do vídeo. Se alguma coisa acontecer a alguém que eu conheço, ele vai direto para as mãos da polícia, junto com algumas informações realmente úteis sobre o homem que detonou a bomba. E seus comparsas.

Um músculo no maxilar do russo se contrai, conforme ele me escuta. Posso ouvir a respiração pesada do baixinho, Duffy, nas minhas costas. Nash está atrás de nós, em algum lugar. Os olhos do russo moveram-se rapidamente na direção dele uma ou duas vezes. Não sei se ele sabe quem Nash é, se reconhece meu irmão, supostamente morto, por trás do cavanhaque.

— Ainda não acredito em você. Acho que vou matar todos vocês e assumir o risco.

De repente, Duffy me solta e vai para o lado do russo. Ao se virar para ficar de frente para nós, ele saca uma arma da cintura e a aponta na minha direção. Eu sei que deveria ficar apavorado, mas tudo isso parece tão surreal que simplesmente... não fico. Minhas emoções ainda não chegaram ao meu cérebro. A adrenalina ainda está fazendo pouco caso de tudo, exceto do medo que sinto por Olivia ser ferida. Essa é a minha principal preocupação no momento.

Dou um passo para trás para me alinhar a Nash. Fico pasmo quando lanço os olhos na direção dele. Ele está branco como papel sob seu bronzeado, fitando Duffy como se tivesse visto um fantasma.

— O que foi?

— É ele — diz Nash baixinho, quase sussurrando, como se estivesse em choque ou algo assim. Só não sei por quê.

— Ele quem?

— O safado que matou a nossa mãe. É ele no vídeo. — Há aproximadamente dez segundos de silêncio absoluto enquanto todo mundo assimila o que Nash disse. Ele é o primeiro a se recuperar, naturalmente. Tomando todos nós de surpresa, Nash solta um rosnado animalesco e se atira bruscamente para a frente. — Seu filho da...

Com meus reflexos ainda sob a influência de uma quantidade absurda de adrenalina, consigo estender a mão e contê-lo, antes que ele pudesse atacar Duffy.

— Nash, não! Eles pegaram Olivia. — Sinto a sua força, quando ele me empurra. Ao olhar para mim, seus olhos estão sem expressão. É como se ele estivesse tão furioso que não entende exatamente o que estou dizendo. Ou ele simplesmente não dá a mínima. Dou-lhe uma sacudidela para tirá-lo daquele estado de torpor. — Eles pegaram Olivia, cara. Seja sensato.

Sua expressão me assegura que nossa concepção de "sensato" é bem diferente. Ele não tem interesse nisso, só em saciar sua sede de vingança. Isso é tudo que ele quer. E eu estou atrapalhando. Mas não vou, de jeito nenhum, colocar Olivia em risco só para satisfazer as necessidades dele. Haverá tempo para isso depois, quando pudermos planejar uma estratégia e estivermos preparados. Hoje não é esse dia. Agora, tudo o que importa é ter certeza de que Olivia está segura. Mais nada. Nada é mais importante do que isso. De maneira alguma.

Olho para o russo.

— Ainda acha que não temos um vídeo? — Se não houvesse nenhum vídeo, Nash não teria reconhecido o homem que detonou a bomba.

Pela contração no maxilar do russo grandão, posso afirmar que ele não está satisfeito com alguma coisa. E sei exatamente o que é. Ele está sem saída. Sabe que não há um modo de sair daqui com tudo. E sabe que não pode nos matar e conseguir o que quer. Então ele é obrigado a negociar. Embora diga que não negocia.

— Vocês não vão sair daqui enquanto eu não pegar os livros. *Os verdadeiros.*

Odeio ter que abrir mão dos livros, mas Nash só veio até aqui para que eu *pudesse* abrir mão deles, no caso de não ter saída. E se esse é o osso que eu tenho para lançar a estes cães para me livrar deles e resgatar Olivia, que assim seja.

— Certo. Tome os livros. Uma demonstração de confiança. — Eu me viro e aceno a cabeça para Nash. Seus lábios se contraem, e posso ver que ele não quer dar nada àqueles homens além de uma bala na testa. Posso quase ouvir Nash trincar os dentes. Ele parece furioso. Mas não discute. Graças a Deus. Pelo menos não se mostrou um completo sacana. Pelo menos ele se mostrou sensível às vidas que estão em jogo nesta situação.

Sem tirar os olhos dos outros dois homens, Nash vai até o compartimento atrás do assento da moto e puxa os verdadeiros livros-razão. Em um gesto de "foda-se", ele arremessa os livros no chão, aproximadamente 30 centímetros diante do russo grandão.

Ainda com sangue no nariz e na boca, o russo diz uma palavra estrangeira curta a Duffy, que imediatamente avança para pegar os livros. Ele os entrega ao grandão, que os folheia, verificando se estão de fato preenchidos.

Ele abre os livros e verifica a primeira página de cada um, e eu imagino que ele esteja à procura de datas. Quando chega ao terceiro, ele vai para as páginas centrais, então vira algumas para a frente, passando os olhos pelas listas de números, em busca de algo. Minha suposição é que essa é a forma como ele confere que aqueles são os *verdadeiros*, não quaisquer livros ou reproduções ardilosas. Exatamente por isso, eu sabia que não era uma boa ideia tentar enganá-los. A máfia não alcançou o nível de atividade criminal ao qual chegou sem inteligência.

Quando ele parece satisfeito, levanta os olhos para mim e dá um sorriso sarcástico.

— Leve a garota, mas saiba que você fez inimigos. Inimigos que ninguém quer ter. Isso não acabou.

Com isso, ele acena a cabeça para Duffy e os dois se viram e se afastam, nem um pouco preocupados em ficarem de costas para nós. Com certeza *eles sabem* que *nós sabemos* que seria suicídio fazer algo a esta altura do campeonato, embora eu duvide que Nash pense dessa forma.

Quando eles estão novamente na van, eu me viro para Nash.

— Pegue Marissa. Vou buscar Olivia.

— Porra nenhuma! Você não vai me deixar com...

— Não tenho tempo pra isso agora. Saia da minha moto antes que eu jogue você no chão. — Suas sobrancelhas se erguem, como se ele estivesse considerando a hipótese de me empurrar, só de sacanagem, mas então ele suspira e salta da moto. — Mantenha o telefone ligado. Marissa dirá a você para onde deve levá-la. — Acelero a moto e saio, lançando cascalho e fumaça para todo lado. Quando chego a uma rua mais movimentada, paro e ligo para Gavin.

— Onde você está? — pergunta ele sem preâmbulo.

— Estou a caminho. Preciso do itinerário. — Gavin me dá a rota que ele pegou para chegar a casa e a descreve. — Você sabe quantas pessoas estão lá dentro?

— Pelo que pude ver, só os dois que a levaram. Um cara jovem e um velho. Agora que você está a caminho, vou sair discretamente e ver se consigo me aproximar o suficiente para dar uma olhada. Quando você chegar, pare no começo da rua e venha andando. Há algumas árvores que podem ajuda-lo a não chamar atenção, já que você é bem grandão.

— Vou chegar o mais rápido possível.

— Tenha cuidado. Alguém vai ter que tirá-la de lá enquanto eu arrumo a bagunça.

Isso esclarece tudo que preciso saber sobre as intenções de Gavin.

VINTE E TRÊS

Olivia

Não foi um sonho. Eu me dou conta disso com uma vaga sensação de pânico enquanto minha audição volta ao normal, como uma lâmpada fluorescente piscando. Reconheço as vozes que estou ouvindo. São as mesmas que ouvi mais cedo. Quão mais cedo, não sei. Perdi completamente a noção do tempo.

— Ela está voltando a si — ouço um deles dizer. — Dê a ela um pouco mais.

Tento balançar a cabeça e dizer não, mas até o movimento mais sutil causa uma dor aguda que parece perfurar minha cabeça e me deixa nauseada. Ouço um gemido e me dou conta de que sou eu que estou fazendo esse barulho. Deve ser a forma como o "não" que está na minha mente se espalha no ar.

— Rápido, antes que essa puta comece a gritar de novo.

Tento dissuadi-los mais uma vez, mas só ouço um murmúrio distorcido.

Eu giro e abaixo a cabeça, embora meus olhos estejam fechados. O lento jato de sangue em minhas veias parece um rio cansado dentro da minha cabeça. Tento falar novamente.

— Cheeeega. — As palavras são alongadas em um gemido demorado.

O que está acontecendo comigo?

— Coloque um pouco mais no pano e mantenha-o mais tempo. Talvez você não esteja dando o suficiente.

Sem conseguir evitar, acabo choramingando. Instintivamente sei que eles não deveriam me dar mais. Do jeito que as coisas estão, sinto que mal estou resistindo.

— É muito — pronuncio indistintamente.

Um deles abaixa a voz, mas ainda posso ouvi-lo.

— Será que ela deveria estar assim mesmo?

— Não sei.

— Você não acha que a cotovelada na cabeça fez algum mal, acha?

Cotovelada na cabeça?

O medo traz adrenalina suficiente para limpar minha mente do nevoeiro que a confunde. Pelo menos um pouco.

Lembro-me de estar no estacionamento da faculdade. Lembro-me de abrir a janela. Lembro-me do pano no meu rosto. Mas depois há uma lacuna, até eu ser carregada. Imagens desconexas da parte de baixo de uma ponte passam pela minha cabeça, e eu me lembro de recuperar os sentidos quando dois homens me transferiram para outro veículo. Lembro-me de dar pontapés e gritar, arranhar e morder, até que o homem que segurava a parte superior do meu corpo me deixou cair. Gritei e chutei com mais força, até algo denso e pesado atingir a parte de cima da minha cabeça. E depois, novamente, há um vazio, até eu acordar, presa a uma cama em um quarto sem mobília. Eu levantei a cabeça e comecei a olhar ao redor no momento em que o mesmo jovem se lançou contra mim, com um pedaço de pano na mão. Ele sufocou meu rosto com o pano até que a escuridão me engolisse novamente.

Esta é a última coisa da qual me lembro, até agora.

— Nós não podemos matá-la ainda. Talvez dar-lhe um pouco mais, caso a gente precise acordá-la e deixar alguém falar com ela, ou algo assim.

— É, vamos fazer isso.

Sinto lágrimas rolarem pelo meu rosto, mas é uma sensação estranhamente distanciada, como se eu sentisse as lágrimas quentes através de uma camada de tecido esticado por cima da pele. Tento abrir os olhos para ver o que está acontecendo, mas eles não cooperam. Conseguir respirar normalmente já é difícil o bastante. Meu peito parece tão pesado; e o impulso de dormir, tão forte.

A força para lutar esquiva-se de mim quando sinto o pedaço de pano tapar meu rosto. Tento virar a cabeça, mas a mão é persistente e estou fraca demais. Vagamente, como fumaça espalhando-se em uma sala, me ocorre que eles devem estar me dando seja lá o que for em doses suficientes para causarem dano cerebral permanente. Penso no meu pai e no quanto ele ficaria arrasado se isso acontecesse. Penso na minha mãe e no quanto ela ficaria arrogante. Mas, acima de tudo, penso em Cash. No sabor de seus lábios, na forma do seu sorriso. Em todas as coisas que eu não disse, em todas as coisas que nunca vou ter a chance de dizer. No quanto fui covarde ao não dizer que o amo. Mais lágrimas rolam pelo meu rosto e vão desaparecendo aos pouquinhos até eu não mais senti-las.

E logo todos os pensamentos se esvaem.

VINTE E QUATRO

Cash

Eu sei que, além das aproximadamente vinte leis de trânsito que eu não respeitei, também agi de maneira totalmente estúpida. Acho que nunca atravessei Atlanta de forma tão rápida e em horário de maior movimento. Ir em ziguezague pelo fluxo, pegar o acostamento e faixas exclusivas, várias vezes para me livrar de pontos congestionados, me espremer entre carros para atravessar o engarrafamento — nada disso é aconselhável. Acabar morrendo na tentativa de salvar Olivia não vai ajudar ninguém em nada. Mesmo assim... isso parece não importar. Só consigo pensar no que eles podem fazer com ela, no que *já* podem ter feito com ela.

Trinco os dentes para conter a raiva que inunda minha corrente sanguínea. Se eles encostaram a mão nela... Se tocaram sequer num fio de cabelo da sua linda cabeça... Deus me livre, se eles fizeram qualquer coisa...

Só de pensar nas coisas terríveis que homens como esses fazem com mulheres me deixa, ao mesmo tempo, enojado e furioso. O que me conforta é pensar que eles não estão com ela há muito tempo. Quando eu chegar lá, terão se passado apenas algumas horas. Mas, para Olivia, que está presa no cativeiro, isso pode parecer uma vida inteira.

E para começo de conversa, é tudo culpa sua por arrastá-la para suas encrencas.

Giro o guidão e acelero ainda mais, como se fosse possível deixar meus erros para trás dirigindo mais rápido. Não é possível, naturalmente. Não há nada que eu possa fazer para reverter o dano. Minha única esperança agora é consertar as coisas para o futuro. Fazer tudo para que ela nunca esteja em perigo novamente. Mesmo que isso signifique me tornar um criminoso.

Isso vai contra tudo que sou agora, tudo em que acredito. Mas posso dizer que neste momento compreendo melhor os motivos do meu pai. Tudo que ele fez, fez por nós. Mesmo que tenha sido algo incrivelmente estúpido. Penso que é apenas uma questão de achar algo ou alguém importante a ponto de se chegar a tais extremos.

Como Olivia.

Novamente, como um pesadelo que não dá para esquecer nem depois que seus olhos estão abertos, eu a vejo gritando enquanto homens sem rosto a torturam, rasgam sua roupa, tocam seu corpo com suas mãos imundas. É aí que todas as minhas convicções desaparecem completamente. Eu não teria problema nenhum em tirar a vida de alguém que a ferisse. Nenhum. Poderia me arrepender mais tarde, mas se isso significasse mantê-la segura, meu desgosto não passaria disso.

Meu estômago agita-se de raiva. Meus dentes trincam de ódio. Meu maxilar dói por se contrair com tamanha força. A fúria, como um animal incontrolável, arranha o interior do meu peito, louca para escapar e se vingar.

Acelero ainda mais, apressando-me em direção a Olivia.

O restante do curto trajeto é completado numa névoa de pensamentos violentos e ideias horríveis. Quando passo pela rua que Gavin indicou, sinto que vou explodir se não colocar as mãos em um cara em quem eu possa dar porrada até deixá-lo sem vida sob meus olhos.

Estaciono a moto atrás de um micro-ônibus vermelho, caminho casualmente pela rua até voltar ao cruzamento, logo depois do local onde está Olivia. Paro no sinal e olho ambos os lados, observando o máximo de detalhes sem parecer suspeito.

A rua parece bem tranquila. É uma vizinhança de baixa renda. Isso fica muito óbvio pelo tamanho e pela simplicidade das casas. Duas fileiras razoavelmente bem dispostas de pequenas moradias de tijolos, quadradas, sem veneziana, se alinham na rua. Os gramados são bonitos, mas de maneira funcional. Não há cenários sofisticados aqui. Apenas poucas motos em algumas calçadas, mas não vejo nenhum equipamento externo sofisticado em nenhum quintal.

Conforme caminho ao longo da calçada rachada, que se estende de forma tortuosa entre árvores que precisam ser podadas, percebo que aquele é o lugar perfeito para alguém se manter no anonimato. Há alguns carros ao longo da rua, provavelmente de pessoas que trabalham no turno da noite e estão dormindo agora. Os outros moradores provavelmente estão no trabalho ou na escola, dando aos criminosos privacidade suficiente para fazer tudo o que bem entenderem. Não há ninguém por perto para ouvir gritos.

Avisto o Hummer de Gavin. Meus olhos examinam a área da direita para a esquerda, à medida que me aproximo do carro. Quando confirmo que aparentemente não estamos sendo observados, abro a porta e pulo no interior do veículo.

Imediatamente, Gavin me entrega uma faca com uma lâmina de quatro polegadas, perfeita para cortar gargantas ou apunhalar profundamente. Sem fazer perguntas, eu a pego e deslizo a arma dentro da bota, enquanto Gavin rosqueia um silenciador na ponta de uma pistola Makarov.

— Ironia? — pergunto, referindo-me à arma fabricada na Rússia. Gavin sorri. — Afinal, o que você descobriu?

— Não muito além do que já sabia. Com casas assim, e por ser de dia, fica difícil me movimentar sem ser notado. Agora, se eu soubesse e viesse preparado, estaria verificando os fios ou o telefone. Mas do jeito que as coisas estão, tenho sorte de ter meu estoque secreto.

— Ainda bem que você é um cretino paranoico.

— Não é? Se não fosse assim, sua namorada poderia estar numa grande enrascada.

— Você quer dizer numa enrascada MAIOR.

— Bem, acho que as coisas poderiam ter sido piores. Os caras que a pegaram não devem ser tão ameaçadores. Eu diria que tivemos sorte por efetuarmos a transação simultaneamente. Meu palpite é que eles se preparam para isso. Não só em relação à negociação, mas também em relação ao descarte dos corpos. Resumindo, acho que estamos numa boa. O fato de serem *Bratva* também não é problema. Ninguém deve ficar sabendo o que vai acontecer naquela casa, até alguns grandalhões aparecerem para checar porque esses babacas não atendem o telefone.

Uma coisa que ajuda é o fato de este provavelmente ser o tipo de vizinhança onde cada um cuida da própria vida, com medo de levar um tiro.

— Você esteve aqui a manhã toda. Não acha que é bastante arriscado, considerando que alguém pode ter anotado a placa do carro?

— Não, eu dava a volta pelo quarteirão quando via alguém parar e colocava uma das placas roubadas que eu tenho. Elas são magnetizadas, portanto basta deslizá-las diretamente por cima das placas verdadeiras e ninguém percebe. *Se* alguém anotar a minha placa e *se* a polícia, de alguma forma, for investigar, vai seguir a placa de um velho pedófilo que mora em Canton. — Ele faz uma pausa e franze a testa, acenando a cabeça. — Para falar a verdade, até que seria bom se alguém *realmente* anotasse o número. Acho que o safado bem que precisava de uma visitinha das autoridades.

— Afinal, qual é o plano?

Só de pensar em entrar em ação, a adrenalina flui pela minha corrente sanguínea. Acho que eu poderia até erguer um carro!

— Você não está louco para entrar lá, está? — pergunta Gavin em tom de provocação.

Penso em Olivia e trinco os dentes.

— Mal posso esperar para entrar lá e quebrar alguns ossos. Se eles tocaram sequer um dedo nela...

Meu coração dispara no peito enquanto tento tirar da cabeça as imagens de Olivia sendo torturada.

— Você só tem que ficar calmo, Cash. Precisamos estar certos de como iremos agir e fazer tudo direitinho, ou coisas ruins podem acontecer.

Respiro fundo e aceno a cabeça.

— Eu sei, eu sei. Não estou preocupado com o fato de eles me ferirem. Só quero tirá-la de lá em segurança. Não dou a mínima para o que acontecer a eles, desde que não voltem a pegá-la.

Quando olho para Gavin, ele está balançando a cabeça.

— Nunca mais — diz ele em caráter definitivo. Não é uma coisa simples o que ele está dizendo. Fitamos um ao outro por alguns segundos tensos, então aceno a cabeça, em sinal de anuência.

— Nunca mais.

Outra torrente de adrenalina, provavelmente misturada com um leve receio do que pode acontecer. Não temo aquela gente. Nem o fato de resgatar Olivia em segurança. Eu *vou* tirá-la de lá. E *vou* me certificar de que ela está segura. Não há outra opção.

São as consequências que me deixam receoso. Eu já vi, bem de perto, o que pode acontecer quando os planos dão errado, quando se negocia com gente assim. Não é nada bonito. É desagradável! Na realidade, na maioria das vezes, é desagradável por uns 25 anos.

— Então vamos logo com isso. Não acha melhor darmos a volta no quarteirão e você me deixar saltar? Depois você volta e estaciona em outro lugar. Em seguida vai até a porta da frente e eu sigo para os fundos. Posso apostar que há uma porta dos fundos.

— Você pode ter alguma surpresa lá. Não se esqueça de que eles provavelmente foram avisados.

— Mas eles não devem ter a menor ideia de que eu sei onde eles estão.

— Não, mas provavelmente já receberam uma ligação informando que os planos mudaram. Eles podem estar se preparando para levá-la para outro lugar ou para fazer... algo com ela.

Sinto um nó na garganta com gosto de puro fel.

— Então vamos entrar lá.

Gavin liga o Hummer e passa a primeira marcha.

— Levante o banco de trás. Há um compartimento debaixo dele. Você vai encontrar alguns chapéus, luvas e tinta de rosto. Não vamos entrar na escuridão da noite, mas pelo menos podemos disfarçar um pouco nossas feições. — Estico o corpo até a parte de trás e tento levantar o banco, mas ele não sai do lugar. — Há uma pequena alavanca debaixo da almofada.

Tento alcançar a alavanca e a pressiono enquanto levanto o banco. A almofada de trás se dobra para cima e surge um pequeno compartimento. Conforme ele havia dito, há alguns chapéus, luvas e tinta, entre todos os tipos de coisas necessárias.

— Meu melhor amigo é guerrilheiro — digo em tom de sarcasmo, pegando o que precisamos.

— Você deveria estar contente com isso.

Coloco o banco no lugar com um clique e me viro para a frente. Gavin e eu nos entreolhamos, e faço um gesto positivo com a cabeça.

— E estou, cara. Estou mais agradecido do que você imagina. — Gavin assente. Sei que ele sabe que estou sendo sincero. Está em sua expressão. É como se compartilhássemos um sentimento fraternal. Ambos temos passados dos quais estamos tentando escapar, ambos estamos dispostos a tomar medidas extremas por aqueles que amamos, e ambos provavelmente teremos mortes prematuras. Isso é o bastante para alguns homens estabelecerem laços. É uma amizade que vai além das partidas de futebol ou festas de confraternização.

Eu abro a tampa redonda e achatada do frasco da tinta facial. A pasta é preta e parece graxa de sapato, só que mais oleosa. Então abaixo o espelho, passo rapidamente dois dedos na pomada e espalho algumas faixas no rosto. Repito a operação, até as minhas características ficarem irregulares e menos identificáveis diante do espelho.

Coloco o boné na cabeça e puxo-o para baixo, por cima dos olhos, e depois enfio as luvas. Gavin reduz a velocidade até parar na rua atrás da casa.

— Vou assobiar quando chegar na varanda. Mantenha a cabeça baixa e as mãos no bolso. Não esqueça de vigiar as laterais. Tenha cuidado.

— Valeu, cara. Você também.

— Vou deixar as chaves debaixo do tapete. Tire Olivia daqui o mais rápido que puder.

— Aqui — digo, pegando as chaves da moto no bolso e entregando-as a Gavin. — Atrás do micro-ônibus vermelho, uma rua depois. Nós nos encontramos lá em casa. — Alcanço a maçaneta da porta. — Vejo você do outro lado. — Gavin sorri e ergue o punho. Eu repito o gesto e bato na sua mão fechada antes de saltar do Hummer.

Mantenho o queixo encolhido contra o peito e as mãos nos bolsos enquanto caminho lentamente pela calçada até a casa que fica atrás daquela onde Olivia está. Com aparente tranquilidade, atravesso o jardim e dou a volta na casa, me aproximando, com determinação, do meu destino.

Ouço o ruído gutural do Hummer, quando Gavin passa pela casa para estacionar um pouco mais abaixo. Reduzo o passo o bastante para dar-lhe tempo de chegar até a porta da frente. Paro para fingir que estou amarrando o sapato, o que não faz sentido porque estou usando botas. Mas parece convincente se tiver alguém observando à distância, o que espero que não tenha.

Ouço o barulho das botas de Gavin na calçada, seguido de perto por um assobio descontraído. Eu me levanto, me dirijo ao pátio dos fundos e me aproximo da porta. É uma porta velha, de madeira, e parece fácil de abrir com um pontapé.

Ouço a campainha tocar e, em seguida, algumas vozes abafadas acompanhadas de alguns passos. Só de curiosidade, tento a maçaneta. Está trancada.

Seria muita sorte. Essa merda só acontece nos filmes.

Quando ouço o primeiro sinal de que Gavin já entrou em ação, que neste caso é um cara gritando *que porra é essa?*, levanto a perna e chuto o mais forte que posso, um pouco abaixo da maçaneta.

É uma casa muito velha e, conforme suspeitei, a estrutura da porta cede facilmente e ela se abre. De pé na cozinha, olhando com uma expressão atordoada quando piso sobre os destroços da porta dos fundos, está um dos sequestradores de Olivia. Ele é um cara jovem, em idade de faculdade, mas isso não me faz sentir nem um pouco de remorso por meter porrada nele.

Ele nem percebe quando eu o ataco.

Dois socos na cara e ele fica inconsciente.

Foi bem fácil.

Passo por cima dele e olho de relance em direção à porta da frente, onde Gavin está metendo a porrada em outro *Bratva*. Como ele está no controle da situação, começo a procurar Olivia.

Vejo um corredor curto à minha direita, onde há quatro portas fechadas. Ela pode estar em qualquer um desses quartos. No final do corredor, há outra porta, onde deve haver um tipo de quartinho ou, possivelmente, a escada para o porão. Rapidamente, abro a primeira porta.

Só dá tempo de perceber um súbito movimento antes de ser atacado. Levo um soco na barriga e logo me recupero o suficiente para dar um murro nas bolas do cara. Ouço seu gemido, e ele cai aos meus pés. Dou um pontapé nas suas costelas e me ajoelho para socá-lo, uma vez, na cara. A cabeça dele pende para o lado. Dou-lhe outro golpe, só para me assegurar que ele permanecerá no chão.

Obviamente, há mais homens aqui do que Gavin imaginava.

Olho em torno do pequeno quarto. Afora uma surrada cadeira reclinável verde e uma televisão sobre um velho engradado de plástico, o lugar está vazio. Saio e me dirijo ao quarto ao lado, com um pouco mais de cautela.

Viro a maçaneta, empurro a porta e dou um passo para trás. Ouço um disparo, um milissegundo antes de sentir a bala esfolar o meu ombro. Entretanto, isso não é o bastante para me fazer parar. Porém, a outra bala atinge de raspão as minhas costelas, no lado esquerdo. Isso reduz os meus movimentos e dói pra caralho, mas não é o suficiente para impedir que eu me lance sobre o cara, do outro lado do quarto, antes que ele dispare outro tiro.

Ambos caímos no chão, e meu boné sai da cabeça. Uso todo o meu peso para derrubá-lo, o que não é fácil, porque este safado, com o rosto marcado por uma cicatriz, é muito maior do que os outros que eu vi. Assim que consigo uma posição dominante, bato com a testa em seu nariz. Acima do barulho da minha pulsação, ouço o ruído seco do osso quebrar quando o homem grita de dor, tomado de surpresa.

Antes que ele possa reagir, vejo as botas de Gavin em cima da cabeça do homem. No momento seguinte, ele se abaixa e coloca o braço sob o queixo do sujeito e aperta. As mãos *do Bratva* vão direto ao braço forte de Gavin na tentativa de se soltar. Sem efeito, eu poderia acrescentar. Gavin é forte como um touro e duas vezes mais cruel quando alguém o irrita. E este homem? Ele o irritou.

Eu me levanto com dificuldade, afastando-me do cara, e aceno a cabeça para Gavin antes de me dirigir à porta. Só há mais dois quartos para procurar por Olivia. Ela tem que estar aqui, em algum lugar.

VINTE E CINCO

Olivia

Quando começo a recuperar os sentidos, ouço um estouro alto seguido de um estrondo contra a parede. Eu me lembro de onde estou, de que estou sendo mantida em cativeiro... em algum lugar. E de um modo vago, impreciso, me lembro imediatamente do medo que tomou conta de mim quando o pano foi colocado no meu rosto novamente, na última vez.

Reconheço o barulho como o disparo de uma arma. Sei que é estranho, mas minha primeira reação não é de medo, e sim de alívio, alívio por conseguir ligar o barulho à sua fonte, por fazer rapidamente a associação.

Isso deve significar que o meu cérebro, até certo ponto, ainda está funcionando. Ainda não virei um vegetal.

Ouço um segundo tiro. Este provoca uma reação mais lógica. Medo. Não, não é medo. Terror. Meu pulso acelera. A sensação é agravada pelo fato de não conseguir me mover, muito menos de fazer qualquer coisa sobre o que quer que esteja acontecendo. Percebo que estou indefesa e que provavelmente meu destino será decidido sem que eu ao menos consiga falar de forma coerente.

Onde está Ginger quando mais preciso dela?

Mentalmente, estou rindo. Como um observador curioso, uma parte de mim teme que eu esteja menosprezando as coisas diante de uma situação tão séria.

Será que estou ficando maluca? Alguma parte disso é real?

Esforço-me para abrir os olhos. Exausta, pisco várias vezes. Um reflexo brilhante no teto flutua na minha visão, me incomodando. Fecho os olhos para dar um único suspiro e, em seguida, luto para abri-los mais uma vez.

Ouço barulhos novamente e o som de passos pesados. Meu coração bate desesperado no peito quando o pânico se instala.

Eles estão vindo me pegar! Ah, meu bom Deus, eles estão vindo me pegar!

Tento reunir cada grama de força que resta no meu corpo sedado, levanto a cabeça do travesseiro achatado e fedorento e olho da esquerda para a direita. Estou em um quarto pequeno com pouca mobília. Sozinha. Há uma janela à minha esquerda.

A sensação das lágrimas no meu rosto é menos intensa que a percepção da visão turva causada por elas. Se eu pelo menos conseguisse chegar até a janela... e ir para o lado de fora... para a liberdade...

Talvez alguém me ajudasse...

Então respiro fundo, dobro os cotovelos e uso os braços para impulsionar meu corpo e ficar em uma posição um pouco mais ereta. Porém, como se fossem feitos de gelatina, eles esmorecem no instante em que tento apoiar meu peso sobre eles. Tento uma segunda vez, em vão.

A inutilidade dos meus esforços e a desesperança da minha situação me afligem novamente. Só que desta vez, quanto mais tempo estou acordada, sem o pano embebido em droga pressionado contra o meu rosto, mais clara se torna a minha mente. E mais apavorada eu fico.

Eu digo a mim mesma que vou continuar tentando quando ouço um barulho na porta, do outro lado do quarto. As lascas de madeira voam quando ela é arrancada das dobradiças por um corpo lançado para dentro. Minha mente se esforça para entender o que estou vendo.

Um homem alto, magro, de cabelos castanhos encaracolados cai no chão, fazendo um ruído surdo, na frente da cama. Olho para a porta, com o coração na garganta, e vejo a alucinação mais maravilhosa que poderia imaginar.

É Cash, parado como uma nuvem de trovão, bem diante de mim. Seu rosto está pintado com faixas pretas e seus lábios estão contraídos de raiva. Ele parece feroz. Parece assassino.

Parece o paraíso.

Por uma fração de segundos, seus olhos encontram os meus. Vejo raiva, determinação e a expressão de quem está a um passo de perder as estribeiras. Mas também vejo alívio e algo que me deixa comovida. Então sua atenção se volta para o pé da cama.

Eu o vejo ajoelhar-se e ouço seu rosnado tal qual o de um animal quando seu punho sobe e desce, repetidas vezes. A sequência violenta dos golpes me deixa nauseada. A imagem que vem à minha mente é a de um rosto ensanguentado e deformado sobre as tábuas do soalho, levando socos do punho forte e pesado de Cash. Mas sequer sinto pena do homem. Na realidade, se eu conseguisse me mover, eu até ajudaria a meter porrada nele.

Alguns segundos depois, Cash fica de pé e se aproxima da cama. A cena inteira tem um ar surreal até ele se agachar, ficar com o rosto na altura do meu e estender a mão para tocar suavemente a minha face, com a ponta do dedo.

— Você está bem? — sussurra ele. Seu rosto é uma máscara de agonia. Posso ver a culpa consumi-lo. Ele se culpa por tudo isso.

— Agora estou.

Ele fecha os olhos por um breve momento. Quando os abre novamente, posso ver sua alma.

— Ah, meu Deus, Olivia, eu não sabia... Pensei... Se algo acontecesse a você...

— Eu estou bem — digo, sem saber ao certo se de fato estou. Apenas sinto uma necessidade enorme de acalmar Cash e aliviar um pouco a sua dor.

Bem diante dos meus olhos, vejo o lado racional se instalar rapidamente e forçá-lo a agir.

— Precisamos sair daqui.

Sei que ele tem razão e posso sentir que o efeito das drogas se dissipa um pouco a cada minuto. Mesmo assim, não creio que possa andar.

— Você pode me ajudar a levantar?

Ele franze a testa.

— Ajudá-la a se levantar? — pergunta ele, quase como se tivesse ouvido um insulto.

Sinto-me confusa, mas ele não me dá tempo para fazer perguntas. Em vez disso, se levanta, coloca as mãos sob meu corpo e me ergue nos braços.

Como se tivessem me dado um sedativo, uma droga de um tipo diferente, estar nos braços de Cash me causa um efeito intenso e imediato. Sinto como se estivesse me desintegrando e voando, dançando e gritando, vivendo e morrendo. Estar com ele, suas atitudes de bad boy e seu bom coração, tudo isso agora é o meu mundo. De alguma maneira, enquanto estava desprevenida, me apaixonei. E pra valer.

Pela minha alma gêmea. Pelo amor da minha vida. Pelo meu herói.

De repente, me dou conta de que nunca sofri por um bad boy. Nunca fiquei abalada por um traidor. Nunca me senti enganada por um mulherengo. Nunca dei importância a eles a ponto de ficar realmente arrasada, passar por um sofrimento duradouro. Meu orgulho havia sido ferido; meu coração, um pouco maltratado, e a minha autoestima havia sofrido alguns abalos, mas isso não é nada perto do que a perda de Cash poderia me causar.

O que realmente aprendi com os fracassos nos meus relacionamentos, no entanto, é que confiar não é fácil para mim. O que fiz foi culpar os homens que passaram pela minha vida pelos meus problemas. Atribuí cada tentativa desastrosa de amar ao comportamento mulherengo dos bad boys, mas, desde o início, o problema estava em mim. Inconscientemente, eu escolhia homens que corroboravam a minha tese em relação ao caráter desprezível dos bad boys, em vez de encarar minhas próprias fraquezas, meus próprios temores. E foi uma fuga conveniente até Cash aparecer. Cash quebrou todas as regras, quebrou todas *as minhas* regras. Ele não me dá razão para fugir. Ele me dá razões para ficar. E tudo que tenho a fazer é reunir coragem para isso, correr o risco de que *pode não dar certo*, correr o risco de que eu posso acabar magoada. Ele está me oferecendo algo em que investir, e tudo que preciso fazer é acreditar.

Desta vez pra valer.

Mas será que sou capaz de me entregar? De dizer a ele que o amo, do fundo do coração, quando não houver um perigo iminente? Quando uma tragédia não estiver próxima? Será que consigo abrir o peito e deixar meu coração vulnerável a ele?

Em poucos segundos diante de Cash, que me encarava, transformei minha mente confusa em um labirinto distorcido de dúvidas e incertezas. Com um pequeno sorriso de gratidão, aninho a cabeça em seu peito e deixo que ele me carregue para fora do quarto. Haverá tempo para reflexões, análises e declarações mais tarde.

Assim espero.

Sinto seus lábios roçarem meu cabelo e ouço o suspiro no seu peito, pouco antes de Cash me tirar rapidamente do quarto. Com três passos largos e determinados, ele cruza o cômodo e me leva para o corredor. Ele para diante da primeira porta para olhar o interior do quarto e repete o gesto quando passamos pela segunda porta. Ao ver que o cômodo também está vazio, encosta na parede e arrasta-se em direção à luz, no final do curto corredor.

Gavin aparece, me fazendo gritar de susto. Seu rosto está pintado como o de Cash, e a pintura escura realça seus olhos azuis. Mas não são os olhos azuis sedutores e brilhantes que eu esperava. São olhos frios, sérios e... nefastos. É quase como ver outra personalidade que se esconde atrás do rosto conhecido.

— Ela está bem? — Gavin pergunta a Cash, inclinando a cabeça na minha direção.

— Acho que sim. Vou confirmar se está tudo certo quando levá-la para casa.

— Não vou demorar. Só tenho que... ajeitar umas coisinhas por aqui.

Sem outra palavra, Gavin entra no quarto à minha direita, pega um homem caído pelas mãos e começa a arrastá-lo para o corredor. Cash anda na frente dele em direção à porta. Olho Gavin por cima do ombro de Cash.

Ele puxa o homem inconsciente para a área principal, destituída de qualquer espécie de mobília, exceto por um velho sofá marrom. Ele deposita o homem no final de uma fileira de corpos. Eles estão dispostos lado a lado, ombro a ombro, como uma grotesca e provável linha de fogo. Um tremor toma conta de mim quando imagino seus destinos. É nesse momento que me dou conta de que, apesar do ódio por me manterem refém, realmente não quero saber o que vai acontecer com eles. Tenho uma sensação de que será melhor para mim não ter esse tipo de informação.

Do lado de fora, Cash para no pórtico da frente e olha para o lado direito e esquerdo. Quando avista o que está procurando, começa a descer a rua com passos rápidos até para suas pernas compridas. Vejo o Hummer de Gavin aparecer, pouco antes de ouvir o som da porta sendo destravada. Rapidamente, Cash abre a porta do passageiro e, com o maior carinho e extremo cuidado, que tocam meu coração, me ajeita no banco e prende o cinto de segurança.

Ele ergue a cabeça e me encara. Parece cansado, porém aliviado. Então dá um sorriso com o canto da boca.

— Descanse, gata. Você está segura. — Em seguida, roça os lábios nos meus e fecha a porta do carro. Eu adormeço antes mesmo de vê-lo sentar-se no banco do motorista.

VINTE E SEIS

Cash

Irritado, agarro o volante com força.

Porra, estou parecendo uma mulherzinha!

Nós estamos na estrada há tanto tempo que a adrenalina se desvaneceu e meus pensamentos se concentraram completamente em Olivia. Acho que já olhei para seu rosto adormecido umas trinta vezes desde que partimos. Talvez mais. Estou chutando esse número por baixo, por garantia.

É que ela parece tão linda, e a visão dela é tão... bem-vinda. Embora eu me recusasse a pensar na *incapacidade* de tirá-la desta encrenca sã e salva, em algum nível eu devo ter ficado preocupado com isso. Agora, meu pensamento está dividido entre me sentir aliviado por ela estar bem e jurar que nunca vou permitir que nada de ruim possa lhe acontecer.

Hoje foi o primeiro passo para garantir este propósito. Com o vídeo de Nash, ganhamos algum tempo. Gavin se encarregou das ameaças menos perigosas e mandou uma mensagem de efeito, embora arriscada. O próximo passo é cuidar dos chefões e me assegurar de que ninguém jamais tenha motivo para ir atrás de Olivia novamente, a menos que estejam dispostos a sofrerem sérias consequências.

Ainda espero que o segundo anúncio que coloquei, o segundo ás na manga do meu pai, possa me oferecer algo mais para explorar. Se isso não acontecer, terei de me contentar com o que tenho até conseguir elaborar um plano. Agora que Olivia está a salvo, talvez eu consiga me concentrar um pouco.

Só de pensar nela, meus olhos se viram para o banco do carona, onde ela está descansando serenamente ao meu lado. Estico o braço para tocar sua mão, mas logo recuo. Não quero acordá-la.

Mas, cacete, eu quero tocá-la!

É quase como uma compulsão, tocá-la e me assegurar de que ela está mesmo comigo e de que está realmente segura. E isso também é ridículo.

Ai, meu Deus! Qualquer hora dessas vou acordar com ovários se esta merda não parar!

O problema é que não sei como parar. Eu nunca quis me sentir assim em relação a uma mulher. E mesmo agora, não sei se quero. Mas também não sei se tenho escolha. É como se Olivia tivesse lançado algum tipo de feitiço em mim. E eu não gosto de me sentir assim — indefeso, envolvido, emotivo. Não quero nunca me entregar completamente a uma mulher.

Nunca.

Com os dentes cerrados firmemente em sinal de determinação, mantenho os olhos à frente. Na estrada. *Não* em Olivia.

Olivia está dormindo profundamente na minha cama quando Gavin retorna, quase duas horas depois. Saímos para falar no escritório, para não incomodá-la.

— Como ela está?

— Está dormindo. Parece bem cansada.

— Todos estamos, companheiro. Você principalmente. Sua aparência está péssima.

— Valeu, Gav. Sempre posso contar com você pra dizer coisas que não me ajudam *em absolutamente nada*.

Seu sorriso é o mesmo de sempre: despreocupado. É a sua forma de lidar com as coisas que fazia (e *ainda* faz, ocasionalmente). Ele vê o mundo em preto e branco, bom e mau, vida e morte. Ele é um cara bacana. Realmente. Só que não tolera criminosos, embora seja assim que autoridades policiais do mundo inteiro iriam rotulá-lo. Quer dizer, não vou tapar o sol com a peneira. Gavin é um antigo mercenário, um matador de aluguel. Um criminoso. Só que é um assassino com consciência. E que Deus proteja quem vacilar com ele.

— Eu só falo o que penso — diz ele, exagerando no sotaque sulista.

— Como foi tudo? Algum problema?

Ele se deixa cair na cadeira atrás da mesa, cruza a perna sobre o joelho e entrelaça os dedos atrás da cabeça.

— Não. Dois na cabeça de cada um. A mensagem deve ser bem clara.

Realmente não sei o que dizer. O que ele fez por mim, por nós, por *Olivia* foi mais do que eu jamais pediria que fizesse. Mesmo assim, ele fez. Ele se fez presente quando precisei, sem perguntas, de maneira incondicional. Gavin provavelmente é uma das únicas pessoas no mundo em quem posso confiar totalmente. Como neste momento, agora que já passamos por muita coisa juntos e podemos nos considerar irmãos.

— Valeu, cara. Não dá pra dizer... Eu só...

— Eu sei, cara. Eu sei — diz ele sério. Então pigarreia e muda de assunto. — Eu liguei para a mãe dela.

— O quê?

— Eu tinha que fazer isso. A filha estava desaparecida. Com o carro dela. Tive que dizer que Olivia estava em perigo para que ela me confessasse aonde ela havia ido e com que carro tinha saído.

— Ah, meu Deus — digo, passando a mão no rosto. — O que ela disse?

— No início, acho que não acreditou. Aquela mulher é fogo. Acho que ela pensa que todos os homens são controladores e tenta colocar Olivia contra qualquer um que ela leve pra casa. Pelo menos essa foi a impressão que eu tive.

— Talvez tenha sido você. Já pensou nisso?

— Está de brincadeira, né? Com esse rosto? As mães me amam. E quero dizer que *realmente* amam — diz com um sorriso malicioso. E sei que ele tem razão. Para a maioria dos padrões, Gavin é um homem bonito. Acrescente a isso o seu charme e o seu sotaque, e a mulherada vai à loucura. Mas eu não me importo com isso, desde que não seja Olivia dando em cima dele.

— O que você disse a ela?

— Eu disse que Olivia estava bem e que o carro tinha sido jogado da ponte.

— Ótimo! Agora ela vai direto à polícia.

— Não, eu falei que seria a pior coisa que ela poderia fazer, que só chamaria a atenção dessa gente. Confie em mim, ela não quer isso. E acho que ela entendeu. Ela é egoísta pra cacete. E provavelmente não teria me escutado se eu não tivesse colocado as coisas dessa forma.

— Bem, desde que ela não faça nada estúpido...

— Você só tem que reiterar... a importância de deixar a polícia fora disso.

— *Eu* não vou reiterar *nada*. Por que eu teria que ligar pra ela depois de você ter telefonado? Nunca sequer vi a mulher.

— Você não precisa telefonar. Ela virá aqui visitar Olivia esta noite. Depois de resolver tudo em relação ao carro.

— Ela virá aqui? — Minha voz é alta, devido ao susto. Gavin sorri.

— Cacete, alguém apertou seu saco? O que foi?

— Ainda não, mas se o que Olivia diz sobre aquela mulher for verdade, ela provavelmente vai apertar minhas bolas quando chegar aqui. E não da forma que *você* estava falando.

— Acredite, cara, você não iria querer que aquela mulher tocasse em nada abaixo da sua cintura. Jamais. Por motivo algum. Essa vaca pode fazer partes do corpo de um homem encolherem e caírem. De hipotermia.

— E ela está vindo pra cá. — Não que algum dia eu realmente *quisesse conhecer* a mãe de Olivia, mas imaginava que, se isso tivesse de acontecer, fosse em circunstâncias melhores. — Merda.

— Alguma notícia de Nash?

— Não, mas ele deve estar...

— Entrando neste exato momento — diz Nash abrindo a porta e entrando no escritório. — Vejo que você trouxe a princesa sã e salva.

Eu trinco os dentes e ignoro o comentário. Pensei que tivéssemos chegado a um tipo de acordo para sermos educados, mas parece que isso não durou muito tempo. Queria saber quando exatamente meu irmão se tornou tão babaca.

— Você deixou Marissa com o pai direitinho?

— Sim. Mas vou dizer uma coisa: aquela garota é desequilibrada.

— Por quê? O que aconteceu?

— Eu a deixei no banco de trás até chegarmos à casa do pai dela. Ela não falou muito durante o trajeto. Deve ter desmaiado ou algo assim. Não sei, mas quando a desamarrei, tirei a venda dos seus olhos e ela me viu, acho que surtou, cara. Simplesmente começou a chorar e lançou os braços em volta do meu pescoço. Fiquei com pena. Acho que quando ela se recuperar, depois de ter se borrado de medo, vai amaldiçoar o dia que te conheceu.

Cerro os punhos com força, mas novamente, eu o ignoro.

— O pai dela estava lá? Ele perguntou alguma coisa?

— Sim, mas eu não dei oportunidade para que ele falasse nada. Eu a levei até a porta e ia deixá-la no quarto, mas ele desceu as escadas, e eu fui embora.

— Nenhum dos dois falou *nada?*

— Quando eu estava saindo, eu o ouvi perguntando o que estava acontecendo, mas fora isso, não sei, porque eu bati a porta e saí.

— Bem, acho que é uma forma de se resolver as coisas.

— Eu não deveria esperar nenhum tato e sensibilidade de um babaca desses.

— Por mais que seja divertido ficar aqui parado esperando vocês dois resolverem tudo, preciso dormir um pouco — diz Gavin ao levantar, se espreguiçando e fazendo círculos com os ombros.

— Acho que todos podemos tirar uma soneca.

— Não vou dormir no sofá, portanto acho que vou pegar seu carro emprestado novamente para ir para o apartamento — diz Nash.

— Tudo bem. A casa é sua, fique à vontade. — Na realidade prefiro assim. Topo qualquer coisa para que ele e sua arrogância não me encham mais o saco. Quando ele age assim, tenho a sensação de que só traz problema.

— Valeu, cara. — O sarcasmo é inconfundível. Não sei o que aconteceu nas últimas horas para deixá-lo tão irritado, mas com certeza alguma coisa aconteceu.

— Estarei de volta para revisar o plano e trabalhar um pouco antes de abrirmos o bar — diz Gavin ao abrir a porta que dá para o apartamento.

— Legal. Descanse um pouco, cara. E obrigado mais uma vez. — Gavin acena a cabeça, e eu me viro, de má vontade, na direção do meu irmão. — Você também, Nash.

Para minha surpresa, ele não faz nenhum comentário babaca; somente assente.

O cretino é provavelmente bipolar ou alguma merda assim. Ele é mais temperamental que uma mulher!

Eu os acompanho para fechar a porta. Quando ouço o barulho do BMW sumir aos poucos, na medida em que Nash se afasta, volto ao quarto. Fico parado na porta olhando para Olivia. Ao vê-la relaxada no seu sono, tão tranquila e tão *viva*, sinto que começo a me acalmar. Em poucos minutos, fico cada vez mais consciente dos efeitos das últimas 12 horas. Meus músculos latejam, uma combinação de tensão e de dor por dar porrada em algumas pessoas. Minha cabeça dói, muito provavelmente da cabeçada que dei no capanga anônimo número três. E os tiros de raspão, dos quais eu não consegui me desviar totalmente, estão começando a incomodar, principalmente o que levei nas costelas.

Olivia choraminga no seu sono, causando uma punhalada de culpa no meu coração. Isso também me faz sentir algo mais, algo sobre o qual não sei o que fazer e não tenho certeza de se é bem-vindo. Parece uma fragilidade, uma fragilidade em relação a ela. E eu não quero que nada nem ninguém me fragilize. A fragilidade torna a pessoa vulnerável, deixando-a sujeita a dor e perdas. E eu já tive o suficiente para uma vida inteira. Vou continuar saindo com Olivia, mas vou mantê-la a uma distância segura.

Eu me viro e vou até o banheiro. Abro o chuveiro na temperatura mais quente que posso aguentar, então tiro a roupa e entro no boxe. Deixo a água bater no rosto e no peito. Minutos depois, me viro para deixá-la bater nos ombros. Passam pela minha cabeça todas as maneiras de evitar ficar apegado demais à Olivia.

Eu sinto mais a sua presença do que a ouço. É como se, num minuto, ela estivesse na minha cabeça, e, no instante seguinte, abro os olhos e ela está diante de mim. Nua. Sonolenta. Sexy.

Começo a falar, mas ela pousa o dedo na minha boca. Em seguida, ele passa pelo meu lábio inferior quase distraidamente. Ponho a língua para fora, para tocar a ponta do seu dedo, e sua boca abre um pouco. Seus olhos estão nos meus enquanto ela acaricia a ponta da minha língua. Quando mordo seu dedo, os olhos se arregalam. Não mordo com força. Só o bastante para que ela possa sentir meu toque, de preferência até lá embaixo, até aquele lugar maravilhoso entre as suas pernas. E pela expressão naqueles olhos, eu diria que é exatamente onde ela o sentiu.

Mesmo com o barulho do chuveiro, ouço sua respiração ofegante. Sei que ela quer ficar no controle, mas sempre serei aquele a incitá-la. E ela sempre vai adorar isso, desejar isso.

Eu deixo o seu dedo livre e ela o arrasta pelo meu queixo e pescoço, descendo pelo meu ombro esquerdo. Sua testa se franze em sinal de curiosidade quando ela toca o lugar dolorido, esfolado, onde a primeira bala me atingiu de raspão. Ela se inclina e beija o ferimento suavemente.

Em seguida, volta à posição anterior, e vejo seus olhos vagarem pelo meu peito. Quando ela vê onde a segunda bala me atingiu, franze o cenho.

— Você foi atingido duas vezes. Para me salvar.

Dou de ombros.

— Não cheguei a levar nenhum tiro no coração. — Olivia fecha os olhos por um segundo. Quando os abre, vejo terror estampado neles, vejo o medo que minhas palavras causaram. Sinto o impulso de afastar aquele sentimento, de substituí-lo por algo... mais agradável... e digo, brincando com o refrão de uma música do *Bon Jovi*: — Você *não* é culpada. E você *não* dá má fama ao amor.

Observo sua expressão quando a ficha cai. Arrisquei se ela conhecia a letra. E ela conhece. Durante o fim de semana de maratona sexual na casa do pai dela, ela mencionou uma vez, quando estávamos na cama, recuperando o fôlego, que o pai adorava rock. Disse que havia crescido escutando esse tipo de música e que sempre curtiu. Só mais uma coisa que adoro nela.

— Ainda bem que a canção não se aplica a mim. — Seus lábios inclinam-se num sorriso. O ânimo já está ficando mais leve com o gracejo fácil.

— Ah, não. Se houvesse uma canção que se aplicasse a você, seria 'Little Red Corvette' do Prince, que fala que a garota é uma devoradora de homens.

— Não sou nada disso!

— *Você* acha que não, mas eu acho que sim. Eu vejo isso. Vejo o lado ardente, vigoroso e selvagem que você tenta ignorar, tenta esconder. É a minha missão na vida fazer com que você deixe essa coisa fluir.

— Sua missão de vida, é?

— É. — Estico o braço para tocar seu sedutor lábio inferior. Quando ficamos em silêncio, posso ver o peso voltar aos seus ombros. De repente, ela ainda parece cansada. — Venha — digo, me posicionando atrás dela, de modo que as suas costas fiquem no meu peito e a água do chuveiro caia em cascata em seu corpo. — Vou fazê-la se sentir melhor.

Ela não discute.

VINTE E SETE

Olivia

Algum tipo de campainha me tira de um estado agradavelmente inconsciente de relaxamento. Quando abro os olhos, sou surpreendida com a visão do corpo nu de Cash saindo da cama e andando até o banheiro para pegar a calça jeans no chão e vesti-la. Quando ele volta para o quarto e se dirige à porta, percebe que eu o estava observando. Ele sorri.

— Viu alguma coisa que gostou?

Sorrio em troca e levanto as sobrancelhas. Ele volta para a cama. Após levantar as cobertas, Cash se curva e passa a mão na minha coxa enquanto beija meu mamilo. Isso me deixa ofegante, imediatamente pronta para ele. Quando seus dedos estão bem perto de onde mais quero que ele me toque, ele para. Em seguida, ergue a cabeça e abre seu sorriso mais malicioso e mais cheio de promessas.

— Fique pensando nisso até eu voltar. — Então me dá um selinho e sai em direção à porta que dá para a garagem.

Estou deitada na cama, sorrindo feito uma tola, quando ouço a voz de Ginger.

— Ela está aqui?

— Sim. Quer falar com ela? — Ouço Cash responder.

— Claro. Não vim até aqui só pra fazer uma simples pergunta. A menos que você queira recompensar minha viagem. — Sorrio e balanço a cabeça. Quase consigo ver o sorriso dela enquanto afia suas garras de tigresa no peito de Cash. Antes que ele, que sem dúvida está perplexo, possa responder, ela continua. — Onde está aquela vaca sumida? Ela me deu um susto danado!

Olho o relógio. Não é de admirar que ela esteja tão aflita. São quase sete da noite. Eu devo ter dormido mais do que imaginei.

Puxo as cobertas mais para cima, em volta do corpo, e sento na cama no instante em que Ginger entra no quarto.

— Até que enfim — diz ela abrindo os braços. — Como eu suspeitei. Eu estava superpreocupada enquanto você estava se deleitando em orgasmos múltiplos com o pênis de um deus grego. Claro!

— Desculpe, Ginger. Não queria preocupá-la. É aquele telefone vagabundo que estou usando. Mal posso esperar para pegar o meu de volta.

— Ah, sei. Conta outra. Mas tudo bem. Eu também mentiria, se aquilo estivesse me esperando. — Com um sorriso, ela senta na beira da cama, junto de mim. — Tudo bem. Só estou feliz de ver seu galinheiro sendo cuidado por um galo tão maravilhoso. — Ela se inclina e sussurra no meu ouvido — E o pinto é maravilhoso, não é? — Não digo nada, apenas sorrio. Ela volta à posição anterior e pigarreia. — Eu já imaginava. Deus não estraga uma coisa *daquelas* — diz ela, apontando o polegar para trás, em direção a Cash, que está rondando perto da porta, claramente já entediado com a presença de Ginger.

— Não, Deus não estragou *nadinha*! — digo em tom malicioso.

— Sacanagem sua me provocar assim. Onde está o outro? São gêmeos. Ele deve ser tão perfeito quanto. Só um pouco menos... comprometido e fiel.

Ginger sorri e eu reviro os olhos, quando ouço a porta se abrir. Vejo Cash se virar em direção à garagem e logo ouço outra voz.

— Espero que seja um momento inoportuno — diz Nash do seu modo rude. Ele dá alguns passos até a porta do quarto e olha para mim. — Caraca, você é sortudo mesmo. Adoro mulher que não se incomoda com uma companhia.

Se o ardor nas minhas bochechas for algum indício, meu rosto está vermelho com a insinuação dele. Antes que alguém possa responder, Ginger se vira para mim de olhos arregalados.

— Santa Maria, eles são trigêmeos!

Ginger volta a olhar na direção de Nash, e meus olhos encontram os de Cash. Eu me controlo até ele piscar. Então, não consigo segurar. Ambos caímos na gargalhada.

— O que foi? — pergunta Ginger, virando-se para mim. Ela semicerra os olhos e suspira. — Você os escondia de mim *de propósito!* Sua obscena safada, safada! — Ela faz uma pausa por um segundo antes de lançar os braços no meu pescoço. — Nunca, nem nos meus sonhos mais loucos, eu imaginei você com três homens. Ainda por cima com trigêmeos! — Ela se inclina para trás e sorri para mim. — Você acaba de ganhar oficialmente as suas garras. Não as garras de uma tigresa papa-anjo, naturalmente. Você é muito jovem pra isso. Mas garras honorárias, só por ser a única galinha em um galinheiro cheio de galos. Estou muito orgulhosa — diz ela em tom melodramático, cobrindo a boca com as mãos. Sei que ela está só brincando quando pisca para mim por cima das unhas bem-feitas.

— Nossa, você é incorrigível.

Ela abaixa as mãos e interrompe o drama.

— Eu sei. Mas é por isso que você me adora. — Em seguida se levanta e puxa a bainha da sua saia curta. — Bem, meninos, eu ficaria feliz de me juntar a essa festinha, mas estou achando que já tem gente demais. Não seria legal da minha parte ofuscar ninguém com o meu brilho. Quem sabe uma próxima vez. — Com seu típico jeito de andar convencido, Ginger caminha para fora do quarto e coloca a mão para trás para dar um tapinha na bunda de Nash ao passar por ele. Em seguida, se vira para ele e dá uma piscadela audaciosa enquanto se afasta.

— Quem é essa? — pergunta Nash.

— É melhor não saber — responde Cash.

— Eu ouvi, hein — grita Ginger da garagem, sua voz ecoando até nós. Posso ouvi-la resmungar algo mais, alguns segundos antes de identificar outra voz.

— Olá?

Marissa.

Puta que pariu!

Ouço uma batida leve, como se ela tivesse batido na porta com os nós dos dedos. Olho para Cash, e ele suspira pesadamente por entre os lábios contraídos.

— Merda! — Eu o ouço murmurar. — Não poderia ter ligado antes? — diz ele irritado.

— Desculpe — ouço Marissa dizer. — Eu estava procurando por... ele. — Imagino que ela esteja se referindo a Nash. Ele é o único "ele" no quarto, além de Cash.

— Certo — diz Cash abruptamente. — Já achou. Por que vocês dois não vão para o escritório, para terem um pouco de privacidade? — Posso vê-lo tentando tirar Nash dali e fechar a porta, mas, antes disso, Marissa entra no apartamento, o bastante para ver o interior do quarto, onde ainda estou deitada nua na cama, coberta apenas por um lençol amassado.

Ela olha ao redor e franze a testa antes de passar rapidamente por Cash, vindo em minha direção. Ela se joga na cama, lançando os braços em volta do meu pescoço. Fico atordoada, naturalmente, tentando descobrir o que está acontecendo, enquanto tento me manter coberta. O quarto está cheio demais para meu estado atual de nudez.

— Estou tão contente de ver que você está bem — murmura ela no meu pescoço. Sinto seu corpo estremecer. Preciso de um minuto para perceber que ela está soluçando baixinho.

— Marissa, o que foi? — pergunto, mais pelo susto do que por preocupação. Minha prima sempre foi uma verdadeira cretina desde que nasceu, e qualquer tipo de carinho entre nós desapareceu aproximadamente seis meses depois disso.

Ela afasta o corpo e me olha com seus enormes olhos azuis cheios d'água. O mais intrigante é que eles parecem ter lágrimas *sinceras*.

— Tive tanto medo por você. Eu ouvi aqueles homens falando sobre matar você. Nós duas. *Todos nós* — diz ela, virando-se para olhar para os gêmeos, parados em silêncio na porta. — Nunca fiquei tão assustada em toda a minha vida. E eu só pensava que tinha mandado você para aquela maldita exposição de arte, com aquele vestido que não tinha nada a ver.

Estou abismada. E completamente desconfiada. Sou bastante adulta para admitir isso. Essa garota, que eu muitas vezes fantasiei escalpelar ou tocar fogo ou ver morrendo roxa, de repente se torna *bacana?* Humm, não sei não.

— Sei que você deve estar pensando que estou maluca. Ou fingindo. Mas juro, Liv, só conseguia pensar em você. — Seus lábios começam a tremer, e os seus olhos enchem-se de mais lágrimas. — Você sempre foi boa pra mim, sempre foi uma pessoa tão amável, e eu sempre a tratei com indiferença. Sinto muito por isso. Toda a minha vida, eu vivi cercada de pessoas como eu. Gente que provavelmente nem se importaria se eu desaparecesse. E isso inclui meu pai. O que eu mais precisava era estar cercada de pessoas como você. — Ela faz uma pausa e engole, com dificuldade, lágrimas que escorrem pelo seu rosto. — Não quero mais ser essa pessoa, Liv. Você acha que pode me perdoar?

Santa prima do dano cerebral! Marissa pirou.

Essa é a única explicação plausível. A. Única. Explicação. Gente como ela não tem crise de consciência. Gente como ela não muda os sentimentos. Gente como ela não tem sentimentos, *ponto final.*

Mas quando observo seus olhos, percebo novamente o quanto ela parece sincera. Ela parece estar verdadeiramente arrependida, verdadeiramente aflita em relação a isso.

— Também não foi nada assim tão sério, Marissa. Não precisa ficar nervosa por causa disso. Acho que você devia voltar pra casa e descansar um pouco.

— Não, não vou. Não preciso descansar. Tenho que saber se você me perdoa. E depois tenho que falar com ele — diz ela, olhando por cima do ombro na direção de Nash. Acho que ela sequer o olhou de relance desde que chegou.

Queria saber o que ela pensa, o que ela sabe.

— Onde está minha filha?

Fico desanimada quando ouço aquela voz. Então lanço os olhos a Cash. Mesmo do outro lado do quarto, percebo que ele fica tenso.

Meu primeiro pensamento é o de me esconder debaixo das cobertas, o que, naturalmente, não é uma opção. O melhor que posso fazer é me sentar numa posição decente e assumir a situação como mulher, uma mulher madura o suficiente para tomar suas próprias decisões.

Minha mãe para na entrada do quarto e fita Cash e Nash. É um olhar furioso e fulminante, que faria as minhas bolas encolherem. Se eu tivesse bolas, claro. Acho que estou praticando a empatia, compartilhando a sensação de ter as bolas se encolhendo. Não é uma sensação nada boa.

Nash dá um pequeno passo para o lado, para se afastar, quando ela entra no quarto. Cash não move um músculo, exceto para estender a mão.

— Sou Cash Davenport. Você deve ser a mãe de Olivia.

— E por que você acha isso? Tenho certeza de que ela não falou nada a meu respeito. Se tivesse falado, você pensaria melhor antes de fazer uma palhaçada dessas com ela.

— Basta conhecer sua filha. Isso já depõe a seu favor, por você ter dado à luz e ajudado a criar alguém como ela.

— Se você tem tanta consideração com Olivia, por que ela está nessa situação?

— Ela está nessa situação porque é uma boa pessoa e quis ajudar alguém. Quis me ajudar. Ela está *aqui* porque estou tentando mantê-la em segurança.

— Bem, até agora você fez um ótimo trabalho — diz minha mãe com raiva, empurrando-o para passar e chegar mais perto de mim. Vejo Cash trincar os dentes antes de sentir a mão dela no meu queixo, meu rosto sendo examinado. — Você está ferida?

— Não, mãe. Eu estou bem. Cash e Gavin me encontraram e cuidaram de tudo.

— Cash, Gavin, Gabe. Onde você conhece esse monte de lixo? Pensei que sair de Salt Springs seria bom pra você, mas você deve ser o tipo de garota que gosta disso... não importa onde more.

— Mãe, não fiz...

— Vejo que a mãe de Olivia chegou. — Dou uma olhada na porta. Gavin também apareceu.

Da próxima vez, vou a uma festa com uma toga improvisada. Assim, vou ser a única pessoa vestida apropriadamente no ambiente.

— E você! Para começo de conversa, foi você quem meteu minha filha nessa confusão. Se você simplesmente a tivesse levado à faculdade, como ela havia pedido...

Gavin abaixa a cabeça diante do comentário, principalmente porque ela tem razão.

— Você não pode culpá-lo por isso, mãe. Ele pensou que estava fazendo a coisa certa. E obviamente estava, já que foi lá que eu fui atacada.

Minha mãe volta seus olhos frios na minha direção.

— Francamente, você não tem vergonha? Nem orgulho? Nenhum senso de amor-próprio? Deixar que gente assim diga o que fazer, metendo você em confusão? Prostituindo-se com homens como estes?

— Chega! — grita Cash atrás dela. — Olivia pode ser sua filha, mas isso não lhe dá o direito de falar assim com ela.

— Ah, dá sim. A única pessoa errada aqui é *você*. Suponho que você seja o cara com quem ela anda transando.

Você é o cara que anda destruindo a honra da minha filha? Não a respeita o bastante para se casar com ela. Apenas a usa como uma piranha qualquer.

— Não a estou usando. E eu...

Minha mãe aponta o dedo trêmulo diante de Cash de forma autoritária e o interrompe.

— Não estou interessada nas suas desculpas. Estou aqui para pegar minha filha e tirá-la da sua vida. Vou pedir encarecidamente que você fique fora disso. — Ela se vira para mim e ordena: — Agora vista-se. Você vai pra casa comigo.

— Não vou não, mãe. Vou ficar aqui. Sou adulta. Você não pode continuar me tratando assim.

— Enquanto você continuar agindo dessa forma, vou continuar tratando você assim.

— Agindo de que forma? Tudo bem, cometi alguns erros, fiz algumas escolhas erradas. É tão terrível assim? Tão anormal? Você cometeu erros e olhe só pra você. Acha que eu tomaria as mesmas decisões que tomou para me tornar fria, infeliz e sozinha?

— Não sou nenhuma dessas coisas, Olivia.

— É sim, só que não sabe. Você escolheu o homem perfeito, que te deu a casa perfeita, o carro perfeito e a vida perfeita, mas você é infeliz. Você amava o papai, mas de alguma forma meteu na cabeça que ele não era bom o bastante, que a vida em uma fazenda não era boa o suficiente. Bem, não sou você, mãe. Prefiro uma vida cheia de amor e felicidade a todo o dinheiro do mundo.

— Por mim tudo bem, mas se você acha que alguém como ele — diz ela, apontando para trás, por cima do ombro, em direção a Cash — é o homem que tem condição de te oferecer alguma coisa além de sofrimento, pense novamente.

— Mãe, ele arriscou a própria vida pra me salvar.

— Foi ele quem colocou você em perigo.

— Não, eu me coloquei em perigo. Eu sabia do risco, mas quis ajudar.

— O que poderia ser tão importante que a levaria a fazer algo tão estúpido, Olivia?

— A vida de uma pessoa, mãe.

— Alguém que você nem conhece. Estou certa?

Faço uma pausa.

— Sim, mas...

— Mas nada. Essa foi mais uma decisão que mostra que você é incapaz de se cuidar. Por isso vou te levar daqui.

— Fiz por amor, mãe. Fiz por Cash. Porque eu o amo. Era importante pra ele, consequentemente, era importante pra mim. Por que você não consegue entender isso?

— Ah, entendo muito bem. Isso só mostra que você escolheu outro príncipe que a fará sofrer e depois vai te abandonar quando você não for mais uma distração. Ele é desprezível, exatamente como...

— Mãe, pare! — grito. Ela recua, como se eu a tivesse esbofeteado. — Nem todo homem que tem certa aparência, que se veste de certa maneira ou age de certa forma é assim. Toda a minha vida você tentou me direcionar para o tipo de homem com o qual *você* queria que eu ficasse. Sempre me fez sentir que eu tinha algum problema por gostar de qualquer um com uma moto, um carro possante ou que tocasse em uma banda. Mas não havia nada de errado com eles, mãe. Eles simplesmente não eram pra mim. Eu não queria ficar definitivamente com nenhum deles. Não mais. Mas você não vê isso. Não vê isso agora e não viu antes. Você nunca conseguiu ser uma mãe normal, que abraça a filha quando ela chora e diz que um dia ela vai encontrar o homem certo, que um dia o amor vai valer a pena. Isso estava além da sua capacidade. Você tinha que fazer de tudo, em cada oportunidade possível, pra me convencer de que *o único* modo de ser feliz seria com um homem como Lyle, que é tão concentrado no trabalho e no dinheiro que não tem tempo para o amor. Mas, mãe, se amar significa se arriscar a ser magoada, então estou numa boa. Porque finalmente, pela primeira vez, achei alguém que merece o risco. Eu não trocaria Cash por nada nesse mundo, mãe. Alguma vez ocorreu a você que eu precisei de todo aquele sofrimento, de todas aquelas lágrimas, de todas aquelas tentativas fracassadas para ser capaz de reconhecer algo verdadeiro quando o encontrasse? Você não pode apenas ficar feliz por mim e nos deixar em paz?

O silêncio absoluto se instala no quarto. Minha mãe está me olhando como se eu tivesse esfolado seu coelho de estimação para usar como um chapéu. Marissa está carrancuda. Nash parece entediado. Gavin está sorrindo. E Cash parece... que está vindo na minha direção.

Seus olhos estão fixos nos meus conforme ele se aproxima. Ele para bem na frente de minha mãe. Em seguida me olha por alguns segundos antes de curvar os lábios em um sorriso satisfeito, que se abre mais ainda quando ele se inclina para mim. Acho que ele poderia rir, mas fica sério quando estende a mão para tocar meu rosto.

Então me beija. Não é um beijinho. É um beijo pra valer. Um beijo realmente pra valer. Um beijo que outras pessoas não deveriam estar testemunhando, sobretudo quando estou usando apenas um lençol para me cobrir.

— Adoro quando você fica enfurecida — diz ele, depois de afastar os lábios dos meus. Seus olhos estão brilhando como lascas de ônix quando procuram os meus. De maneira delicada, ele roça os polegares nas minhas bochechas e sorri novamente. Seu sorriso brilha no meu rosto como o sol, um bálsamo aquecedor. Então, lentamente, ele toma a minha mão e entrelaça os dedos nos meus, depois se empertiga e se vira para minha mãe.

— Ela vai ficar aqui. Você pode visitá-la sempre porque é a mãe dela, mas, agora, acho que seria melhor se fosse embora. Vou cuidar bem dela. Dou a minha palavra. Isso pode não significar muito pra você, mas significa muito pra mim. E pra sua filha também.

Minha mãe olha para mim e para Cash algumas vezes antes de se virar e imobilizar todos no quarto com seu olhar frio e orgulhoso. Com um sorriso tenso, ela fala comigo enquanto caminha em direção à porta.

— Certo. Se é assim que você quer, Olivia, vá em frente e destrua sua vida. Só não venha chorando me procurar quando tudo tiver acabado.

— Amo você, mãe, mas deixei de pedir sua ajuda há anos. Nunca me serviu pra nada.

Ela acena a cabeça uma vez, num movimento arrogante, antes de se virar e se retirar lentamente, sem deixar nada atrás de si, exceto o perfume caro, o ar frígido e alívio geral.

Ninguém diz nada durante alguns minutos até Gavin quebrar o silêncio tenso.

— Caraca, que megera. Acho que só agora as minhas bolas voltaram ao normal.

Todos nos entreolhamos e, em seguida, caímos na garga-lhada, inclusive Marissa. Eu me vejo prestando atenção nela.

Ela parece não tirar os olhos de Nash. Fico me perguntando se ela realmente mudou, se esta nova Marissa ficará assim por muito tempo ou se a bruxa má a expulsará com sua vassoura diabólica de maldade e destruição. Só o tempo dirá, mas espero que *esta garota* tenha vindo para ficar.

O toque de um celular interrompe o momento. O som vem da cômoda de Cash. Ele solta a minha mão para pegar o aparelho. Eu o vejo apanhar seu celular pessoal, não um dos descartáveis, e olhar a tela do telefone. Sua testa se franze ao atender a ligação. Fico imediatamente preocupada quando ele sai do quarto. Ouço a porta do escritório se fechar atrás dele. Meu estômago se contrai em um nó de medo.

Durante apenas um momento, fui capaz de esquecer o risco que ainda estamos correndo.

VINTE E OITO

Cash

Quando atendi e ouvi as palavras "você colocou o anúncio?", eu sabia que era a segunda linha de defesa do meu pai. Supondo, naturalmente, que Nash fosse a primeira. É inteiramente possível, contudo, que esta pudesse ser *mais útil*. Espero que seja.

Depois que fecho a porta do escritório atrás de mim, eu respondo.

— Sim, coloquei o anúncio.

— Arranje outro telefone. Pegue a estrada por volta das nove, esta noite. Ligue para este número seis minutos depois disso. Darei novas instruções.

A ligação é cortada, deixando-me aflito. Eu gostaria, pelo menos, de ter feito umas perguntas. Claro, pensando bem, talvez não seja recomendável dizer muita coisa no meu telefone pessoal. Infelizmente, isso não diminui minha irritação.

Minha mente começa a formular planos e estratégias. O que mais me preocupa, no entanto, não é como me proteger, mas o que fazer com Olivia enquanto estiver fora. Qual seria a melhor maneira de mantê-la em segurança?

Gavin é um cara bacana e fez tudo o que podia. Mas agora me sinto inseguro em deixá-la aos cuidados de qualquer outra pessoa. Então analiso as minhas opções e concluo que, afora a hipótese de levá-la comigo, o que me recuso a fazer porque poderia ser muito perigoso, o lugar onde ela provavelmente estaria mais segura é aqui, atrás do balcão, na Dual. Cercada por centenas de testemunhas. Nunca sozinha.

Agora, explicar isso a Olivia sem parecer um babaca insensível é a parte difícil. Qual a melhor forma de abordar esse assunto?

Sua vida foi completamente virada de cabeça para baixo por minha culpa e da minha família; seu apartamento foi saqueado, você foi raptada e drogada, teve uma briga com a vaca da sua prima e com sua mãe, a rainha do gelo, mas será que dava, por favor, para trabalhar um turno na minha boate esta noite?

É, isso não vai colar, de jeito nenhum.

Eu volto ao quarto e faço o que deveria ter feito quando a campainha tocou.

— Muito bem, todo mundo pra fora! Tenho que falar com Olivia e ela precisa de um pouco de privacidade pra se vestir.

Ninguém discute, naturalmente. Na realidade, Gavin até parece um pouco envergonhado por ter sido tão grosseiro. Foi realmente indelicado da parte *de todos* nós mantê-la nessa situação. Só mesmo Olivia para ficar tão tranquila, tão serena, mesmo cercada de gente e aturando conversas desagradáveis, enrolada na roupa de cama. Debaixo de toda aquela beleza exuberante há uma estrutura de aço. Espero que, depois de hoje, ela se dê conta disso.

— Obrigada — diz ela quando Gavin fecha a porta atrás deles.

— Desculpe não ter feito isso antes.

— Bem, na realidade não houve exatamente um momento apropriado. Isso aqui estava parecendo um circo! Só estava faltando a mulher barbuda e um engolidor de espada, embora a Ginger pudesse ser capaz de engolir algo quase tão grande.

Ela dá uma risada e isso me faz querer abraçá-la. Não sei por que, realmente, mas é o que tenho vontade de fazer.

— Bem, na posição de chefe dessa trupe que agora cerca a sua vida, peço desculpas por desapontá-la.

Uma expressão de ternura toma conta do rosto de Olivia. Seus olhos verdes são penetrantes, como uma dor suave, quando me encaram. Sem quebrar o contato visual, ela deixa as cobertas caírem abaixo do peito e desliza o corpo para a borda da cama. Em seguida, caminha lentamente na minha direção, nua como veio ao mundo. Só que mil vezes mais bela.

Ela para quando seus mamilos roçam o meu peito.

— Você não me desapontou. Você encheu de vida a minha existência. Nunca se arrependa disso.

— Mas eu...

— Psiiiu — diz, colocando o dedo nos meus lábios. Ela adora fazer isso. — Por favor.

Aceno a cabeça e me esforço para controlar a reação do meu corpo à sua proximidade. Tenho de aprender a aguentar ficar perto dela, aprender a pensar em outras coisas além de arrancar sua roupa com os dentes e mergulhar nela como em uma cama macia e úmida, coberta de pétalas de rosas.

Eu pigarreio e me concentro no assunto que eu precisava resolver com ela, em primeiro lugar.

— A ligação que eu recebi há alguns minutos...

Sua expressão torna-se séria, preocupada.

— Sim. O que era?

— Era sobre o segundo anúncio que eu coloquei. Preciso me encontrar com o cara esta noite. Mas acontece que não estou tranquilo em deixá-la. Nem um pouco. Mas sei que não é uma boa ideia levá-la comigo, portanto não tenho escolha.

— Não se preocupe — diz ela docemente. — Vou ficar bem.

— Claro que vou me preocupar com você. Mas acho que arranjei uma maneira de garantir a sua segurança. Quer dizer, se você concordar.

— E qual é?

Ela parece desconfiada, o que acho meio engraçado.

— Não vou trancá-la em uma sala em qualquer lugar, se é isso que você está pensando. — A expressão em seu rosto diz que era *exatamente* isso o que ela estava pensando. — Pra falar a verdade, é algo que você já fez antes.

— E o que seria? — pergunta ela, querendo mais detalhes.

— O que acha de fazer um turno esta noite? Eu imaginei que, atrás do balcão, com centenas de pessoas à sua volta, seria o lugar mais seguro em que eu poderia deixá-la.

— Tudo bem. Por que não disse logo? Você me deixou preocupada.

— Porque não quero que você pense que sou um babaca insensível. Você teve um dia péssimo. Um dia *realmente péssimo* e...

— Nem todo o dia foi péssimo — diz ela, olhando para mim por baixo dos seus cílios espessos. Isso me leva de volta à necessidade de me esforçar para pensar em outras coisas *além* de tê-la em cima de mim, como se montasse um garanhão premiado.

— Bem, ruim o suficiente, digamos. De qualquer maneira, pedir que você trabalhe parece algo que um cretino egoísta faria, e não quero que você pense...

— Você não é um cretino egoísta. Você não ouviu uma palavra do que eu disse à minha mãe?

— Sim, mas...

— Nada dessa história de "mas". Cash, eu te amo.

Como o idiota que sou, fato que culpo exclusivamente à posse de testículos, eu congelo. Não digo absolutamente nada. Omito todas as coisas que estou sentindo. Todas as coisas que preciso dizer. Apenas fico olhando para ela. Como um perfeito idiota.

Posso ver a decepção estampada em seu rosto e me mata ver sua luta para combater esse sentimento. Mas ela consegue. Ela se recupera, sorridente e animada, embora seu coração provavelmente não sinta o mesmo.

— Além disso, acho que o trabalho me fará bem. Vai me ajudar a manter a mente ocupada.

— Tem certeza?

— Absoluta — diz ela concordando, a angústia transparecendo em sua expressão gentil. — Vou tomar banho. Pra valer desta vez. — Ela brinca, tentando de todas as formas demonstrar alegria. Então fica na ponta dos pés e beija meus lábios levemente. — Agradeça a Gavin por trazer a minha bolsa.

— Ele trouxe suas coisas?

— Deve ter trazido. Eu acabei de ver a bolsa no canto, há um minuto.

— Certo, eu falo com ele.

— Obrigada — diz ela com um sorriso, antes de passar por mim e se dirigir ao banheiro. Enquanto isso, eu fico parado, vendo-a se afastar, me sentindo um babaca, espumando de raiva.

— Você não vai sem mim — diz Nash em tom firme.

— Nem sem mim — diz Gavin.

— Não vou é o cacete! Alguém tem que ficar aqui pra tomar conta de Olivia. E eu não posso fazer isso.

— Então vai ter que ser o Gavin, porque eu não vou ficar aqui pra ser interrogado por aquela advogada, prima da Olivia. Não vou responder a perguntas que Marissa deveria perguntar a *você* — reclama Nash.

Não foi fácil convencer Marissa a voltar à boate mais tarde. Prometi que ela poderia falar com Nash a noite toda se quisesse, mas que agora não seria um bom momento. Ela foi embora de má vontade. Não tenho a menor dúvida de que ela estará de volta assim que a boate abrir. Obviamente, Nash acha a mesma coisa. Parece que ele ainda é um cara perceptivo. Embora tivesse acabado de conhecê-la, ele foi capaz de perceber que Marissa era teimosa como um pit bull. Esta provavelmente é uma das características que fazem dela uma boa advogada.

Por alguns segundos, analiso a ideia de deixá-lo ir comigo. Excluindo-se as hipóteses mais pessimistas (como a desse cara misterioso meter uma bala *nas nossas* cabeças), seja como for, talvez a companhia dele seja uma boa ideia. Dispor de alguma ajuda nunca é demais.

— Tudo bem. Nash irá comigo. Gavin, você fica aqui e cuida da Olivia. — Posso ver que ele não gosta da ideia, mas fará o que eu decidir. Ele concorda com a cabeça. — Cara, você sabe que não confio em ninguém mais para protegê-la. E sabendo o que você já fez por ela...

Isso o abranda um pouco. Nós, homens, temos o nosso ego, afinal de contas.

— Eu sei, cara. Vou mantê-la em segurança.

— Espero que dessa vez você faça um trabalho melhor — diz Nash fazendo um aparte, em tom sarcástico. Gavin dá um sorriso, mas é um sorriso frio. Nash não o conhece o suficiente para saber que está pisando num terreno perigoso. Gavin pode dar aquele sorriso no mesmo instante em que aponta uma arma na cabeça da pessoa. Meu pai costumava falar sobre seu modo de agir. "Frio como gelo", ele diria sobre Gavin. De resto, eu o acho um cara legal. Ele é só um cara legal que mataria alguém que o contrariasse, ou a seus amigos ou sua família. Só isso.

— Ouça o meu conselho, Nash — digo, olhando para ele seriamente. Ele ergue as sobrancelhas, curioso. — Não o irrite. Você pode se arrepender.

Ele acena a cabeça casualmente, enquanto lança os olhos para o lado, na direção de Gavin, que ainda está sorrindo.

— Muito bem, portanto este é o plano. Nash e eu iremos ao encontro, você fica aqui com Olivia. Eu volto assim que puder.

— Certo.

Nash e eu decidimos ir separadamente, a título de prevenção. É impossível prever tudo, mas não consigo deixar de ficar um pouco desconfiado de... bem, de todo mundo, na verdade. Estou tentando ser realista sobre a probabilidade de estar prestes a me encontrar com um criminoso. E criminosos são imprevisíveis. E se este decidir aprontar alguma coisa, contar com um segundo meio de fuga é uma atitude inteligente.

Antes de sairmos, salvei o número do cara que ligou em um dos telefones descartáveis que eu tinha comprado. Estou no carro, portanto vou poder ouvi-lo claramente. Nash está me seguindo, na minha moto.

Quando estamos na estrada há alguns minutos, eu disco o número.

Ele atende no primeiro toque.

— Encontre-me no estaleiro da Ronin Shipping Company daqui a vinte minutos. — Ele desliga. De novo.

Merda, isso me irrita pra cacete.

Mas eu trinco os dentes e deixo passar. Não tenho escolha. Tento manter a atenção na estrada enquanto introduzo a informação no GPS do carro. Ele me aponta o caminho de volta, na direção da boate. Então pego o primeiro retorno. Nash está logo atrás de mim.

Menos de vinte minutos depois, chego no portão de entrada do que parece um grande cemitério de barcos comerciais. Posso ver os enormes contornos das embarcações, como espíritos escuros, no nevoeiro.

Olho o portão fechado e a cerca alta em toda a volta do terreno, me perguntando como é possível entrar naquele lugar. Porém, antes que eu possa saltar para falar com Nash, o portão faz um ruído metálico e desliza, lentamente, para a esquerda.

Abaixo a janela do carro. Em estado de alerta total, os sentidos tentando captar todos os sons e movimentos, avanço lentamente com o carro no estacionamento lotado. O nevoeiro é um elemento a mais na sensação ameaçadora do encontro. Os faróis penetram a névoa, mas só me dá a visibilidade de alguns metros à frente. Acrescente a isso a sensação claustrofóbica criada pelos barcos, que se agigantam de ambos os lados, e temos um cenário completamente assustador.

Piso no freio quando os faróis iluminam uma pessoa de pé, no meio do caminho. O homem se ajusta perfeitamente ao cenário da noite. Ele está usando uma capa de borracha, velha e preta, e um boné, também preto, desbotado. Só falta um gancho no lugar de uma das mãos. Ou um exército de mortos. De uma maneira ou de outra...

Paro e espero para ver o que ele vai fazer. Ele acena com a mão — ainda bem que não é um pedaço brilhante de metal curvo — e faz um gesto para que eu vá adiante. Eu o sigo. Atrás de mim, vejo o farol da motocicleta. Nash está me seguindo de perto.

Atitude inteligente.

O vulto encapuzado nos leva a uma pequena estrutura, semelhante a uma cabana. Talvez fosse um lugar usado para estabelecer comunicação com operadores de guindaste, ou algo assim. O homem se vira para mim e faz um gesto para que eu entre. Coloco o carro no modo PARK e desligo o motor. Saio de trás do volante com os músculos tensos e prontos para darem umas porradas, se necessário.

Nash surge à minha esquerda. Eu olho para ele. Sua expressão é séria e mortal. Se não o conhecesse, eu o acharia intimidador. Bem, não pensaria isso. É preciso muito para me intimidar. Mas posso ver porque outras pessoas poderiam achá-lo desconcertante. Eu fico me perguntando o que aconteceu que o fez ficar assim. Ele é tão diferente da criança que conheci.

Acho que ambos somos.

Nós nos aproximamos da porta da cabana. O cara entra e senta na cadeira, atrás de um painel cheio de botões e alavancas. Em seguida, tira o chapéu e olha diretamente para Nash.

Eu o reconheço imediatamente; suas feições avermelhadas, o rosto inchado, cabelo castanho farto e olhos azuis impassíveis. Eu o tinha visto hoje, mais cedo.

Como o ataque de uma cobra, Nash cola uma arma no rosto do cara. E eu não o reprovo, nem um pouco, por isso. Mas *preciso saber* o que está acontecendo antes de permitir que Nash ponha uma bala na cabeça dele. Preciso saber por que papai envolveria Duffy nisso, como ele poderia nos ajudar.

Ouço o suave clique da trava e percebo que Nash está prestes a perder o controle.

— Nash, não! Temos que falar com ele primeiro.

— Não precisamos de nada desse cara além de sangue. Muito, muito sangue. — A voz dele é sinistramente calma.

— Temos que saber o que ele possui que nosso pai acha que precisamos e acredita que nos pode ser útil.

Pela primeira vez, Duffy, que não parece nem um pouco incomodado pela arma no rosto, fala alguma coisa.

— Eu era amigo do seu pai. — O sotaque russo é tão discreto que mal dá para perceber. Mesmo assim, posso notá-lo. Ele deve morar nos Estados Unidos há algum tempo.

— Então você deve morrer por ser um traidor, além de um assassino.

— Talvez por ser assassino, mas nunca por ser traidor. Eu era amigo do seu pai e da sua mãe. Um amigo leal. Eu sabia o quanto Greg queria sair disso. E não para o bem dele. Era por vocês. E por Lizzie.

Ouvir aquele homem falar o nome da minha mãe me tira do sério. É como ouvir o próprio diabo sussurrá-lo.

— Bem, você certamente provou isso quando instalou os explosivos no barco e depois acionou o gatilho, não é?

— Não era para vocês estarem lá com os suprimentos tão cedo. Eu não tinha como saber que ela estaria naquele barco.

— Talvez você não devesse ter explodido o barco, pra começo de conversa. Acho que seria esse o comportamento de um amigo — rosna Nash.

— O seu pai sabia que eu precisava fazer aquilo, para manter as aparências. Ele sabia que os caras desconfiariam de todo mundo depois do desaparecimento dos livros.

— Os livros? Foi *você* que entregou os livros a ele?

Duffy acena a cabeça e eu me sinto enojado. Quanto mais descubro sobre a minha família, sobre o meu pai e seus negócios, mais quero ficar fora de tudo, longe de tudo. Longe dele. E provavelmente de Nash também.

— Pergunte a si mesmo: se o seu pai realmente não confiasse em mim, ele teria me chamado, dentre todas as pessoas, para ajudá-lo?

Ele tem um bom argumento, mas ainda não confio em uma palavra do que ele diz. Para falar a verdade, está sendo difícil entender toda essa merda. Há pouquíssimas pessoas em quem confiar e muitos criminosos. Há pouquíssimas respostas e muitas mentiras. Muitas, muitas mentiras.

— Realmente não sei. A única pessoa na qual confio agora é em mim mesmo. Portanto, acho que o que você deve fazer é nos dizer como pode ajudar e dar o fora daqui. Porque uma coisa eu posso garantir, na próxima vez que qualquer um de nós o vir, estaremos vendo os seus miolos também. Espalhados pelo chão.

Duffy acena a cabeça.

— Acho justo. — Sua maneira dócil realmente parece a de alguém que teve de conviver com a culpa por muitos anos. Assim como o comportamento irracional e meio arrogante de Nash parece o de alguém que teve de conviver com criminosos por muitos anos. Criminosos e uma sede insaciável de vingança.

— Bem, então, por que você está aqui?

— Vou chantagear Anatoli, o braço direito da Slava, para me devolver os livros. Ele é o único em quem a Slava realmente confia.

— E você acha que quaisquer provas incriminatórias que você tenha contra ele serão o bastante pra conseguir que ele faça isso?

— Sim, acho. É o suficiente para me matar também. Mas eu devo isso ao seu pai. Ele poderia ter me dedurado, poderia ter dito a eles que eu tinha pegado os livros, mas ele não fez isso. E, como forma de agradecimento, eu matei a esposa dele. Eu devo isso a ele, ter essa oportunidade.

— Eu diria que deve mesmo, seu cretino asqueroso — cospe Nash.

— Mas assim que eu entregar os livros, vocês precisam estar preparados para agir rapidamente. Posso dar a vocês um pouco mais de assistência, fornecendo algumas listas importantes que ajudarão a juntar as peças do seu caso, mas o resto é com vocês. Se perderem esta oportunidade, não há nada que eu possa fazer para ajudá-los, exceto assistir ao enterro dos dois.

— É bom que você saiba que não acreditamos no que você diz, nem por um decreto, certo?

Duffy acena a cabeça uma vez.

— Vá falar com seu pai. Só tenha cuidado com o que diz. Eles têm gente em todo lugar. Como você mesmo tem visto.

Ele tem razão. Tenho visto isso mesmo. Da forma mais difícil.

— E depois?

— Depois entrarei em contato, quando tiver os livros e as listas. Depois disso, vocês não terão notícias de mim novamente.

— Só espero que isso signifique o que eu acho que significa — zomba Nash.

— Significa que vou desaparecer, de um jeito ou de outro. Este país não será mais seguro para mim. Para a minha família...

— Ah, dá um tempo, compare sua vida com a minha. Por sua causa, esta é a família que me resta — grita Nash furioso.

— Então ficaremos quites. Não vou dever mais nada à sua família.

— Você vai sempre...

— Nash — digo para contê-lo. Não faz sentido fazer ameaças enquanto não falarmos com nosso pai. Se pudermos usar esse cara e isso mantiver Olivia em segurança, preciso deixar essa possibilidade em aberto, por mais que seja desagradável. Olivia merece isso. — Precisamos falar com nosso pai.

Eu olho para ele, torcendo para que entenda o que quero dizer com o meu olhar. Quando ele respira fundo e cerra firmemente os dentes, vejo que percebeu. Ele sabe que é assim que tem que ser, se quiser saciar a sua vingança.

— E é bom você saber que eu não tinha ideia de que era a sua namorada que eles haviam me mandado pegar. Eu sabia que pegaria uma garota chamada Olivia Townsend, e que ela seria usada para conseguir alguns livros antes de ser... descartada. Eu não sabia que era você até vê-lo no armazém.

Agora posso compartilhar os sentimentos de Nash um pouco mais. Fico puto. Só consigo pensar que esse cara ia raptar Olivia. O fato de não ter sido ele quem a levou, de ele ter levado Marissa em vez disso, não faz diferença. A questão é que ele pretendia raptar e, em seguida, matar Olivia.

— Calma aí, mano. Espere até falarmos com nosso pai, certo? — Há um sarcasmo presunçoso na voz de Nash. Eu deveria saber que ele gostaria disso. Mas, no momento, não dou a mínima. Estou me esforçando, com todo autocontrole que possuo, *para não* espancar esse homem até a morte e ver seu sangue jorrar por todo o seu rosto e escorrer pela sua camisa conforme bato nele sem parar, até me sentir melhor até parar de visualizá-lo com uma arma apontada para a cabeça de Olivia.

Eu me viro e saio da cabana. Preciso de ar. De muito ar e muito espaço. Ficar tão perto do homem que, não só matou minha mãe, mas que planejava fazer a mesma coisa com Olivia, é demais, e não consigo suportar isso sem querer cortar a garganta dele. Mas sou inteligente o bastante para saber o momento em que meu controle está se esvaindo. Então, cair fora é a minha única opção. Vou deixar Nash me seguir quando ele terminar. E se ele matar o homem depois que eu sair, paciência. Encontraremos outro caminho.

Espero.

VINTE E NOVE

Olivia

Aposto que olhei para a porta do escritório umas 10 mil vezes, sempre esperando ver o rosto de Cash. Estou quase tendo um ataque. A sensação é de uma faca enfiada na barriga toda vez que lembro que ele não retribuiu a minha declaração de amor. Mas eu o amo. Estou *apaixonada* por ele. Não posso imaginar viver o resto da minha vida sabendo que ele morreu para me salvar. Mesmo se eu não conseguir ficar com ele, se não conseguir viver esse sonho com ele, se não conseguir o seu coração, isso não muda o fato de que o amo mais do que jamais amei alguém. E só de imaginá-lo deixando essa vida por minha causa é algo insuportável. Mesmo se não puder tê-lo, só de saber que ele está vivo... e são... e salvo... já basta.

Só de saber que ele está por aí... em algum lugar...

Pela milésima vez, sinto as lágrimas no fundo dos meus olhos.

Por favor, meu Deus, por favor, meu Deus, por favor, meu Deus.

Esse mantra está atravessando a minha cabeça quase constantemente. Não sei como consegui preparar uma única bebida esta noite. Acho que tenho um puta piloto automático a meu dispor. Isso é, ele só não funciona na hora de me vestir.

Mais uma vez, lanço os olhos à porta. Quando estou desviando o olhar, decepcionada, avisto Marco. Ele sorri. Não é um sorriso sedutor ou um sorriso particularmente feliz. É mais um sorriso de compaixão. Queria saber o que ele está pensando, o que ele sabe.

Não sei muito bem por que ainda me preocupo. Se as coisas não derem certo entre mim e Cash, não vou continuar trabalhando aqui, de qualquer maneira. Então qual é o problema?

Você é uma tremenda idiota. Esse é o problema.

Verdade. Totalmente verdade.

Vejo as luzes da boate começarem a diminuir. É como eu sei que uma canção lenta vai começar a tocar. Era tudo o que eu precisava agora: uma canção de dor de cotovelo para acabar de arrancar o meu coração.

Reconheço a canção de Saigon Kick logo nas primeiras notas. Meu pai me ensinou muito bem.

Como suspeitei, a música é como uma facada no peito. A preocupação com Cash, associada à letra da música, é o suficiente para me deixar sem fôlego. Literalmente. Por alguns segundos, sinto dificuldade para respirar.

Mas então, de repente, fico bem.

De pé, na porta do escritório, está Cash. Seus olhos estão fixos nos meus, e eu os sinto, realmente os *sinto* por todo o meu corpo. É como estar nua, no meio da noite, numa chuva quente de verão. Ele está em todo lugar. Está na minha pele, sob a minha pele, no meu coração, na minha alma.

Sinto que poderia explodir de desejo de ir até ele. Uso toda a minha força de vontade para ficar parada, para controlar a minha expressão. Para fingir. E consigo. De alguma forma, eu consigo.

Até ele caminhar na minha direção.

Então eu paro. Paro tudo. Paro de me mover, de respirar, de pensar. Tudo que consigo fazer é ver as pernas compridas de Cash reduzirem a distância entre nós. Sem uma única palavra, ele abre caminho entre o mar de gente. Quando chega perto de mim, vai até o balcão, estende o braço e me oferece a sua mão.

Seus olhos estão fixos nos meus, e o resto do mundo desapareceu. De repente, não importa quem está olhando. Nada importa, além de Cash. Nada nunca importou. E nada jamais importará.

Eu acaricio seus dedos e ele agarra minha mão. Eu pego impulso e coloco um joelho sobre o balcão. Cash solta a minha mão, dá um passo à frente e me puxa sobre a superfície lisa, me pegando em seus braços.

Posso sentir sua respiração, quente e rápida, soprando em meu rosto. Posso sentir a sua necessidade, selvagem e faminta, queimando a minha alma. E por apenas um segundo, tenho a impressão de sentir seu amor também. Ele me queima, mas de um modo completamente diferente. Como uma marca a ferro, que diz que sempre serei dele e ele sempre será meu.

Então ele abaixa a cabeça e seus lábios cobrem os meus. Vagamente, ouço gritos, assobios e aplausos, mas não me preocupo. Não me preocupo com quem vê, com quem sabe nem como se sentem a respeito. Só me preocupo com o homem que me tem nos braços. Sempre nos seus braços.

Quando Cash levanta a cabeça, sua boca está curvada em um sorriso malicioso.

— Eu já te disse que te amo? — pergunta ele.

Meu coração dá uma cambalhota tripla dentro do peito, e eu sinto que isso se reflete no meu sorriso radiante.

— Não. Tenho certeza de que me lembraria.

Cash começa a andar em direção à escada lateral, a que leva à sala VIP, onde o vi pela primeira vez. Não importa para onde ele me leve, desde que não me deixe.

Nunca.

— Bem, a culpa é sua. Toda vez que eu tinha uma grande oportunidade de falar isso, você falava antes de mim. E você sabe tão bem quanto eu que não sou o tipo "estraga prazer". Eu gosto de prazer. E muito.

— Ah, eu sei — digo brincando. — E desta vez — acrescento, inclinando a cabeça em direção à multidão animada — você vai ter. Aos montes.

— O mais engraçado é que a única coisa que eu quero é você. Só você. Se dependesse de mim, eu faria o mundo desaparecer e ficaríamos só nós dois. Somente você e eu.

— Queria que você fosse um mágico.

— Bem, não sou mágico, mas tenho alguns truques na manga — diz ele com uma piscadela.

— Jura?

— Juro. Quer ver?

— Claro.

Cash sobe as escadas, dois degraus de cada vez, e, quando chegamos ao andar de cima, ele se curva para que eu possa abrir a porta da sala VIP. Ela se fecha, automaticamente, atrás de nós.

Ele me carrega até o centro da sala e me coloca no chão, de pé. Olho o ambiente que representava o dia em que a minha vida iria mudar para sempre. Fisicamente falando, o lugar não parece nem um pouco diferente: carpete preto, paredes pretas, luzes coloridas, uma parede inteira com um espelho falso, semelhante a uma janela, e o bar em frente. Mesmo assim, parece diferente.

E como se alguém, quer dizer Marco, soubesse que viríamos para cá, a música aumenta, e uma canção chamada "Lick it up" começa a tocar. Vou até a janela e dou uma olhada no bar, lá embaixo. Marco está olhando para cima e sorrindo. Ele acena, como se pudesse me ver, e eu sorrio.

— Acho que estou me lembrando de algo que ficou inacabado aqui. Alguma ideia do que estou falando?

— Não posso *imaginar* do que você está falando — digo, de olhos arregalados e com meu sotaque sulista mais inocente.

— Acho que estou usando muita roupa. E acho que você tem que dar um jeito nisso. Agora. A começar por essa camisa incômoda.

Cash abre os braços, como fez na noite em que o conheci. Eu caminho lentamente na sua direção, coloco a mão em sua cintura e puxo a camisa dele para fora da calça, como fiz na noite em que o conheci. Meu seio roça o seu peito e os seus olhos incendeiam o meu corpo, *exatamente* como na noite em que o conheci.

Passo a camisa por sua cabeça e deixo-a de lado.

— Agora a calça — ordena ele. Sua sobrancelha sobe vertiginosamente, e ele acrescenta: — Fique de joelhos.

Obedientemente, eu me ajoelho diante dele. Mantendo o contato visual, estendo o braço e desaboto sua calça. Posso sentir sua ereção poderosa forçando a costura quando toco o zíper. Começo a abaixá-lo, mas ele me interrompe com suas palavras.

— Com a boca.

Um pequeno arrepio de excitação percorre meu corpo, mas obedeço. Então passo os braços em volta do corpo dele e planto ambas as mãos na sua bundinha firme e redonda enquanto me inclino para encostar a boca na sua calça, até alcançar o pequeno puxador dourado do zíper. Uso a língua para ajudar a prendê-lo entre os dentes, e vejo Cash ficar ofegante. Sorrio ao abrir o zíper, deixando-o livre.

Resolvo entrar no seu joguinho de tortura, então aperto a sua bunda e puxo seu corpo para mais perto da minha boca, enquanto passo a língua desde a base do seu pênis grosso até a pontinha. Ouço-o gemer no instante em que fecho os lábios ao redor da ponta do pênis. Seus dedos mergulham no meu cabelo e se contraem, mantendo-me junto a si por um segundo.

— Abaixe a calça — pede ele, com a voz rouca. Fico feliz com seu nível de excitação. Dá para duas pessoas desfrutarem deste jogo.

Não digo a ele o prazer que sinto ao deslizar as mãos por dentro do cós da sua calça, ao acariciar sua bunda macia e perfeitamente torneada e deixar as pontas dos meus dedos roçarem as suas coxas fortes. Não digo o quanto ele é perfeito e que nunca conheci um homem mais gostoso.

Quando chego aos seus tornozelos, ele se livra dos sapatos e liberta os pés da calça. Eu me levanto lentamente, enquanto meus olhos e meus dedos exploram cada centímetro do seu corpo.

Ele se inclina para me beijar, mas eu me afasto rapidamente, fazendo o possível para ir até o bar.

Se ele quer jogar, então vamos jogar.

Eu tiro os sapatos e me viro para me apoiar no balcão antes de erguer o corpo e subir nele. Sem quebrar o contato visual, fico de pé, me elevando acima de Cash enquanto mexo os quadris no ritmo da música. Posso ver, pela expressão em seu rosto, que ele quer me penetrar. Neste exato momento. Neste minuto. E intensamente. Mas não deixarei. Não ainda.

Se ele quer uma stripper, é isso que vai ter.

Lentamente, cruzo os braços por cima do peito, coloco os dedos na bainha do top e o puxo para cima, um centímetro de cada vez, pelo meu corpo, antes de deslizá-lo suavemente pela cabeça. Balanço a cabeça para soltar o cabelo do pescoço e lanço o pequeno top preto em cima de Cash. Ele o agarra e, com um sorriso malicioso, o aproxima do rosto e o cheira.

Eu libero o prazer que sinto e sorrio enquanto desabotoo minha calça e abro o zíper, mexendo os quadris e deslizando-a pelas pernas. Vejo seus olhos acompanharem o movimento da roupa. Sinto-os como um toque físico; quente e ansioso.

Piso fora da calça e, com um movimento, eu a jogo sobre Cash. Ele a pega e, exatamente como fez com o meu top, a aproxima do rosto e a cheira. Ainda com a calça sobre o nariz, seus olhos brilham para mim.

Primeiro deslizo uma das alças do sutiã. Em seguida, desço a outra pelo braço, revelando a maior parte do meu peito, mas não os mamilos. Com ar recatado, me viro de costas, olhando para ele por cima do ombro, conforme abro a faixa de renda e o retiro totalmente. Ele sorri e ergue as sobrancelhas. Dou uma piscadela e jogo o sutiã sobre ele.

Novamente, ele pega a lingerie e enterra o rosto nela, inspirando profundamente, com os olhos fechados, como se estivesse inspirando uma parte de mim, uma parte da minha alma.

Espero até ele abrir os olhos antes de colocar as mãos ao lado do corpo para abaixar a calcinha. Posso quase provar sua expectativa. Está quase palpável no ar. Então faço uma pausa. E sorrio. Seus olhos perfeitos estão nos meus, e seus dentes brancos perfeitos estão mordendo seu lábio inferior igualmente perfeito. Ele acena a cabeça uma vez, e eu vejo que ele desce a mão e segura o pênis, deslizando os dedos lentamente, de cima para baixo, por todo o comprimento.

Sinto uma aflição no baixo-ventre que me assegura de que sou tão vítima deste jogo quanto ele. Mas não posso parar agora.

Desço a calcinha só um pouquinho. Os olhos de Cash se dirigem à minha bunda, e eu o vejo inspirar e prender a respiração. Então me viro ligeiramente de lado e, o mais lentamente possível, abaixo a lingerie completamente, curvando o corpo até o chão. Ouço Cash fazer um ruído que me diz que ele está gostando muito do que estou fazendo. Subo as mãos pelas pernas e por cima dos quadris, enquanto volto à posição original.

Ele fala tão baixinho, com a voz tão rouca, que quase não o ouço quando ele diz:

— Não se mova.

Então caminha na minha direção, parando aos meus pés. E observa toda a parte de trás do meu corpo. Seu olhar fixo é abrasador. Ou será só a minha imaginação?

Cash se inclina para a frente e me dá a impressão de que vai me tocar, mas não faz isso. Ele estende o braço sobre o bar e pega uma garrafa de Jack Daniels da prateleira, sob o balcão.

Eu o observo de cima, sentindo cada nervo do meu corpo esperando que ele me toque. Entretanto, ele não o faz. Em vez disso, com os olhos fixos nos meus, ele abre a garrafa e serve uma dose.

— Vire-se — ordena ele.

Formigando de excitação, faço o que ele manda, esforçando-me para não cruzar os braços por cima do peito, envergonhada. Paro com altivez diante dele, ansiosa demais para me sentir insegura.

— De joelhos.

Eu me abaixo, até ficar de joelhos no balcão, diante dele. Seus olhos escuros personificam todas as sensações maliciosas, sensuais, obscenas, intensas e proibidas que posso imaginar. Eu sinto o calor de todas essas emoções bem no meu íntimo. Estou tão pronta para ele que só sinto desejo do pescoço para baixo.

— Abra as pernas.

Eu afasto os joelhos, novamente fazendo o que ele pede. Observo seus olhos conforme eles deslizam pelos meus seios, descem pela minha barriga e param bem entre as minhas pernas. Juro que posso senti-lo lá, sentir sua língua, sentir seus dedos, sentir que ele se move dentro de mim. Respiro ofegante, ao ver que não posso aguentar nem mais um segundo. Então ele olha nos meus olhos.

E me entrega o copo.

— Não engula.

Levo o líquido até a boca, sem engolir, olhando para Cash, esperando que ele fale alguma coisa, imaginando o que vem em seguida.

— Agora abra a boca. Devagar. Deixe a bebida escorrer. Pelo seu queixo.

Eu abro a boca e deixo o líquido ardente vazar. Ele desce pelo meu queixo e minha garganta, vai para a esquerda e viaja por cima do meu mamilo, gotejando dali para a minha coxa esquerda. De lá, ele verte para a parte interna das minhas pernas. Cash se curva para a frente e contém o líquido com a língua.

Começando na altura do meu joelho, ele lambe a bebida da parte interna da minha perna até a curva da coxa. Ele delineia a dobra, vindo perigosamente perto do latejamento, que parece nunca cessar quando ele está por perto. Mas ele para pertinho dali, o bastante para me deixar com vontade de gritar. Em seguida, passa a língua na minha barriga até o mamilo, onde chupa até sugar todo o álcool.

Ainda sem me tocar, Cash coloca outra dose. E a entrega para mim.

— Mais uma vez.

Repito tudo de novo. Só que desta vez, o líquido goteja do meu queixo diretamente para o centro do meu tórax, entre os meus seios e minha barriga.

A primeira gota que desce nos pelos pubianos, entre as minhas pernas, atinge a minha pele quente e sensível como um choque elétrico. Deixo o resto do líquido descer pelos meus lábios, consciente do fluxo que está escorrendo entre as minhas pernas.

Cash estende a mão e coloca um dedo ali, umedecendo-o no uísque que está lá. Seus olhos se voltam aos meus, conforme ele enfia o dedo na boca.

— Humm, que delícia — diz ele baixinho. Então inclina a cabeça e beija a parte interna da minha coxa. — Mas não tão delicioso quanto você. — Carinhosamente, ele lambe a abertura entre as minhas pernas. — Eu não queria nem pensar na hipótese de nunca tocar você novamente — sussurra ele. Sua boca está tão perto do meu corpo molhado que posso sentir sua respiração quente. — Ah, que gosto maravilhoso...

Cash coloca as mãos na parte interna da minha coxa, abrindo-as ainda mais, e pressiona a boca em mim. Com um impulso rápido, enfia a língua no meu corpo. Se eu estivesse de pé, cairia. O uísque foi como eletricidade, mas isso... é como uma descarga elétrica.

Estendo a mão e enfio os dedos em seu cabelo curto, mantendo-o junto a mim, enquanto ele move os lábios e a língua, chupando, lambendo e penetrando, repetidas vezes.

Estou me contorcendo contra ele, movendo os quadris contra o seu rosto. A tensão do desejo, tão familiar, está crescendo dentro de mim, quando ele para subitamente.

Minha vontade é de chorar. Ou gritar.

— Ainda não, gata — diz ele baixinho, pondo a mão no meu tórax, me afastando. Eu me viro e me deito sobre o balcão. Cash sobe nele, instalando-se entre as minhas pernas. — Quero que você goze enquanto eu estiver enchendo você de amor, abrindo você com força.

Ele curva meus joelhos até meus pés ficarem plantados no balcão. Eu sinto sua língua novamente me penetrando, fazendo círculos impetuosos nas partes mais sensíveis, causando impulsos intensos em outras. Primeiro ele põe um, depois dois dedos em mim, curvando-os e me friccionando por dentro, conforme os move para dentro e para fora.

Em poucos segundos, estou de volta onde estava: no ápice de um orgasmo iminente.

Novamente, ele para, pouco antes que eu pudesse explodir de prazer. Minha respiração está irregular como a dele quando ele passa as pernas sob meus quadris e agarra meus braços para me puxar para cima dele, colocando as minhas pernas sobre as suas.

Como duas partes de um quebra-cabeça perfeitamente projetado, eu me encaixo nele, seu pênis comprimido entre as minhas pernas, acariciando-me, estimulando o orifício entre elas. Ele puxa meu quadril contra o dele e põe a mão entre nós, passando os dedos, ainda molhados, por mim.

— O que você diria se eu dissesse que eles podem nos ver? — sussurra ele, inclinando a cabeça para o lado, em direção à parede de vidro à minha esquerda. Meu coração dispara no peito. — E se eu dissesse que o espelho só reflete quando as luzes estão acesas aqui? E se eu dissesse que eles podem nos ver, se olharem para cima? Isso a excitaria? — Ele empurra os dedos dentro de mim, e eu sinto meu corpo comprimi-los, puxando-os, ansiando a penetração. — Humm, você gosta disso, não é? Você gosta da possibilidade de ser flagrada, de ser observada, não é?

Com as mãos nos meus quadris, ele me mantém parada, sua cabeça voltada para a região entre as minhas pernas.

— Diga que gosta — ordena ele.

Respirando pesadamente, quase prestes a implorar, admito a excitação que ele já sabe que sinto.

— Eu gosto.

Com força, ele me puxa para baixo e flexiona o quadril, me penetrando. Não consigo conter o grito de puro prazer que vem à minha boca.

— Como você se sentiria se eles vissem o seu belo corpo? Se me vissem lambendo e tocando você? — Como se quisesse demonstrar o que estava dizendo com clareza, Cash põe meu mamilo na boca e o chupa. Intensamente.

Eu passo os dedos pelo seu cabelo e o prendo com as mãos, puxando-o para mais perto de mim, conforme ele impulsiona o meu corpo num ritmo constante.

— Agrada a ideia de ter alguém observando você? De vê-la escorregar, pra cima e pra baixo, no meu corpo? De olhar seu rosto quando você gozar pra mim? De olhar a sua boca se mexendo quando você diz o meu nome várias vezes?

Ah, suas palavras! Ele e suas malditas palavras! Elas me fazem esquecer de me preocupar com qualquer coisa. Não consigo pensar. Só sentir; sentir os seus dedos em meus quadris, sentir sua boca no meu queixo, seus lábios no meu pescoço, seus dentes no meu mamilo. Sentir a sua respiração e sentir seu corpo entrando no meu.

— Você gosta, não é, gata? Gosta que eu fale com você, gosta que eu te faça dizer coisas pra mim?

— Gosto — respondo sem fôlego.

Ele apoia as minhas mãos no seu peito e se inclina para trás, flexionando o quadril sob meu corpo, me permitindo deslizar ainda mais sobre o dele.

— Assim! Bem fundo — geme ele.

Eu subo e desço sobre Cash, sentindo o ritmo de cada penetração. Ele se inclina para trás, apoia o corpo sobre o cotovelo e coloca a outra mão entre nós para me tocar. Com o polegar, ele me esfrega. O ar se esvai da sala e eu mal consigo respirar. Estou arquejando, dizendo um monte de coisas, todo tipo de coisas. Eu nem sei que tipo de coisas, mas sei que são obscenas e sei que Cash está adorando.

— Sei que a sensação é gostosa. Posso sentir seu corpo me sugando, ficando mais apertado. Bem. Apertado — sussurra ele. — Diga que está gostando.

— Estou amando.

— Diga o que você quer. Quero ouvi-la dizer.

— Eu quero... — começo, incapaz até mesmo de terminar o pensamento.

— Diga, gata. Diga.

— Não quero que você pare. Quero que você me faça gozar.

Cash geme e move os dedos mais rápido, em pequenos círculos apertados, cada movimento fazendo meu corpo se elevar cada vez mais.

— Quer que eu te faça gozar? Vou fazer você gozar tanto que não vai conseguir dizer nada além do meu nome — sussurra ele entre os dentes.

Em seguida, senta-se num ímpeto, inclinando-se para a frente e fazendo-me deslizar sob seu corpo. Então agarra a parte de trás de uma das minhas pernas e a ergue contra o meu peito. Então me penetra com força. Uma vez, duas vezes e logo estou explodindo de prazer.

Os espasmos deixam meu corpo inteiro exaurido, trazendo consigo uma cascata de sensações, onda após onda, que eu nunca havia experimentado antes. Não consigo abrir os olhos. Não consigo recuperar o fôlego. Não consigo me mexer. Só consigo sentir, ao mesmo tempo que me ouço dizer o nome de Cash. Várias vezes.

TRINTA

Cash

Olivia está estatelada em cima de mim. Eu me virei, pouco depois de recuperarmos o fôlego, para não esmagá-la. Eu sei que, em relação a ela, eu peso uma tonelada. Ao contrário dela. Se não fosse o seu calor, eu quase me esqueceria de que ela estava ali. Ela é leve como uma pluma.

Como de hábito, ela está traçando a minha tatuagem com os dedos. Então suspira.

— Você algum dia vai me dizer o significado disso? — Ela parece contente, satisfeita. Percebo isso em sua voz. Ela poderia estar ronronando.

— Se você olhar atentamente, vai ver todos os elementos da história. — Com o dedo, traço cada parte da tatuagem, conforme explico o que ela representa. — Estas são as chamas que destruíram o barco. E a minha vida. Estas são as asas que levaram a família que um dia eu conheci. Esta é, mais ou menos, a minha versão do símbolo yin e yang, para mim e o meu gêmeo perdido. E esta rosa é para minha mãe. Que ela descanse sempre em paz.

— O que é isso? — pergunta ela, passando o dedo na inscrição em volta do meu bíceps, logo abaixo de onde começam as chamas. Agora está ininteligível. A bala raspou uma parte dela.

— Estava escrito JAMAIS ESQUECIDO.

— E esse ferimento estragou tudo.

Coloco um braço atrás da cabeça e olho para ela, que arrasta os olhos marejados até os meus.

— Mas tudo bem. Valeu a pena.

Então ela fecha os olhos, como se estivesse evitando ver algo doloroso.

— Você poderia ter sido morto — diz ela baixinho.

— Ei — digo, esperando até que ela abra os olhos e olhe para mim. — Agora você sabe o quero dizer quando digo que levaria uma bala por você. Olivia, eu te amo. Eu levaria uma bala no peito, uma facada ou um pontapé na bunda ou... qualquer coisa, numa boa, para mantê-la segura. — Seus olhos verde-esmeralda brilham com lágrimas não derramadas. — Minha intenção não era deixar você triste ou chateada.

— E não deixou — diz ela com a voz trêmula. — Ouvi-lo dizer essas palavras só me faz feliz.

— Jura? — pergunto, sorrindo.

Ela sorri também.

— Sim. Talvez um pouquinho.

Passo os dedos na lateral do seu corpo para fazer-lhe cócegas e percebo que ela está suada.

— Eu bem que gostaria de ficar aqui com você por mais alguns dias, mas acho que devemos descer pra você tomar um banho. Você está toda pegajosa.

— Por que será?

— Não tenho muita certeza, mas se realmente precisa saber, podemos tentar recriar vários cenários, até descobrirmos qual deles a deixou tão... pegajosa.

— Promete?

— Ah, se prometo!

Dou-lhe uma selinho nos lábios e uma palmada no bumbum antes de ajudá-la a descolar seu peito do meu. Faço o possível para ignorar o modo como seus mamilos se contraem com o estímulo. Sinto aquela convulsão reveladora entre as pernas, que mostra que algumas partes do meu corpo *não conseguem* ignorá-lo. Seu comentário seguinte, entretanto, põe fim, de uma vez por todas, a qualquer sinal de tesão.

— Afinal, qual é o lance entre Nash e Marissa?

— Não sei. Nem quero saber.

— É mesmo? Você não quer saber o que acontece com Nash?

Dou de ombros.

— Não se trata de querer que o cara morra ou algo assim, mas ele não se parece muito com o irmão que eu me lembro.

— Talvez vocês dois só precisem de algum tempo para se familiarizarem um com outro, com o homem que cada um se tornou.

Eu dou de ombros novamente.

— Talvez.

Mas não vou prometer nada!

Nós nos vestimos, descemos e voltamos ao meu apartamento. Quando abro a porta do escritório, fico surpreso ao ver Marissa sentada no sofá.

— O que você está fazendo aqui?

— Estou esperando... Nash. — Ela gagueja ao falar o nome dele, o que me permite saber, sem precisar perguntar, que ela percebeu o que esta acontecendo. Bem, pelo menos uma parte, não todos os outros detalhes.

— Ele ainda não voltou? Ele deveria ter chegado logo depois de mim.

— Não o vi. Gavin também não.

Fico com uma pulga atrás da orelha.

— Vou ligar pra ele e descobrir onde ele está — digo à Marissa enquanto pego o celular. *E descobrir o que está acontecendo.*

Seleciono o seu número na lista de chamadas recentes e aguardo. Quando completa a ligação, ouço um toque abafado vindo do outro cômodo. Penso por um segundo que se tratar de um dos celulares que Olivia e eu temos usado.

Provavelmente, aquela porra da Ginger.

Mas então ouço o toque no meu ouvido novamente, seguido por outro toque, muito abafado, no outro cômodo. Então levo o telefone comigo e volto ao apartamento. Ouço o toque novamente, que parece vir do quarto. Vou nessa direção.

Quando estou me aproximando, ouço o toque novamente. Parece bem mais nítido. O interior do meu quarto está completamente escuro, já que não há nenhuma janela para permitir a entrada da luz da rua nem do luar. Quando ligo o interruptor para acender a luz do teto, eu vejo Nash todo ensanguentado, deitado inconsciente na minha cama.

Ouço alguém respirar atrás de mim. Se tivesse de adivinhar, eu diria que era Marissa. Ela parece estar em algum tipo de estado alterado, provavelmente relacionado a choque.

Mas não seria um tremendo milagre se essa experiência dolorosa a tornasse uma pessoa melhor?

Ao me virar, eu a vejo espiando a cena, as mãos cobrindo a boca, os olhos arregalados e apavorados.

— Ai, meu Deus! O que fizeram com ele?

Para minha total surpresa, ela se espreme para passar por mim e corre para ficar ao lado dele. Ela permanece ali, olhando para ele, movendo a cabeça, conforme o examina de cima a baixo repetidas vezes. Mas fora isso, ela não faz mais nada. Tenho certeza de que, da forma como foi criada, Marissa não tem nenhuma ideia do que fazer diante de uma situação dessas. O que me impressiona é o fato de ela *tentar* demonstrar interesse.

Vou até a cabeceira da cama e dou uma olhada em meu irmão. Seu rosto está bastante machucado. Ele vai ficar parecendo um arco-íris de manhã. Um arco-íris inchado, quero dizer.

Suas juntas também estão em péssimo estado. Não consigo deixar de sorrir ao imaginar que ele provavelmente deu *a alguém* um puta trabalho. Só quando olho sua barriga que fico preocupado. Parte da sua jaqueta preta de couro caiu para o lado, e eu pude ver sua camiseta preta ficando cada vez mais molhada. Também pude ver a abertura irregular no tecido, revelando pele ensanguentada e um corte na lateral do seu corpo, um pouco mais abaixo.

— Olivia, leve Marissa e vá chamar o Gavin. Ele está trabalhando no bar, no seu lugar.

Pelo canto do olho, vejo Olivia entrar em ação. Marissa, entretanto, permanece parada ao meu lado, como um cervo assustado diante dos faróis de um carro.

— Marissa! — grito em tom enérgico. Ela pula como se eu a tivesse assustado. Então vira os olhos confusos para mim. — Vá com Olivia.

Ela acena a cabeça, quase mecanicamente, e se vira para deixar Olivia conduzi-la para fora do quarto. Eu noto que, enquanto se afasta, ela continua olhando para trás, para a cama.

Isso com certeza vai deixá-la traumatizada. Se ela já não for despirocada, essa cena vai se encarregar disso.

Volto minha atenção a Nash. Verifico seu pulso, que está normal. Sinto um enorme alívio. Eu não quis alarmar as garotas, mas quando o vi, achei que estivesse morto. Eu posso não ter muito afeto por esse novo Nash, mas, mesmo assim, seria extremamente doloroso perdê-lo uma segunda vez.

Da forma mais delicada possível, começo a apalpar os ossos em volta dos seus olhos e maxilar. Nada parece quebrado. É uma vantagem que os Davenports tenham ossos fortes.

Toco seu cabelo à procura de algum ferimento mais grave na cabeça, achando que isso poderia ter causado seu estado inconsciente. Sinto um inchaço grande na parte de trás de sua cabeça. Pelo que sei sobre ferimentos nessa região, entretanto, o edema externo é sempre melhor do que o interno.

Eu me abaixo ao seu lado. Em seguida, levanto sua camisa e examino o que parece uma facada. Por sorte, agora só está saindo sangue vermelho brilhante, o que significa que o ferimento provavelmente não atingiu nenhuma parte mais importante, como uma artéria ou um órgão.

Pressiono sua barriga suavemente. Ainda está macia, e sei que isso também é um bom sinal. Quando os meus dedos tocam a lateral do corpo, ele geme e vira a cabeça.

— Tudo bem, cara? — pergunto.

Ouço os outros voltarem pouco antes de Gavin surgir ao meu lado.

— Caraca! Ele tomou muita porrada!

Nash abre um dos olhos e fita Gavin. É engraçado ele conseguir transmitir tanto sentimento naquele pequeno gesto.

— Vá se foder — resmunga por entre os lábios inchados e machucados.

— O que aconteceu? — pergunto.

— Alguém me pegou na moto. Acho que posso dizer que ela já era e você vai precisar comprar outra.

Merda, merda, merda!

— Você sabe quem foi?

— Não. Eles surgiram do nada atrás de mim. Bateram na moto e depois me encheram de por... — Nash para de falar, abrindo o olho novamente para observar Marissa e Olivia. — Desculpe. Encheram de pancada enquanto eu estava caído no chão. Um daqueles filhos da puta russos me apunhalou e depois eles revistaram os meus bolsos.

— O que eles procuravam?

— O meu telefone, eu acho. Mas eu o guardo na bota para não perdê-lo.

Eu assobio entre os dentes.

— O que foi? — pergunta Olivia.

— Pensei que estivéssemos seguros agora. Ou pelo menos *mais* seguros.

— Vocês estão seguros. Pelo menos durante algum tempo. Isso foi só um aviso. Temos três dias para entregar o restante das cópias. Eles disseram que depois disso estaremos quites. Se não cumprirmos o que estão exigindo, virão atrás de nós.

— Mas podemos ir à polícia. Isso pode incriminá-los!

— Acho que isso não é o bastante para assustá-los.

Uma parte de mim se perguntava se mantê-los afastados seria o suficiente. Evidente que não.

— Três dias, é?

— Três dias.

— Bem, qualquer que seja a confusão em que vocês estão envolvidos, é coisa bem séria, mas vocês não acham que temos que levá-lo ao hospital? — interpõe Marissa.

— Não! — grita Nash. — Nada de hospital. Eles guardam registros. E chamam a polícia.

— Bem, não podemos deixá-lo simplesmente ficar aqui e morrer.

— Não se preocupe, parceiro. Conheço um cara que pode dar um jeito nisso — sugere Gavin.

— Um cara? — pergunta Nash. — Espere aí, eu não preciso ser assassinado. Só preciso de uns remendos.

— Pois é, esse cara pode fazer isso também.

Não digo nada a respeito do "também". Eu diria que a maioria dos amigos de Gavin é gente... de reputação duvidosa.

— Mas não sei se ele viria a um lugar tão... público.

Penso durante um segundo.

— Acha que consegue sair daqui? — pergunto a Nash.

Ele tenta esconder o próprio receio.

— Sim. Estou bem.

— Você pode ir para o apartamento. Podemos levar o cara até lá.

— Por que não vamos para a minha casa? Assim posso tomar conta dele depois — sugere Marissa.

— É muito perigoso — diz Olivia.

— Concordo — acrescenta Nash.

— Vou ficar também — diz Gavin. — Ele não está em condições de se cuidar sozinho nesse estado. Posso ficar por um ou dois dias, atento, caso os caras apareçam.

— Não há necessidade. Quem quer que sejam essas pessoas, se elas já lhe deram um ultimato, seria altamente improvável que o atacassem novamente. Se quisessem matá-lo, já poderiam ter feito isso. — Marissa, de alguma forma, é a voz calma da razão. — Nós ficaremos bem lá, sozinhos.

— Pensei que você fosse ficar com o seu pai — diz Olivia.

— Nem pensar. Não aguento ficar lá. Não com ele. É como se eu não conhecesse mais ninguém.

— Então eu ficarei com vocês — diz Olivia.

— De jeito nenhum — retruco sem pensar.

— Por que não? Marissa não pode ficar sozinha, tendo como única proteção alguém que foi apunhalado.

— Você tem que ficar aqui, comigo.

— Não, não tenho. Eu vou ficar bem. Eles nos deram três dias. Tenho certeza de que nos deixarão em paz até lá.

— Olivia, não estou disposto a correr o risco. Ponto final.

— Ponto final? Isso significa que não posso dar opinião no assunto?

Posso ver as faíscas saírem dos seus olhos. É uma situação tensa, e ela está irritada. É uma atitude um tanto sedutora, mas agora não é o momento nem o lugar para pensar em coisas assim.

Eu me esforço para respirar fundo antes de responder.

— Não estou tentando agir como um ditador insensível, mas não é uma boa ideia você ir pra lá agora.

— Mas pra Marissa tudo bem?

— De certa forma, sim.

— De certa forma, mas não completamente?

— Completamente? Provavelmente não

— Então está decidido. Eu vou também. — Olivia se vira para Gavin. — Posso pegar uma carona com você?

Eu adoro Olivia, mas nesse momento eu gostaria de estrangulá-la.

— Não, não pode. Ele vai ficar aqui e fechar a boate enquanto *nós* levamos Nash para a casa de Marissa.

Olivia olha para Gavin novamente e ele dá de ombros, dando um sorriso que diz que vai ficar fora disso.

— Você pode fazer o tal cara nos encontrar lá?

— Acho que sim. Ele me deve uma.

— Muito bem, então. — Eu me viro para Nash. — Você precisa de ajuda pra chegar ao carro?

— Não, está tranquilo. — Ele fala casualmente, mas posso ver o suor brotar em sua testa quando ele tenta ficar sentado. Quando consegue, com muito esforço, ficar de pé, Olivia e Marissa se posicionam uma de cada lado e o ajudam a atravessar a curta distância do quarto ao carro, que está estacionado na garagem. Ao passar mancando por mim, vejo seus lábios se contorcerem.

O cretino está curtindo isso!

Poderia até ser engraçado se fosse outra pessoa, mas como se trata dele, não acho graça nenhuma. Não o quero colocando as mãos em Olivia. Aliás, eu não o quero perto dela. É algo irracional e provavelmente bastante relacionado a ciúmes, mas não me importo. É isso e pronto. Não muda a maneira como me sinto em relação ao assunto.

Eu trinco os dentes até elas o sentarem no banco de trás do carro. Só está faltando ganhar das duas garotas um beijinho na testa.

Minha vontade é de soltar um palavrão.

Marissa estacionou na rua lateral, então fico esperando ela dar a partida para segui-la. Ninguém no carro diz uma palavra durante todo o percurso até o apartamento. Quando chegamos, as duas garotas disputam entre si os mimos em torno de Nash novamente, o que me deixa com vontade de revirar os olhos, irritado. Mas eu me seguro. Não sou tão estúpido. Se fosse pego, isso só me faria parecer um idiota, o que, neste momento, eu sou. Pelo menos em relação a Nash. Sei que ele está curtindo a situação. E provavelmente está adorando me tirar do sério ao se apoiar em Olivia.

Babaca.

— As chaves — digo, me dirigindo à Marissa, quando passo por ela. Ela as entrega a mim e eu me apresso para abrir a porta. Após abri-la, paro durante um segundo para prestar atenção. Quando não ouço nada, acendo a luz e olho ao redor. Tudo está exatamente como há alguns dias quando voltei para pegar as coisas de Olivia. Isso é um bom sinal.

Acho que eu poderia chutar algumas coisas para o lado, para abrir caminho para Nash passar. Mas então penso naquele sorriso presunçoso e decido que poderia servir-lhe de lição se ele caísse de bunda.

Olho para a porta. Os três permanecem lá.

— E aí? — pergunto, para que eles entrem.

Vejo Nash e Olivia darem um passo para a frente. Marissa permanece imóvel. Olivia olha para ela.

— Você sabe que não tem que fazer isso. Você pode voltar para a casa do seu pai. Ou para a casa de Cash. Ninguém a culparia se você não quisesse voltar aqui nunca mais.

Tenho que dar o braço a torcer. Olivia percebeu a situação. Marissa parece totalmente apavorada. Ela normalmente é pálida, mas, na luz fraca, parece quase morta.

Ela olha rapidamente para o corredor e de volta para Olivia. Eu a ouço respirar com dificuldade. Admito, se for fingimento, Marissa é boa nisso. Muito boa. Melhor do que eu julgava que fosse capaz.

— Não, eu preciso fazer isso. Não posso viver com medo pra sempre. Está na hora de superar isso, certo? — diz ela com um sorriso inseguro.

— Eu levo Nash. Pode deixar comigo.

Marissa respira fundo e balança a cabeça.

— Não, estou bem.

Talvez seja de família essa capacidade de transmitir fisicamente a ideia de dar a volta por cima, porque Marissa está fazendo o que vi Olivia fazer algumas vezes. Está dando a volta por cima. Talvez ela tenha algo de Olivia em sua personalidade, o que a torna um ser humano quase decente, afinal de contas.

Os três entram no apartamento. Ao chegarem na sala, tenho a impressão de que Nash está servindo mais de apoio a Marissa do que ela a ele.

— Por aqui — diz ela, conduzindo-os na direção do seu quarto. — Ele pode ficar no meu quarto. Vou ficar no sofá.

Ninguém discute, muito menos eu. Isso não foi ideia minha. Eu é que não vou ficar no sofá. Meu lugar é com Olivia. Marissa que fique sozinha.

Quando as garotas começam a tirar o casaco e a camisa de Nash, dou uma desculpa para sair e esperar pelo amigo de Gavin. Parece estúpido, mas fico furioso ao vê-la tirar a camisa de outro homem, mesmo que esse outro homem seja o meu irmão gêmeo. Para falar a verdade, isso é ainda pior. É como se ela estivesse fazendo aquilo comigo. Só que não está.

Estou andando de um lado para o outro, em frente à porta aberta do apartamento, sentindo-me extremamente irritado, no momento em que um sedã escuro, comum, para no meio-fio. Um homem baixo salta do carro, olha casualmente em torno, atira algum tipo de bolsa por cima do ombro e caminha lentamente até a calçada. Quando se aproxima, fico surpreso ao ver o quanto ele é jovem.

— Onde está o ferido? — pergunta ele em tom impassível. Jovem ou não, esse cara vai direto ao ponto.

— E você é...? — Ele pode achar que sou estúpido, mas estaria enganado.

— Delaney. Gavin pediu que eu viesse.

— Você é um dos amigos dele?

— Trabalhei com ele em Honduras.

Eu já tinha ouvido Gavin mencionar esse lugar algumas vezes. Ao que parece, ele era um dos... especialistas contratados para algum tipo de trabalho por lá. Foi tudo uma tortura. Só do pouco que ouvi falar, para os mercenários, a situação era como estar nas trincheiras durante a guerra. Se esse cara estava com ele, posso ver como ambos devem ter ficado em dívida um com o outro.

— Por aqui — digo, conduzindo o homem ao quarto de Marissa.

Todos ficamos em volta como espectadores curiosos enquanto ele cuida dos ferimentos de Nash. Ele deve ter uma farmácia inteira e um puta kit de emergência naquela bolsa. Ele aplica algumas injeções em Nash e limpa seu ferimento com um tipo de solução que retira de um tubo. Enfia uma agulha contendo outra substância (a minha suposição seria lidocaína ou algo assim) no ferimento à faca de Nash, depois abre a embalagem de um par de luvas estéreis e material de sutura, para dar os pontos.

Quando termina, pousa um frasco de pílulas na mesinha de cabeceira, diz a Nash para tomar uma drágea três vezes ao dia por duas semanas, então acena a cabeça e se levanta para sair.

Eu o conduzo à porta, principalmente porque ainda não confio no cara. Ele para na saída, se vira para um breve aceno de cabeça e em seguida vai embora. É isso. Matadores — eles são uma raça diferente. Com certeza.

Espero até que as garotas acabem de paparicar Nash antes de dar qualquer sugestão.

— Bem, acho que está na hora de todos nós descansarmos um pouco.

— Marissa, tem certeza de que não quer ficar na minha cama? Você passou por tanta...

Ela sorri para Olivia, obviamente sensibilizada por sua oferta. .

— Não, acho que vou ficar com ele um pouco mais. Vocês podem ir.

— Tem certeza?

— Tenho. Aquele sofá é realmente confortável.

— É mesmo — concorda Olivia. Elas sorriem uma para outra, compartilhando, ao que parece, algum tipo de piada que só elas conhecem. Eu respeito Olivia ainda mais por sua capacidade de fazer as pazes prontamente com alguém que a tratou tão mal. Mas ela é assim. E isso é parte do que a torna tão incrível.

— Muito bem, acho que vamos para a cama, então. Preciso de um banho e depois vou cair no sono.

— Boa noite — diz Marissa, dando a volta pela cama para se instalar ao lado de Nash. — Ei, Liv?

Cacete! Estávamos quase livres, penso, no instante em que Olivia para perto da porta.

Ela se vira para olhar para Marissa. Mais uma vez, parece que até eu posso ver a diferença na prima dela. Talvez isso tenha sido exatamente o que ela precisava para acordar para a vida e virar uma pessoa melhor.

— Obrigada.

Elas compartilham outro olhar. E sorriem.

— É para isso que serve uma família.

Finalmente conseguimos deixar Nash e Marissa. Olivia não diz muito, apenas junta algumas coisas e as leva para o banheiro. Alguns minutos depois, ouço o barulho do chuveiro. Logo em seguida, escuto a água parar. Sendo o homem que sou, fico um pouco enfurecido por não ter sido convidado. Claro que eu poderia simplesmente entrar e me juntar a ela de qualquer maneira, mas se ela ainda estiver zangada comigo, não seria uma atitude muito inteligente.

Tiro a roupa, deito na cama e apago as luzes, me acomodando enquanto espero por ela. Vamos ter que resolver isso antes do amanhecer, de um jeito ou de outro.

A porta do banheiro se abre devagar. O quarto está muito escuro e a porta está fechada, portanto não consigo vê-la, mas posso ouvir seus passos leves, conforme ela se aproxima da cama. Suavemente, ela levanta as cobertas e deita ao meu lado. Espero até ela ficar confortável antes de falar.

— Há algo que quero que você entenda — começo. Ela suspira.

— O que é?

— Você me assustou pra cacete.

— Você achou que eu iria simplesmente dormir, sabendo que você está aflito? — Fico um pouco aborrecido com isso. — Só não entendo como você pode se preocupar tão pouco com o que poderia acontecer com a Marissa — continua ela.

— Há várias razões, de fato. Primeiro, eu sei como ela é. Segundo, não posso esquecer tão facilmente o modo como ela te tratava. E terceiro, ela não é você. Desculpe, mas você é a minha prioridade.

— Mesmo assim, como você poderia deixá-la vir aqui sozinha, sabendo que não é inteiramente seguro?

— Olivia, ela é adulta. Pode fazer o que bem entender. E não é verdade que ela não tinha nenhum lugar seguro para ir. Ela poderia ter ficado com o pai. Mas não quis.

— Só não entendo como você pôde ser tão frio em relação a isso.

— Posso dizer como. Não tem nada a ver com Marissa. Nunca teve. Minha preocupação é você. Mantê-la segura. Não estou apaixonado por ela. Estou apaixonado por você. Não consegue entender que não quero viver sem você? Que eu *não posso viver* sem você? O que eu faria se algo acontecesse a você? Eu não podia deixá-la vir aqui sozinha com ela. Não podia correr o risco. *Nunca* correrei o risco, se isso significa poder perder você. Nunca. Por que não consegue entender isso?

Acabo falando alto na minha agitação, o que torna o silêncio, quando paro de falar, muito mais pronunciado.

Ela não responde, mas sinto o colchão se mexer quando ela se move. Então, sinto primeiro as mãos dela na minha barriga, numa carícia suave e quente.

— Cash? — sussurra ela.

— Sim?

Suas mãos deslizam no meu peito e rodeiam o meu pescoço no instante em que ela se deita em cima de mim. Então pressiona os lábios nos meus em um beijo delicado.

— Isso é tudo que você precisava falar.

— Você não me deu oportunidade — resmungo contra a sua boca.

— Na próxima vez, comece com isso — diz ela. Sinto seus lábios se estenderem sobre os meus. Sei que ela está sorrindo.

Rapidamente, enrolo os braços em volta dela e a viro de costas antes de me colocar entre suas pernas abertas. Ela está nua, e preciso de todo o meu autocontrole para não mergulhar diretamente nela. Seu corpo me atrai como um banho quente em uma noite fria. Sua alma me atrai como um oásis refrescante no deserto seco. E seu coração me atrai como um porto seguro seduz um barco perdido.

— Você quer dizer tudo se resume ao fato de que estou apaixonado por você? — pergunto enquanto provoco sua entrada com meu pênis já enrijecido e latejante.

— Sim. Sempre, sempre isso.

— Estou apaixonado por você, Olivia Townsend — sussurro ao penetrá-la. Sinto o seu suspiro, e suspiro também.

— Estou apaixonada por você, Cash Davenport.

Então saio de dentro dela, mantendo só a pontinha, e volto a penetrá-la, um pouco mais profundamente desta vez.

— Prometa que nunca vai me deixar. Fique comigo, Olivia. Volte pra casa comigo amanhã e fique.

Ela faz uma pausa, mas só durante um segundo. Quando fala, posso ouvir o sorriso em sua voz.

— Ficarei com você enquanto você me quiser.

— Quero você ao meu lado pra sempre. Nunca mais quero passar outra noite sem você. Nunca mais. Não posso suportar a ideia de que algo possa acontecer com você. Não posso suportar a ideia de nós brigarmos. Não posso suportar a ideia de você se sentir de qualquer outra maneira que não delirantemente feliz. Comigo.

— Então me considere delirantemente feliz. Com você. Sempre.

— Sempre — repito, enquanto cubro sua boca com a minha. Ela suspira novamente quando me movo dentro dela. Desta vez, eu inalo a sua respiração, que se torna uma parte de mim, tanto quanto ela mesma se torna uma parte de mim. E é assim que eu gosto, porque não planejo devolver nenhum dos dois. Nem agora, nem nunca.

EPÍLOGO

Nash

O esforço de acordar em um lugar estranho e as drogas que o maldito médico açougueiro me deu me deixam um pouco desorientado quando abro os olhos. A primeira coisa que noto é que há uma mulher linda e cheirosa aninhada ao meu lado. A segunda é que sua perna por cima da minha me garantiu uma enorme ereção.

Os detalhes do que aconteceu e de onde estou voltam aos poucos. Não estou com muita dor, o que me surpreende. Imagino que o cretino provavelmente me feriu com uma faca mergulhada em merda de cavalo ou algo assim. Mas me sinto razoavelmente bem, na medida do possível.

Até ouvir a voz familiar do meu irmão, em outro cômodo. Ele está falando baixinho ao telefone.

— Você fez isso?

Uma pausa.

— Você sabe exatamente quem está falando — resmunga ele. — Você. Fez. Isso?

Outra pausa.

— Confiar em você? Você é mais louco do que...

Ouço um suspiro que se transforma em outro rosnado antes de ouvi-lo murmurar:

— O que vamos fazer agora? Tenho que acertar umas coisas para proteger as pessoas que amo.

Não é preciso ser um gênio para compreender sobre o que ele está falando — meu pequeno acidente de motocicleta. Cash se preocupa demais com os outros.

Mas eu não.

Tenho uma missão. Só uma. E cada vez mais parece que meus planos de destruir a organização que tirou a vida da minha mãe serão um esforço solitário.

Se tem uma coisa que eu aprendi na vida desde que saí de casa, há sete anos, é que não posso confiar em ninguém.

E isso inclui a família.

Continua..

UMA NOTA FINAL

Poucas vezes na vida eu me vi em uma situação de tanto amor e gratidão que dizer OBRIGADO parece trivial, como se não fosse o bastante. É nessa situação que me encontro agora em relação a você, leitor. Você é o principal responsável por tornar realidade meu sonho de ser escritora. Eu sabia que seria gratificante e maravilhoso o fato de, finalmente, ter uma ocupação que tanto amava, mas não fazia a menor ideia do quanto isso seria superado e ofuscado pelo prazer inimaginável que sinto ao ouvir que você ama o meu trabalho e que ele tocou você de algum modo ou que sua vida parece um pouco melhor por ter lido o que escrevi. Portanto, é do fundo da minha alma, do fundo do meu coração que eu digo que simplesmente não tenho como AGRADECER o bastante. Acrescentei esta nota a todos os meus romances, com um link para o blog, que realmente espero que você tire um minutinho para ler. É uma expressão verdadeira e sincera da minha humilde gratidão. Amo todos e cada um de vocês e vocês nunca saberão o quanto seus vários comentários e e-mails encorajadores significaram para mim.

http://mleightonbooks.blogspot.com/2011/06/
when-thanks-is-not-enough.html

Este livro foi composto na tipologia Palatino
LT Std, em corpo 10,5/15, e impresso em papel
off-white no Sistema Cameron da Divisão
Gráfica da Distribuidora Record.